Laura Brams

Patrick Cauvin

Laura Brams

ROMAN

FRANCE LOISIRS
123, boulevard de Grenelle, Paris

Édition du Club France Loisirs, Paris,
avec l'autorisation des éditions Albin Michel

ISBN 2-7242-2438-8

PRÉFACE

Je n'ai jamais été très persuadé qu'en ce qui concernait les sciences humaines, l'étude des cas particuliers apportât une légitimation, voire une contribution quelconque dans l'ordre du savoir.

Freud et les psychanalystes sont tombés en partie dans ce travers et c'est en accumulant les cas d'Anne E., de Frantz Z. et de bien d'autres qu'ils pensaient trouver la vérité. Je ne crois pas que l'addition des problèmes individuels puisse être autre qu'anecdotique. Je suis donc partiellement conscient que l'étude du cas de Laura B. et de Michel Bl. ne prouvera rien dans un domaine qui sans doute récuse toute preuve et qui est celui de la reviviscence.

Il se pose alors une question : pourquoi perdre des heures à mettre à jour ces notes ?

Sans prétendre être un homme dont le temps est précieux et qui n'a pas à se disperser en activités scientifiquement peu rentables, il est également vrai que j'ai une chaire, des étudiants, un laboratoire et tout un fatras d'occupations diverses dont le mérite est sans doute de m'empêcher de souffrir de solitude et de l'habituel sentiment de vacuité qu'éprouvent les hommes sans buts ni obligations.

Bien que « spécialiste » du paranormal, secteur qui par

ailleurs est la négation de toutes les spécialités, je ne fus pas intéressé particulièrement dès l'origine de mes recherches par le problème de la réincarnation et de la communication avec l'au-delà.

En fait, je crois que la raison de ces lignes est simple : j'ai connu Laura B. et Michel Bl., elle davantage que lui, et ils m'ont paru, parmi tous les êtres qu'il m'a été donné de rencontrer, les plus solides et les moins faits pour se trouver embringués dans l'étrange aventure qui fut la leur et qui devait se terminer de la façon que l'on sait.

En fait, si je relate les faits qui les concernent, ce n'est pas pour enrichir la connaissance des hommes sur un sujet qui les a depuis toujours passionnés, mais simplement parce que, aujourd'hui, j'ai envie de me souvenir de ces deux êtres qui furent mes amis et que j'ai aimés car, bien plus que moi, ils dégageaient l'un et l'autre une force et une aptitude à vivre qui m'ont toujours manqué. Je voudrais que ce livre fût un hommage à la joie et à la force avec lesquelles elle comme lui mordaient et vivaient la vie. Voilà tout.

Aujourd'hui, tandis que la nuit tombe sur Arnhem, je revois le sourire de Laura et son enthousiasme à traquer son destin, j'entends le rire et les jurons de Michel Bl. dans la chaleur de ce bureau au cours de cette soirée où nous devions nous rencontrer. Je sais qu'à certains moments de leur folle aventure j'ai dû perdre leur estime... Cela ne compte plus.

Aujourd'hui donc que tout est fini, je voudrais rappeler simplement que les progrès enregistrés sur la connaissance de l'esprit humain sont liés à une prise de conscience de plus en plus nette que plus le passé est lointain, plus son rôle est capital. On parle d'enfance, puis de traumatisme de la naissance et de son importance pour la formation d'une personnalité. On tient compte des aventures de la vie fœtale et du déterminisme névrotique qu'elle engage. En remontant plus loin encore, quasiment aux aurores de l'aventure humaine, Jung, en affinant sa théorie d'un inconscient collectif et lointain, présent en chacun d'entre nous, jette d'une certaine façon un pont entre les sciences et les différentes légendes concernant la survie. Tout être se réincarne et est réincarné en chacun par cette part de lui-même à la fois la plus riche et la plus profonde. Il est peut-être exact, en dehors de toute élucubration à la sauce pseudo-orientale, que nous formions tous un grand tout.

Raconter ce qui, pour un homme comme moi, corseté de mesures et de chiffres, n'est que « le cas » Michel et Laura B. aurait été rajouter quelques feuillets glacés à une liste déjà longue au parfum de procès-verbaux ; j'ai préféré laisser ce soin à un homme dont le « métier » est de raconter des histoires, espérant par là atteindre un double but : sensibiliser davantage le public à un phénomène que j'ai étudié toute ma vie, et surtout faire revivre ces deux êtres en dehors de l'habituel cénacle de scientifiques et de demi-cinglés abonnés à des revues paramédicales.

J'ai suffisamment conscience aujourd'hui de la vanité des choses pour préférer le récit à l'essai. Goethe écrivait déjà que la théorie est grisâtre, donc impuissante à restituer l'éclat verdoyant de « l'arbre d'or de la vie ».

Je souhaite bonne chance à Patrick Cauvin. Sa tâche ne sera pas facile car il s'agit en fait de faire croire à l'incroyable, si tant est que ce mot ait un sens. Voilà donc une histoire de réincarnation... Voici l'histoire de Michel et de Laura.

Père Jérémie Van Starken.
Directeur de l'Université d'Arnhem,
Maître de conférences,
Animateur du Laboratoire de
parapsychologie de La Haye.

PROLOGUE

18 septembre 1937

La gouttelette se détacha du sourcil et tremblota une brève seconde avant de descendre vers le maxillaire. La couche de poussière de sable était si épaisse qu'elle s'y dilua très vite.

D'un revers de main, Van Cornley s'essuya le front.

Le visage, au bout de quelques heures au fond du puits, se recouvrait d'une pellicule blanchâtre, d'un mortier où s'inscrivaient chaque pore, chaque veinule, toute une géographie microscopique qui transcrivait fidèlement chaque relief de la peau. La sueur pouvait être un sculpteur de génie.

Il se souleva, grimaça sous la chaleur qui irradiait au creux de ses reins et leva les yeux : le cercle au-dessus de sa tête était rayé par la diagonale des planches que les pieds nus des porteurs faisaient vibrer.

Trente-cinq degrés, presque trente-six.

Il prit la toile dans le seau rouillé, l'essora légèrement et l'enroula en turban autour de sa tête. Au bout d'une heure, l'eau devenait tiède, elle délayait les masques plâtreux, mais ils se reformaient au bout de quelques minutes.

Van Cornley chercha sa salive. Il lui semblait dans ces

moments-là qu'elle s'évaporait dans sa bouche, les glandes ne fonctionnaient que pour produire cette bouillie sèche qui craquelait les coins de ses lèvres sans les rafraîchir.

Il redressa la lampe torche et déposa la houe sur le sable.

Ils arrivaient à la base du mur. Il serait étonnant qu'il y ait d'autres pièces en dessous, ce devait être un tombeau bâti sur le même modèle que ceux de la période postérieure à Tell el-Amarna.

Deux sortes de bruits.

Ceux du soleil d'abord. Ils lui parvenaient, tamisés, étouffés par le sable, c'étaient des rires de fellahs ou les grincements du treuil du puits numéro trois. Et puis, tout proche, il y avait ceux des effondrements minuscules du sable contre la paroi, le grattement appliqué des houes qui, millimètre par millimètre, dégageaient les bas-reliefs. Lorsqu'il s'étira, la lumière dansante effilocha son ombre sur le mur oriental. Cela faisait sept mois qu'il vivait devant mais une fois encore il ne put s'empêcher de l'admirer. C'était son mur, il l'avait arraché au sable, aux années.

On y voyait des personnages géants portant des bâtons de voyage à pommeaux dorés... Les drapés des pagnes creusaient la pierre tendre.

Comme à chaque fois, Van Cornley contempla les visages.

Il savait que pour les profanes tous ces profils se ressemblaient. Des armées de soldats, de laboureurs, de pharaons identiques peuplaient les temples de la Haute- et Basse-Égypte, des déserts de Nubie aux rivages d'Alexandrie. Ils étaient légion et ils étaient un, une multitude semblable... Un profil indéfiniment répété. Or, un jour, à Heidelberg, il avait su qu'aucun n'était pareil aux autres. C'était T. G. Martin qui parlait, il était venu de Leyde faire une conférence aux étudiants en archéologie, Cornley ne se souvenait plus de la phrase prononcée, peut-être même le vieux professeur parlait-il de tout autre chose, mais une évidence était apparue au jeune étudiant qu'il était alors : si l'on savait voir, si l'on ne se contentait pas d'être un passant parmi les autres, chacun de ces millions d'êtres peints, sculptés, prenait son vrai visage. L'Égypte morte était le plus gigantesque réceptacle de reproduction d'hommes et de femmes ayant vécu qui puisse exister.

Sous les lambris de la vieille salle, l'égyptologue discourait toujours, mais l'élève n'écoutait plus.

Les années avaient passé et Van Cornley savait à présent qu'il ne s'était pas trompé... Les six hommes dressés le long des rives d'un fleuve de calcaire, en marche à travers les blés des plaines de Sakhara avaient été représentés avec une exactitude diabolique : la courbure des lèvres, le modelé des narines, l'arc des sourcils, tout différait en chacun d'eux, et pourtant, Cornley savait qu'il y avait eu chez l'artiste un souci de conférer un élément commun à ces hommes : cela l'avait frappé dès que les six têtes, dont les perruques touchaient presque le plafond, avaient été dégagées. Tous ces visages étaient emplis d'une angoisse mortelle.

Il n'aurait su dire vraiment à quoi cela tenait, mais il y avait au cœur de ces êtres de pierre quelque chose où se mélangeaient à la fois la peur et la colère... Il fallait creuser encore, dégager la paroi adjacente pour trouver, peut-être, la raison de cet état de choses... Cornley appelait son mur le « mur du malheur ». C'est sous ce nom que le connaissaient les hommes du chantier, mais on ne pouvait encore savoir... Dans quelques mois, on connaîtrait la suite du récit souterrain : la solution reposait encore sous le sable, six mois peut-être, si tout allait bien.

Le sable s'infiltra dans les narines de l'archéologue, colmatant les muqueuses. Il leva la tête : des semelles de bédouins faisaient trembler l'échelle. L'équipe de remplacement arrivait.

Van Cornley soupira, laissa retomber son turban dans le

seau d'eau et ramassa la Thermos vide. Le thé lui pesait sur l'estomac et ne l'avait pas désaltéré. En haut, au campement, la bière l'attendait.

Six mois encore dans ce désert. À perte de vue s'étendait le champ de fouilles, on avait découvert quatorze tombeaux, c'étaient ceux de la 18e dynastie, d'Aménophis à Horemheb... Les hommes du Nouvel Empire.

Il émergea, cligna des yeux sous la violence jaune de la lumière survoltée et buta dans une brouette. Cela faisait douze ans que le site avait été réouvert. C'était l'une des plus grandes découvertes archéologiques de ce temps... Lentement un monde remontait vers la surface. Les pierres livraient leurs secrets ; le plus étrange univers qu'il y eût sur cette planète ressortait au jour et se livrait aux chercheurs. Ce lieu était une chance, une chance inouïe.

Sous les tentures, il vit dans le tremblement de l'air chaud battre la porte de la buvette. Il ferait bon de boire dans la cour ombragée de palmes, il y retrouverait sans doute ceux des puits voisins, Lehman avec qui il sympathisait plus qu'avec les autres. Lehman avait lui aussi été frappé par l'expression des hommes qui occupaient le « mur du malheur ». Il lui en parlerait à nouveau. Son visage craquelé se fissura sous la grimace d'un bâillement. Il dormirait cette nuit comme toutes les autres, accablé de fatigue.

Van Cornley écarta la toile de l'entrée et l'odeur de menthe effleura ses narines.

Au-dessus de la vallée, un soleil immobile et mortel frappait d'un gong régulier les pierres et les hommes mêlés dans la fournaise de l'été interminable de Kôm-el-Ahmar.

I

CAR IL EST DIT QUE RIEN N'EXISTE

28 août 1982

« Pas tellement plus sain de corps que d'esprit, je commence ce journal, conscient de tout ce qu'il peut avoir de parfaitement inutile et persuadé de sa totale absence d'influence dans la rotation des planètes comme dans la vie journalière d'un quelconque mineur de fond. Voilà donc des lignes qui ne servent à rien, ce qui n'est déjà pas un mince avantage si je les compare à la somme catastrophique d'ouvrages à messages parus depuis la nuit des temps.

Voilà donc un monsieur qui écrit pour lui, dira le lecteur.

Comble de l'hypocrisie, je me soupçonne déjà un lecteur, c'est dire ce que j'ai eu derrière la tête depuis le début.

Eh bien, il y a en fait deux raisons à cette décision qui n'en fut d'ailleurs pas une car je n'ai jamais dit : « Tiens, aujourd'hui je commence un journal », mais plus exactement, je suis à la campagne, verdoyante et emmerdatoire dans cette fin d'été de mes quarante-deux ans (vous remarquez le style déjà : « fin d'été » !). Je n'ai rien à faire, la plus proche librairie est à cinq kilomètres et ma voiture est au garage, donc je vais tuer le temps à commencer un truc quelconque. Donc, si j'écris un journal et imagine déjà sur mon étagère la série des tomes à venir, vingt, trente peut-être, classés par année, c'est essentiellement parce que ma Honda a besoin d'une vidange, et si j'ai commencé cette œuvre monumentale c'est parce que j'ai la flemme de piquer le vélo de mon fils pour aller m'acheter le dernier Balzac en livre de poche.

C'est d'ailleurs la flemme qui a commandé la quasi-totalité des grands actes de ma vie. Si on peut me passer cette expression inappropriée, car on se rendra vite compte que ma vie n'a pas d'actes.

Elle a en revanche énormément d'envies et j'y ai succombé avec une régularité de métronome. J'ai fait l'écrivain par flemme, l'amour par flemme, des enfants par flemme, et j'ai écrit des livres parce qu'ils me dispensaient, le repas fini, de faire la vaisselle ou d'aller promener le landau.

On se saura jamais assez que la littérature, et c'est là son mérite à mon avis le plus grand, est l'une des activités les plus reposantes qui soient et qu'étant donné l'aura qui l'entoure elle vous dispense de la plupart des autres : comment mettre un balai dans les mains d'un lascar qui tient une plume avec des yeux rêveurs ?

Donc j'ai écrit des livres pour éviter d'aller au marché et de descendre la poubelle, mais j'avoue tout de suite à ma décharge que, si j'avais trouvé une autre activité encore moins fatigante et plus rigolote, je l'aurais adoptée sans problème. Ainsi je pensais l'autre jour en écoutant pérorer un jeune journaliste plein d'avenir sur mon œuvre passée (on y reviendra aussi : j'ai la vie devant moi) que, si j'avais vécu dans un monde, dans une ville, où il y ait eu partout des cinémas permanents et gratuits, je n'aurais jamais débouché mon stylo pour autre chose que pour souhaiter le nouvel an à ma tantine.

Quand j'y réfléchis bien, écrire un roman est une chose astreignante ; il faut en effet se rappeler de ce que l'on a dit la veille ou l'avant-veille, ménager le suspense et tout et tout, mais cela n'est rien par rapport à la difficulté première : un romancier doit écrire avec un stylo tordu.

Expliquons cette image audacieuse.

Écrire, ce n'est jamais traduire une pensée de mots ; c'est fabriquer une sorte de pâtée visuelle, auditive et autant que possible signifiante avec des lettres. C'est tout à fait différent. Donc, si je dis : « Dupont avait la migraine », je ne peux pas l'écrire parce que ça fait moche. Il faut alors que je me torde le stylo, c'est-à-dire que je fabrique une pâtée pour lecteur, un Kit et Kat digeste et sophistiqué, bref, écrire c'est faire des manières.

Même Steinbeck, même Hemingway, même Sinclair font semblant d'être de bons bouseux, bons bougres sans chichis ; eh bien c'est faux, ils truquent, or truquer est un travail, donc écrire en est un, mais si je l'ai choisi c'est quand même parce que c'est l'un des moins fatigants, et si un écrivain vous dit le contraire, envoyez-le sur les quais entre Bezons et Argenteuil voir la tronche des mecs qui sortent après huit heures à tourner les manivelles.

Je me suis un peu paumé dans tout ça et je ne sais plus en effet très bien où j'en suis, après avoir dit que je commençais ce journal pour deux raisons ; j'en vois à présent à peu près cent cinquante et j'ai la flemme (toujours elle) de raturer.

À propos de flemme, je voudrais signaler, après un mois passé à la campagne, qu'il existe une catégorie de gens encore plus flemmards que moi. Ce sont les paysans.

Tous les paysans.

Avec une ruse ancestrale, ils sont toujours arrivés à se faire prendre, photographier, décrire, en plein effort, c'est-à-dire à la charrue, en train de moissonner, de récolter, etc., mais quand on réfléchit bien, la récolte et la moisson réunies prennent, pour un champ moyen, facilement huit jours à elles deux.

Alors je pose la question : « Et le reste du temps ? »

C'est simple : trois cent cinquante-sept jours à se les rouler, à attendre que ça pousse, à aller aux champignons, à réparer le toit, à graisser les moteurs, etc., bref, des prétextes, et cette formule fameuse marque le sceau du feignant invétéré : « Y a toujours de quoi s'occuper à la ferme. »

Formule qui se trahit d'ailleurs elle-même, car c'est bien de s'occuper qu'il s'agit, et quand est-ce que l'on s'occupe ? Quand on n'a rien à foutre.

Ce qui sauve le paysan, ce qui maintient sa réputation, est dû à deux choses : la première est sa face burinée, ravinée par le grand air et les siestes dans les herbes, la deuxième est une astuce de taille qui consiste à toujours porter des vêtements de travail et à s'entourer de plus en plus de machines énormes et compliquées, ronflantes et dangereuses qui lui servent trois jours par an et qu'il montre au visiteur, laissant subodorer une œuvre titanesque.

Je ne sais pourquoi je me suis laissé ainsi emporter sur les sabots glaiseux d'une paysannerie qui ne m'intéresse en aucune façon, mais j'aimerais que d'autres partagent mon hilarité lorsqu'un vieux type courbé, en pantalon de velours, s'en va aux champs avec des mimiques déjà exténuées. Il y a là l'une des plus grandes farces et l'une des plus belles usurpations de réputation qu'il soit donné de connaître dans notre civilisation pourtant riche en la matière.

Bref, tout cela pour dire qu'écrire un journal n'a rien à voir avec écrire un roman, ce que tout le monde sait depuis toujours, d'où il découle que tout ce qui précède n'a vraiment aucune utilité, mais ça, j'avais prévenu.

En tout cas je viens me reposer dans ces pages de mon activité littéraire d'écrivain prolifique. Écrire pour se reposer d'écrire, voilà une belle preuve de manque d'imagination ; mais le verbe écrire n'a aucun sens s'il n'est suivi de son complément d'objet direct et je dis, moi, qu'entre écrire un journal et écrire un roman il y autant de différence qu'entre faire la gueule et faire l'amour. Écrire, faire : tous les verbes sont vides. Seul ce qui suit compte. »

Il posa le stylo et frotta sur le dessus de marbre du bureau la paume de ses mains moites, produisant une sorte de couinement animal désagréable et incongru.

Mauvais. C'était mauvais. Enfin, non, ce n'était pas mauvais, disons pas bon, pas très bon. Il pensa qu'il y avait une dizaine d'années, il aurait dit « dégueulasse » ou « abject », et aurait tout mis au panier.

Temps révolu. Aujourd'hui il gardait tout, même pas bon ou pas très bon — admirez la nuance —, il conservait la moindre de ses élucubrations.

Privilège de la gloire.

Enfin, de la gloire, n'exagérons rien. Il était connu. Connu ou reconnu.

Un jour, dans un de ces cafés ennuyeux qui cernent Saint-Germain, il avait entendu deux types pérorer sur ce thème pendant deux heures. L'un disait qu'il valait mieux être connu que reconnu. L'autre prétendait évidemment le contraire. Cela permettait d'entretenir la conversation. La chaleur aidant ils avaient failli lui coller la migraine, car il ne parvenait pas à faire la différence entre les deux, entre le connu et le reconnu. Les types non plus d'ailleurs, ce qui rendait le débat insupportable. Des trucs d'intellectuels. Il en avait horreur. Il avait filé très vite ; dans le métro il s'était aperçu qu'il était parti sans payer. Excellent, cette foutue conversation avait au moins servi à quelque chose.

Drôle d'idée d'écrire un journal. Une idée de vieux. Il n'avait donc plus du tout de choses à dire pour en être réduit à se raconter... Enfin n'exagérons rien, il ne se raconterait pas. Pas folle la guêpe. Il ferait semblant. C'était son truc à lui, ça, donner un parfum d'authenticité aux choses les plus fausses. Il truquait tout, les dates, les hommes, lui-même. Il se leva et gratta ses joues râpeuses.

Il fallait se raser. Aller pisser, se raser... Par quoi commencer ? La vie offre toujours des choix dramatiques.

Résumons : mauvaise idée d'écrire un journal, deux mauvaises pages et ce putain de choix, se raser ou pisser. Ça commençait mal. Une journée d'enfer.

Il se secoua et tenta de faire fuir les meutes hurlantes, les noires cavales du désespoir. Il fallait rappeler le bon sens souriant, chercher la cause du marasme. Voilà, c'était exactement ça, il avait appris ça autrefois au lycée, en philo, un prof à lunettes, un peu vermoulu avec des chaussettes en accordéon et une voix qui sciait du fer, il lui avait appris ça : « Cherchez la cause, vous verrez qu'elle est toujours disproportionnée à l'effet. »

Saloperie d'époque ça aussi le lycée ; il avait traîné lamentablement sur des bancs aussi respectables que vétustes, la face rougie d'acné, tout bourgeonnant, les joues comme un printemps gras, été comme hiver il luisait rougeâtre et boutonneux, avec des poils follets entres les plaques... Ce n'était pas la puberté, c'était un jardin floral... Il flottait dans son costume en laine grise qui lui valait des ruissellements, des sudations insensées, sa mère lui achetant boulevard Sébastopol des complets-armures indestructibles et matelassés, soigneusement choisis trois tailles au-dessus pour que ça lui fasse bien de l'usage. Il se regardait dans la glace, horrifié, les épaules rembourrées lui arrivaient au milieu des bras, le bout des manches mangeait la première phalange, les jambes tire-bouchonnaient, il pouvait marcher à l'intérieur de son costume sans avoir l'air de se déplacer, tandis que cette saloperie de marchand souriait :

— Il en a pour cinq bonnes années.

La mère grimaçait, hésitante.

— C'est que ça use, à cet âge !

Et comment qu'il espérait que « ça » userait ! Cinq ans dans cette carapace ! Cinq ans dans une prison de laine alors que les copains bondissaient, légers, gracieux, aériens, jetés battus et volubilis, les filles tombaient, s'abandonnaient, s'offraient, les étoffes tournaient, légères, impalpables, soie, coton, polyamide, froufous, courant d'air, alors que lui stagnait dans sa casemate ambulante, cerné de laine dure, la tronche en fleur... Il faisait palmier à cette époque, le tronc rugueux et le visage en boutons... Et puis cette pomme d'Adam géante, pointée en proue, comme s'il avait avalé une portion de camembert pointe en avant... Un triangle qui rendait la cravate ascendante, le nœud montant et redescendant à chaque déglutition, un ascenseur minuscule serré sous le menton..

Il se retrouva face à la glace de la salle de bains, au-dessus du lavabo. Qu'est-ce qu'il avait à ressasser les heures sombres, à se faire monter tout seul la mayonnaise de la mauvaise humeur ? Un vieillard pointait quelque part en lui, un vieux con irascible, teigneux, un ronchonneur, un de ceux qui meurent seuls, fielleux, dans une chambre qui pue la pisse de chat et le biscuit éventé, le petit-beurre rance dans une boîte en fer piquée de rouille.

Amer tout cela. Amer. Très amer. Il fallait tordre la bouche pour prononcer ce mot. Le mot amer était amer.

Quarante-deux ans. Quarante-deux seulement.

Le chiffre l'apaisa. Cela aussi était une solution : se cramponner aux chiffres, aux faits, aux choses objectives : quarante-deux ans, quatre-vingts millions sur le compte en banque, cent vingt-sept mille exemplaires du dernier bouquin... Qu'est-ce qui pouvait bien être rassurant encore ? Ah oui : cent trente mètres carrés. Il habitait un appartement de cent trente mètres carrés. Cent trente-deux exactement. Parfois, voilà des choses qui comptaient : quarante-deux ans, quatre-vingts millions, cent vingt-sept mille exemplaires, cent trente-deux mètres carrés... J'additionne le tout et j'obtiens... J'obtiens moi. Voilà, je suis cette addition : quatre-vingts millions cent vingt-sept mille cent soixante-quatorze. Numéro matricule : 80.127.174.

Téléphone.

Il savait qui ce serait. La barbe. Tout devenait exaspérant. Le prévisible était exaspérant.

Sans doute autant que le non-prévisible.

Il décrocha.

— Allô ?

C'était Yann. Yann appelait et disait : « Allô » Connard.

— Présente-toi, dit-il, quand on appelle on se présente ; toi tu sais à qui tu parles puisque tu as fait mon numéro, mais moi je ne sais pas qui appelle, alors tu ne dis pas « Allô », tu dis : « C'est ce connard de Yann. » Ou « Connard » tout court, je comprendrai.

Le rire de son copain grésilla comme des pattes d'insecte.

— Je sens que tu as la pêche, dit-il, tu vas en avoir besoin, elles vont te fusiller sur place.

Il s'assit et étendit ses jambes en tirant sur les muscles comme s'il avait voulu faire couler son angoisse jusqu'aux orteils.

— Comment est-ce que tu sais ça, toi ?

— C'est annoncé dans les programmes depuis huit jours : « Michel Blazier face aux lectrices. » Tu veux que je te lise la suite ?

— Pas la peine.

Vraiment pas la peine. Saloperie de boulot. Non seulement il fallait se casser le cul à pondre trois cents pages, inventer une histoire, se tordre les hémisphères cérébraux comme des serpillières, s'exsuder chaque goutte d'invention, de savoir-faire, se jeter vivant dans son propre stylo, faire le beau, le drôle, le tragique, mignoter, sculpter, ciseler les mots, les phrases, la période, une pincée d'érotisme, un zeste de ceci, un soupçon de cela, on se faisait rissoler la vie, et quand c'était cuit, prêt, paré, fini, qu'on se retrouvait pantelant et vidé, il fallait encore aller devant les caméras et là, il y avait trois ou quatre rombières qui venaient minauder et dire des choses du genre : « Moi, à votre place, je n'aurais pas laissé Lucien partir », ou bien : « Il y a tout de même du laisser-aller dans la deuxième partie. » « J'aime bien encore, mais je dois avouer une déception par rapport au précédent... Comment ça s'appelait déjà ? »

Salopes.

Très écoutée, l'émission. L'attachée de presse le lui avait dit. Une fille montée en graine avec des ongles couleur de boucherie chevaline et des dents comme des pare-chocs de Buick des années 50. « Très écoutée, un auditoire de femmes, de provinciales, c'est votre public, ça... Et puis, quatorze heures, c'est la bonne heure : juste après la vaisselle... »

Voilà, il allait pérorer, faire le guilleret, le bien à l'aise, alors qu'il ne s'habituait pas, qu'il ne s'habituerait jamais à ces studios, à ces lumières... Avec un micro il perdait les pédales, prenait une voix blanche dont il avait horreur, une voix de maternelle, d'enfant fautif, et devant lui il aurait trois femmes frisées de la veille, avec permanente, corsets ficelés, gaines renforcées, il ne savait pas pourquoi, il imaginait toujours ce genre de créature avec des compressions caoutchouteuses et rosâtres, des tas d'élastiques comprimant les chairs molles ; elles devaient exhaler des relents de laitage... C'étaient des nourrices, au fond. Toutes ses lectrices étaient des nourrices... Yann pérorait toujours.

Tout à l'heure, un romancier-nourrisson serait livré à des mégères déchaînées... Le temps des fessées ne cessait jamais.

— Bon, d'accord. À dix-neuf heures. Chez Max.

Il raccrocha. Il retrouverait Yann ce soir dans ce bistrot du flanc de la Butte. Il y faisait bon l'été. Une cour minuscule, quatre tables sous un acacia. De l'autre côté du mur, les cars de Japonais descendaient de la place du Tertre vers les boîtes de Pigalle ; l'odeur des feuilles arrivait parfois à vaincre celle des gaz d'échappement. Il aimait ce coin perdu... Comme tout ce qu'il aimait, il ne le partageait guère, il y venait avec Yann, avec son fils les soirs de fiesta et c'était à peu près tout. Jamais il n'y avait amené une femme ni quelqu'un du monde du travail, ni éditeur, ni journalistes... Au comptoir, Max, lorsqu'il arrivait, clignait de l'œil simplement et il était chez lui, d'un coup.

Bon Dieu, presque midi !

Il traînait toujours avec ses joues sales, sa vessie gonflée et sa peur au ventre. Elles allaient le descendre en flammes cette fois, elles ne pouvaient pas aimer ce bouquin, ce n'était pas possible, elles ne devaient lire que des trucs cucus, des romans de supermarché avec des infirmières dévouées et méritantes et des médecins-chefs bronzés et pleins aux as qui les emmenaient sur des gondoles... Elles allaient l'épingler en deux temps trois mouvements.

Il respira largement et fit une flexion sur ses jambes, son genou droit craqua et il perdit l'équilibre.

Assis lamentablement sur la moquette, une pensée s'imposa alors à lui avec une netteté parfaite : il n'avait plus une seule chemise propre.

Il effleura ses mollets trop blancs du bout de son index et constata qu'ils étaient mous.

Les genoux craquants, les mollets mollets, pas de chemise propre et les salopes blindées de latex couleur mou de veau qui l'attendaient au tournant. En plus, il commençait à perdre ses cheveux.

« Je suis un écrivain à succès », pensa-t-il.

Michel Blazier.

On disait de lui qu'il y avait eu deux périodes dans sa vie, plus exactement qu'il y avait eu deux Blazier : l'un avant, et l'autre après Clara.

Un homme jeune, souriant, avec une femme souriante et jeune, il écrivait des bouquins étranges et drôles ; elle pontifiait dans une université périphérique parmi des étudiants linguistes et clairsemés. Un couple sans histoire.

Et puis un matin d'août, de premier août, au cœur de la mêlée vacancière, de la ruée vers les plages océanes, Clara lassée des bouchons avait braqué à droite et enfilé l'une de ces départementales qui sont le charme de notre beau pays. Clara s'était détendue et ses mains avaient cessé de se cramponner avec nervosité sur le volant. Elle avait réprimé, bien qu'étant seule, un long soupir de satisfaction. C'était une preuve d'excellente éducation, la touche finale qui laisserait d'elle une bonne impression car elle ne devait jamais voir surgir d'un chemin vicinal un engin invraisemblable, pourtant peint en vif vermillon, muni de bras, de leviers, de courroies, d'engrenages divers et dont chaque pneu était plus grand qu'un homme.

Cela avait été aussi ridicule qu'un mauvais film d'épouvante.

Les gendarmes avaient eu énormément de mal à croire que ce qui subsistait des menues ferrailles coincées entre le platane et la moissonneuse avait été une voiture, et surtout qu'il ait pu y avoir une personne dedans.

Les amis des Blazier conclurent de cette mort instantanée que les conséquences pour l'écrivain en seraient effroyables et que, brisé par le destin, il traînerait dorénavant une vie sans attrait marquée par le sceau de la tragédie.

Ce qui, en effet, épouvanta Blazier, c'est qu'à l'écoute de ses sentiments, auscultant ses remous personnels, il n'entendit rien.

Honnêtement, il ne perçut que le reflet joyeux et vague d'un soulagement trouble.

Cela le terrorisa d'autant plus qu'il pensait aimer Clara, il avait posé en postulat cet amour déjà ancien qu'il croyait toujours vivant et dont la fin brutale le rendait, à sa honteuse stupéfaction, un peu plus guilleret que d'ordinaire. Il n'avait jamais trompé Clara, la retrouvait chaque matin sans grands élans, mais de là à penser que sa mort le soulagerait il y avait un pas de géant. Il dut donc pendant la semaine des obsèques mimer l'effondrement maîtrisé. Il s'en acquitta avec un grand talent ; de ce fait, il se considéra un temps comme un acteur ignoré.

Le soir, en entrant chez lui, des sifflotements printaniers lui montaient aux lèvres.

C'est à cette jubilation intempestive et surprenante qu'il dut d'avoir, à partir de cet instant, une suspicion permanente envers tout ce qui, dans l'âme humaine, pouvait apparaître comme clarté, pureté et transparence. Son œuvre s'en trouva marquée bénéfiquement. Il devint cynique et en trouva profit.

Au fond, Clara lui avait rendu service, elle lui avait révélé ses propres Léviathan. En elle-même elle n'était rien, elle ne lui laissait que peu de souvenirs... Avec le temps, elle serait sans doute devenue une de ces femmes redoutables et molles cadenassées par des appareillages couleur layette, comme celles qui, dans peu de temps, le mettraient sur le gril devant les caméras de la deuxième chaîne. Sans une seconde de réel chagrin, il identifia veuvage et liberté, et devint écrivain en pantoufles le matin, piéton badaud l'après-midi.

La vie serait simple. Elle l'avait été : il écrivait des livres, prenait son café au tabac du coin, mangeait avec Yann chez Max, évitait les cocktails, le monde, buvait du sauternes premier cru avec des tranches de jambon sorties du frigidaire les soirs de télévisuelle solitude... Quelques voyages parce qu'il fallait bien sortir un peu, et il se retrouvait dans son appartement montmartrois avec un soupir d'aise.

Seul et fait pour l'être, il arriverait au fil des années à

déguster la vie minute après minute. Il saurait la ralentir, y installer cette lenteur souriante et nostalgique qui était le rythme de sa propre existence et que seuls venaient interrompre de rares intermèdes catastrophiques tels que celui qui l'attendait dans les heures à venir.

Cela avait commencé huit jours auparavant, un coup de fil de la maison d'édition : une émission à faire, très écoutée, ce serait parfait pour relancer le bouquin, ce n'est pas qu'il en avait besoin, mais...

La promotion. Un écrivain était devenu un individu qui s'installait sous des projecteurs six mois de l'année, pérorait, souriait, offrait le meilleur profil, travaillant, selon les styles, dans la négligence étudiée, la souriante désinvolture, bref, essayait désespérément d'offrir de lui une image telle que le téléspectateur ne devait faire qu'un bond de son écran à son libraire. Il lui arrivait aussi de temps en temps de sortir son stylo mais cela devenait de plus en plus rare. Blazier connaissait des auteurs qui dictaient. Un petit magnétophone de poche et la secrétaire se débrouillait avec : « Mettez-moi ça au net, Françoise... » Et hop, expédié, quelques petites diarrhées verbales et en avant pour les cinquante mille exemplaires. De quoi pouvoir se retrouver à nouveau devant les caméras et tirer sa flemme six petits mois.

Il avait donc râlé pour le principe, puis accepté uniquement parce que la date était encore lointaine, et puis à présent, il y était.

Un truc d'enfant : il pensait encore que demain était au bout du monde, qu'après-demain ne viendrait jamais.

L'eau jaillit de la pomme de la douche. Elle était parfaitement réglée, tiède, agréable et pourtant, comme à chaque fois, il constata qu'il ne retirait pas de plaisir de ce ruissellement douillet.

Encore une chose qui l'avait stupéfié dans la littérature américaine. Tout s'arrangeait avec une douche : les héros prenaient d'invraisemblables volées, des gueules de bois monumentales, la mâchoire brisée, le nez en sang, roués de coups, du gin jusque dans les oreilles, le sexe en fleur après des baisages en série, ils titubaient jusqu'à la douche et ressortaient de ce miracle aquatique et carrelé en sifflotant, frais et roses, en pleine forme, Lucky Strike au bec, le J and B à la main, l'œillet à la boutonnière et s'enfournaient dans des Cadillac gris perle en chantant à tue-tête *Star Spangled Banner...*

Il se regarda avec attention dans la glace. Un homme sans miracle, voilà ce qu'il était : ainsi lorsqu'il n'était pas rasé il se trouvait laid. Il en tirait l'idée d'apparence logique que lorsqu'il serait rasé, il serait beau.

Il essuya la mousse au coin de son oreille droite et vérifia du pouce que la peau était lisse.

Pas de contestation possible : il était frais rasé et toujours aussi laid. Les miracles n'avaient même pas lieu une fois. Enfin laid, c'était vite dit, il y avait pire bien sûr. Oh et puis merde.

Problème : est-ce qu'il prendrait le blouson ou une veste ? Le blouson faisait un peu négligé mais ce n'était pas plus mal, c'était décontracté. Un terme qui lui convenait parfaitement, « décontracté », surtout aujourd'hui. Pas mal le blouson, une pointe sportive, un soupçon loubard, quatre cinquièmes d'élégance cossue car, tout de même, on devait pouvoir s'apercevoir qu'il ne l'avait pas trouvé dans un sac poubelle. Cuir en plein agneau, poches raglan style bombardier, col officier, rabat boutonné, glissière plaquée fantaisie, patte d'épaule tressée, double serrage à la base, doublure soie à motifs écossais, et de toute manière, il se sentirait plus à l'aise dedans. D'ailleurs, les épaulettes l'avantageaient, il faisait assez baraqué avec. Il hocha la tête avec détermination et enfila la veste qu'il traînait depuis cinq ans. Je fais ce que je veux, non ?

Le soleil entrait dans le salon. Les gens qui venaient

trouvaient son appartement agréable. Il devait l'être, il comportait pour cela tout ce qu'il fallait : les bouquins, la moquette, les tableaux, la cheminée d'angle, une lampe rétro, trois sabres de samouraï, des coussins en cretonne, un pistolet d'arçon, des piles de magazines, des B.D. en vrac, un bar, tout un attirail qu'il aimait, dans la mesure où il aurait pu d'une seconde à l'autre y mettre le feu sans verser une larme... Les choses les meilleures étaient celles auxquelles on s'attachait le moins...

Il tira sur les pointes de son col de chemise et noua une cravate de tricot en laissant le premier bouton déboutonné. Il vérifia sa pomme d'Adam. Ou bien il avait grossi, ou bien il s'y était habitué, ou bien les choses s'aplanissaient avec l'âge car elle lui semblait moins proéminente que dans sa jeunesse. Il devait y avoir un phénomène d'érosion, comme autrefois les pics suraigus des très hautes montagnes dans les premiers matins des premiers jours du monde qui, au fil des longues nuits de vent et de glace, des interminables jours de fournaise et d'orage, s'étaient lentement apaisés, adoucis, comme sous une main à la fois destructrice et câline, la main qui transformait les dents du midi en ballon d'Alsace, les Alpes en Vosges...

Voilà. Cette fois il était prêt. Un quadragénaire avec dégarnissements pariétaux et suffisamment de rides au coin des yeux et au bord des lèvres pour paraître homme d'expérience... Encore une belle fumisterie !

La ligne encore, étrangement conservée malgré une totale absence de sport et de diététique et une absorption grandissante d'alcool.

En fait, il prétendait que s'il n'avait encore ni pneus sur les hanches ni brioche sous le tissu ventral, c'est que l'alcool qui fait grossir était combattu par le tabac qui fait maigrir. Il s'efforçait donc avec une louable application de conserver l'équilibre en enchaînant les verres de bourbon et les blondes à bout filtre. Ajoutons au tableau quelques femmes épisodiques qu'il possédait sans forfanterie, conscient en ce domaine de sa maladresse extrême ; il était parvenu, à force de volonté, à se persuader qu'il était une bête du sexe en donnant au mot bête l'acception qu'il possède lorsqu'on l'emploie de façon quasi synonyme d'imbécile. Au milieu de tout cela, il était évident que Michel Blazier n'avait en aucune façon conscience d'être ce qu'il était envers et contre lui-même : l'un des meilleurs écrivains de son époque.

Il ferma la porte, descendit les cinq étages sans ascenseur, huma l'air et décida qu'il faisait suffisamment beau pour prendre le métro. Il était arrivé à se rendre l'horreur du printemps parfaitement naturelle.

« Encore un effort, pensa-t-il, et je serai vraiment un vieux con. »

Il demeurait toujours surpris du capharnaüm qu'offrait l'envers du décor.

Devant leurs écrans les gens voyaient des fauteuils chics, des cloisons coquettes, des formes élaborées, à la fois audacieuses et quotidiennes, tout était parfait et rangé. Mais avant de parvenir au cœur de ce monde lumineux et pur, il fallait traverser des couloirs encombrés, escalader des caisses, éviter des canalisations, filins et autres colis entassés le long d'étroits passages. Il traversait des ateliers où des costauds en maillots maculés peignaient d'un pinceau languissant des colonnes grecques, donnant au polystyrène l'allure du marbre de Carrare. En général il se perdait dans le dédale et ne devait son salut qu'à la rencontre d'un quidam qui, entre deux bouffées de Gitane maïs, le remettait dans le bon chemin, celui qui menait au studio désiré.

Après quelques escaliers ferraillants, il parvenait enfin au cœur impeccable de ce monde cahotique. Le désordre n'était qu'auditif, des voix tombaient des cintres : « Le fauteuil 3 sur la gauche, non bonhomme, sur la gauche... tu écoutes ce qu'on te dit... »

Une dame, les bras surchargés de feuilles dactylographiées, lui tendait un index rapide et il se retrouvait, aveuglé par les kilowatts, effondré dans la moleskine, tandis qu'un technicien surgi du néant lui passait autour du cou un micro-cravate ; il commençait à ruisseler sous le double effet du voltage et de l'anxiété. La première question tombait et il commençait à bafouiller. C'était parti, cela s'appelait une interview télévisée.

Cette fois, les choses étaient différentes : malgré l'avance qu'il pensait avoir, il n'était pas le premier. Sur les trois lectrices qui devaient l'interroger, deux se trouvaient déjà là. La première avait le cheveu bleuté des dames d'anciennes provinces, le teint de grand air et la poitrine forte contrastant avec une voisine tout en angles aux lunettes de métal froid. Elles lui sourirent ensemble avec un synchronisme mécanique tandis qu'enjambant les câbles, il s'approchait pour leur serrer la main.

— Michel Blazier.

— Nous vous avons reconnu.

C'étaient toujours les plus rugueuses qui minaudaient.Il discerna dans l'œil de la costaude une lueur matoise inquiétante. Il sentit qu'elle n'avait pas aimé son livre et qu'elle le dirait. Une partie difficile à jouer.

Ce fut à ce moment qu'un projecteur s'alluma, révélant une partie du plateau qui était restée dans l'ombre. Les yeux de Blazier cillèrent.

À quelques mètres, face à lui, se trouvait la troisième lectrice.

Les lèvres pâles et ourlées s'écartèrent :

— Laura Brams, dit-elle.

II

... QUI N'EXISTE DE TOUT TEMPS

Novembre 1963

Le long couloir au parquet glissant longé de tombeaux étrusques. Les nattes de la fillette virevoltèrent, giflant les joues rondes. Les yeux pétillaient d'un rire dévastateur.

— J'y vais, j'y vais, c'est trop bon.

Ardena Blockhaert lorgna vers la sous-préfète.

— Vas-y, elle ne regarde pas.

Les autres refluèrent, laissant le passage. L'enfant tira sur ses socquettes blanches, plaqua contre elle le tissu lourd de sa cape comme la voile d'un bateau et prit son élan, le corps bascula en arrière, se redressa et partit en catapulte. Les mollets ronds frémirent de la course rapide et Laura Brams partit en une longue glissade. La joie emplit ses yeux d'une myriade d'étincelles, les statues défilèrent à toute allure de part et d'autre de son corps tendu... Elle sentait sous ses semelles la surface admirablement plane lancée à sa rencontre à folle vitesse. Merveilleux !

Elle lâcha l'étoffe et la cape flotta derrière elle comme un drapeau de victoire. Sa main droite partit en coup de poing et elle parvint de justesse à se renfoncer le béret sur la tête. Les statues ralentirent, s'immobilisèrent. Laura se retourna.

Le groupe attendait tout là-bas, la classe bleue... D'ici, les filles ne formaient qu'un seul corps avec de nombreuses pattes... Un grand corps bleu sombre avec une foule de jambes blanches terminées par des souliers bas, des jambes maigres et droites de fillettes.

Laura prit son élan pour le retour plané, le grand envol à ras de terre qui allait à nouveau la transformer en une mouette lancée à fleur de mer, égratignant la crête des vagues violines, les vagues de Flessingue quand le vent se levait, gris et têtu au-dessus des dunes de septembre, pour la fin des vacances dans la maison des vieilles colonnes...

Elle trouva d'instinct le roulis des patineurs lorsqu'ils cherchent la vitesse et fila à nouveau lancée par une force invisible.

Pour varier les plaisirs, Laura s'accroupit en pleine course, le plancher se rua vers elle, le monstre bleu aux jambes blanches grossit... Elle ferma les paupières un dixième de seconde pour saisir mieux la vitesse et se l'approprier et lorsqu'elle les rouvrit, le cri claqua comme un 6,35.

— Mademoiselle Brams !

Ruth Blekinge, les cordes du cou tendues à la limite de la rupture, offrait le spectacle d'un corps dont pas un seul millimètre n'était parcouru de la plus grande, la plus vertueuse et la plus totale réprobation. Son profil acéré tranchait l'air avec la précision d'un scalpel incisant la chair vive. Frappée à mi-parcours et en pleine vitesse par le fouet de son nom, Laura tenta une opération de freinage désespérée et inutile. Mais on n'arrête pas en quelques mètres un train lancé.

La locomotive Brams renversa la vapeur, ses talons crissèrent sur la cire et le corps jusqu'à présent parfaitement en ligne dans la trajectoire s'inclina, les murs pirouettèrent ; elle tenta de redresser d'un coup de reins désespéré, le plancher monta d'un coup, heurta son postérieur et elle vit le monstre à pattes blanches tourbillonner dans tous les sens dans un piaillement ininterrompu. Comme une savonnette sur un carrelage, Laura Brams tenta de se rouler en boule mais ses membres volant autour d'elle ne lui obéissaient plus. En une fraction de seconde, dévalant ventre au sol vers ses camarades, elle pensa simplement : « En plein dans le jeu de quilles. »

Elle se releva vingt-cinq mètres après avoir dépassé, toutes voiles dehors et les jambes en l'air, le corps rigide de dignité offusquée de la sous-préfète Ruth Blekinge.

Lorsqu'elle leva les yeux, elle s'aperçut qu'elle avait été stoppée par un gardien rubicond qui la regardait de l'œil blasé de l'homme qui a passé les trois quarts de sa vie à ramasser, au long des lentes après-midi silencieuses du Rijksmuseum Van Oudheden, de pétillantes jeunes écolières incapables de résister à l'appel du large qu'offre, à une certaine époque de la vie, une interminable surface aussi plane que glissante.

Elle lui sourit, ploya le genou comme lui avaient appris à le faire les surveillantes de l'institution depuis son plus jeune âge et elle se présenta à son sauveur :

— Laura Brams, la toupie humaine, dit-elle.

Il hocha la tête, compréhensif.

— Je crains que vous n'ayez des ennuis, dit-il.

Ce fut au tour de Laura de hocher la tête. Il était manifeste que les ennuis, ce n'était pas quelque chose de très nouveau pour elle ; on n'est pas année après année, avec un entêtement, une application constante, le pitre officiel de toute une école sans que cet état de fait comporte en effet quelques désagréments.

Laura et le gardien se saluèrent à nouveau et Laura reprit avec courage le chemin de son destin qui pour l'instant avait la forme sombre et rectiligne de Ruth Blekinge.

Avant de baisser la tête et de donner l'apparence d'une

fausse contrition, la fillette enregistra avec satisfaction que derrière, Ardena Blockhaert, Helena Harlingen, Britt Meyer et toute la bande des autres essuyaient de leurs mouchoirs de toile rude les larmes joyeuses de leurs rires.

— Mademoiselle Brams, quel âge avez-vous ?

Laura tenta de prendre l'air égaré de la jeune personne respectable et ordinairement raisonnable que le démon de la folie a survolée et saisie pendant un inexplicable et bref instant.

— Treize ans, mademoiselle.

— Pensez-vous que le comportement que vous venez d'avoir soit de votre âge ?

Vieille peau, pensa Laura.

— Non, mademoiselle.

— Alors vous ne serez pas surprise d'être punie ?

— Non, mademoiselle.

D'un coup de menton de condottiere à la tribune d'un meeting mussolinien, Ruth Blekinge renvoya Laura vers ses compagnes.

Je hais les musées, pensa-t-elle.

Les filles l'entourèrent, compatissantes ou ravies selon leur degré de relation entretenue avec l'héroïne du moment, et Laura continua la visite, mêlée au lent troupeau bleu pâturant lentement dans les herbages austères de la culture assyro-babylonienne.

Ardena secoua ses joues sphériques et ses yeux délavés tournèrent lamentablement dans ses orbites.

— Tu vas être privée de sortie dimanche, gémit-elle.

La capacité de la grosse fille à s'attendrir sur le sort des autres surprenait toujours Laura et suscitait en elle des mouvements de tendresse violente envers son amie. Avec la dextérité que confère seule une longue habitude, elle pinça vigoureusement le postérieur rebondi, arrachant un jappement de douleur et de plaisir mêlés.

— Je me sauverai, murmura Laura.

Elle ne passerait pas un nouveau dimanche dans les murs de Sainte-Wilhelmine.

Derrière les vitres mouillées des hautes fenêtres, les peupliers du parc se courbaient dans les rafales… Le vent ne cessait pas sur les hauteurs de la ville… Les feuilles semblaient métalliques dans la lumière froide, des feuilles sans force aux nervures livides qui crissaient l'une contre l'autre et emplissaient le ciel blanc d'un vacarme de scierie en délire… Elle écoutait ce chant d'acier et de violence, assise seule au centre de la classe, et lorsqu'elle pensait à Télé sa gorge se nouait.

Il lui fallait alors lutter contre la crise, la lente montée des larmes, colmater les brèches de la digue qu'elle élevait contre les lames du chagrin. Télé, qui l'attendait là-bas, à Flessingue, tentant de discerner à travers les rafales du même vent son pas à elle sur les graviers du jardin… les graviers blancs lavés par les averses et qui s'effondraient sous chaque foulée avec un bruit d'enfer… Télé frissonnant sur la terrasse battue de gouttes salées tandis que montaient les brouillards de l'Escaut et qu'il écoutait les heures battre au clocher des îles invisibles. Elle le jugeait trop petit pour le malheur ; ce qu'elle voulait, c'était Télé hurlant d'épouvante lorsqu'elle lui faisait dégringoler les dunes sur le dos tandis qu'elle lui annonçait, au bas de la pente où il aboutissait inexorablement en fin de chute, la présence de Blekinge, le dragon à la gueule de flamme… L'enfant dévalait, pleurant de peur et de rire et lorsqu'elle le rejoignait au cœur de la vallée de sable, il y avait tant de joie dans les prunelles de son frère qu'elle oubliait alors que les yeux du petit garçon étaient morts.

Ruth Blekinge, le dragon à la gueule de flamme, dirigea la meute sans s'arrêter devant les taureaux de granit aux couronnes royales et, d'un geste sans réplique, immobilisa les écolières autour d'une vitrine.

Avec obéissance les filles entourèrent la statue protégée. Un homme taillé dans la pierre noire tendait vers le visiteur un nez rongé par le temps et des yeux en amande. Il tenait entre ses bras ce que Laura pensa être une boîte à chaussures contenant une statue de déesse gommée par les siècles. Ruth Blekinge compulsa précipitamment ses notes.

— Nous abordons la partie égyptienne de la visite, dit-elle. Vous avez là Dheja fils de Nefanteh et de Hepheter, c'est l'époque ptolémaïque, il s'agit certainement d'un pharaon.

Avec gourmandise, la surveillante passa sur ses lèvres minces une langue rapide.

— Qui peut me citer le nom d'un pharaon ?

Elle pratiquait volontiers ce genre de question pour des raisons obscures où se mêlaient à la fois, et à des degrés divers, techniques pédagogiques et montées sadiques obsessionnelles. Une langueur enveloppait à présent la troupe.

Les regards se tournèrent vers Britt Meyer.

C'était la meilleure, celle qui savait.

Laura Brams était la plus dégourdie, la plus vive, mais le réceptacle de la mémoire inutile, c'était Britt, dite bec de mouette, surnom facilement compréhensible et difficilement évitable, vu la courbure éloquente de son cartilage nasal. Britt connaissait les dates auxquelles naissaient et mouraient les rois, les noms lointains des traités incompréhensibles, les lieux où s'étaient déroulées des batailles inexplicables.

— Alors, un nom de pharaon, j'attends...

Britt soupira, elle savait que c'était à elle de jouer... Avec une bonne volonté un peu froide, elle lâcha son obole :

— Ramsès II.

Avec componction, le dragon à gueule de flamme opina,

savourant le renseignement, suçant le mot comme s'il eût été à la fois vénéré et sucré.

— Ramsès II en effet, dit-elle. Bien. Qui encore ?

Britt connaissait tous les pharaons, légitimes ou non, compris entre la 1re dynastie et l'arrivée de Septime Sévère avec, en prime, les régents, les usurpateurs, sans oublier les épouses, maîtresses et concubines. Elle aurait même pu les réciter à l'envers, en partant des ptolémaïques pour aboutir à Menkahouhen premier de la série (2392-2388), mais elle jugea qu'elle en avait assez fait. D'un tempérament lymphatique et naturellement endormi, elle se contenta de se réciter intérieurement et pour le plaisir les deux cent cinquante vers de *La Légende des siècles*.

La sous-préfète comprit que Britt bec de mouette s'était tue pour le restant de la journée. Son doigt redouté se leva, décrivit dans l'air un demi-cercle menaçant et se tendit brusquement.

L'ongle douteux de l'index désignait le visage épanoui d'Ardena dont les glandes sudoripares entrèrent immédiatement en action.

Long silence.

— Alors, mademoiselle Blockhaert, j'attends : un pharaon.

Ardena avala sa salive comme si elle s'expédiait des billes de plomb fondu dans le gosier et eut une inspiration soudaine. Avec un « han » de bûcheron, elle accoucha :

— Ramsès III, dit-elle.

Ricanements divers dans l'assistance. Ardena vira au rose saumon, Ruth Blekinge se contenta de toiser la fille et fit passer dans son regard la plus grande quantité de mépris possible. Laura se mit à la haïr.

La sous-préfète ne s'avouait jamais vaincue, surtout par l'inertie.

— Qui va trouver... Je vais vous aider un peu, c'est un nom très connu, je vous en donne le début, il s'agit de Toutan... de Toutan... Je vous écoute.

Britt Meyer réprima un soupir de douce commisération. Laura connaissait parfaitement Toutânkhamon. Elle avait des souvenirs précis de sa sixième, elle revoyait encore les photos du manuel : les statues découvertes dans le tombeau, les objets d'or.

— Alors, qui va répondre ? Qui d'entre vous va me donner la bonne réponse, mesdemoiselles ?

Blekinge, le dragon aux fumantes narines, ne se décourageait jamais.

— Toutan ?... Toutan ?...

Une fois de plus le démon frappa à la porte de l'âme pure de Laura Brams. Elle tenta de résister mais comme à chaque fois, avant qu'elle ait pu tourner les verrous, le démon sortit de sa bouche.

— Toutancarton ! glapit-elle.

Les cris de joie explosèrent et la portèrent d'un coup au sommet de la gloire tandis que le dragon, vaincu une brève seconde, regagnait sa nauséabonde tanière.

— Pourquoi vous l'appelez Télé ?

— C'est le premier mot qu'il ait dit.

Ardena secoua la tête d'un air entendu. Il faisait presque froid et le frôlement des herbes sur ses jambes l'envahissait de frissons.

Laura posa son menton sur ses genoux joints et regarda les nappes d'oiseaux couler entre les îles... Le soleil filtrait à peine dans des lueurs d'aquarium...

Le Zeeland, le pays de la mer, ce sable et ces eaux inertes formaient son univers depuis toujours.

Même durant les voyages d'été, lorsque son père les emmenait tous le long des routes littorales, ils ne quittaient jamais les îles basses, les pays où les prés descendaient lentement dans la mer.

Ils avaient parfois suivi les vagues de la mer nordique jusqu'aux chapelets d'îles Frisonnes, au-delà d'Ameland allongée dans les sables, jusqu'à la baie de Jade, là où les barques immobiles semblaient incrustées à jamais dans la nappe noire des eaux... Elle avait vécu là, dans la maison de toujours, celle qu'ils appelaient la maison aux Anciennes Colonnes.

Elle y était née et Télé après elle, sept ans plus tard. Il avait à peine deux ans lorsque Hildegarde Brams, avec ce sourire triste qu'elle réservait à son dernier-né, avait demandé :

— Qui aimes-tu le plus fort, Aaron, dans cette maison ?

Laura qui passait dans le couloir à ce moment-là avait bondi en l'air sous la violence de la réponse.

— Télé ! avait hurlé Aaron, exaspéré par ce style de question doucereuse qu'il détestait par-dessus tout.

Il est vrai qu'il passait le plus clair de son temps devant le petit écran.

Le nom lui était resté. Laura avait d'ailleurs plaidé qu'Aaron était un nom beaucoup trop grand pour un enfant. Personne n'avait exactement compris ce qu'elle entendait par là mais la remarque avait sonné juste et Anton Brams, le père, avait hoché à plusieurs reprises sa longue tête fade en signe de bienveillante compréhension.

Quelques années plus tard, Télé avait précisé sa pensée au cours d'un repas familial ; balançant ses jambes dans le vide, tout en peuplant son assiette d'une armée d'hippopotames en mie de pain fabriqués avec une vélocité et une fidélité surprenantes, il avait déclaré tout de go :

— J'aime aussi Laura parce qu'elle me pousse dans le dragon.

Interrogée sur la signification exacte de cette formulation, la fillette, en enjolivant son récit de précautions oratoires, en avait donné une image bien édulcorée, mais elle n'avait pu cependant empêcher que, dans l'âme à vif de la mère, l'image du fils aveugle propulsé du haut des dunes par la main de sa propre sœur ne vînt se graver.

Hildegarde Brams faillit tomber de sa chaise et Laura se retrouva une longue après-midi enfermée dans sa chambre, privée de télévision. Le plus épouvantable fut que cela tomba le jour de la retransmission d'Ajax-Hambourg, et elle se rongea furieusement tous les ongles de la main droite, bien que de temps en temps, les marches de l'escalier fussent ébranlées par le galop de Télé qui frappait à la porte close derrière laquelle se trouvait sa sœur et annonçait d'une voix de stentor :

— 1 à 0 pour l'Ajax !

Avant de redescendre à toute vitesse.

L'engouement de Télé pour le football était extraordinaire ; elle lui avait expliqué longuement les règles du jeu une bonne partie de l'été précédent et les cris du public sur le stade le survoltaient.

Ardena frissonna et frotta ses cuisses épaisses.

— C'est bizarre pour un aveugle de rester devant des images. Pourquoi il ne met jamais la radio ?

Laura haussa les épaules.

— Il dit que ça ne lui fait pas le même effet. Il prétend que c'est une question d'ondes.

Elle suça une herbe longue et ajouta, pensive : « Il dit même qu'à la radio il ne voit rien ! »

Ardena fit couler du sable entre ses doigts. La lumière était verte à présent, verte et les nuages gris.

— C'est comme ces hippopotames, comment peut-il les faire aussi bien ?

C'est Laura qui lui décrivait les choses au cours de leurs balades ; entre deux bourrades qui expédiaient le garçon dans les airs elle lui expliquait le monde.

Télé avait, parmi tout ce qui composait l'univers, des

préférences spécifiques pour le football, les hippopotames, la publicité d'une sauce tomate, une bonne douzaine de jurons flamands, l'odeur de cire de la maison aux Anciennes Colonnes et d'autres sensations plus floues et moins disciplinées.

Laura faisait également partie de la liste des choses aimées.

— On rentre ?

Laura se leva. Il n'y avait pas de nom pour cette alliance d'améthyste et de clarté ferreuse... Elle ne quitterait jamais ce pays. Elle se cambra, vérifia d'une main satisfaite la sphéricité parfaite de ses fesses sous le maillot de bain et partit rassurée à longues foulées, suivie d'Ardena, l'amie de toujours, l'amie qui chaque soir d'été venait passer quelques heures près de la maison des Brams. Après un bain rapide, les deux filles regagnaient le sentier par la plage ; dans quelques minutes elles engloutiraient les strueddels à la cannelle et des bols de chocolat noir comme du café.

Laura ralentit : sur la terrasse de la maison le corsage blanc d'Hildegarde Brams brillait dans la lumière glauque. Elle surveillait Télé dont c'était l'heure du bain.

Encore un rituel qu'il avait institué. À dix-huit heures, vêtu d'un short trop grand pour lui, il descendait les marches de bois qui ouvraient sur la plage ; il parcourait, suivant l'heure des marées, entre vingt-cinq et cent cinquante mètres de sable humide et plan. Ses traces formaient une ligne droite parfaite. Il s'enfonçait jusqu'aux genoux, poussant quelques hurlements, s'accroupissait, se livrait à une véritable bataille contre la mer, insultant, riant et giflant, et revenait par le même chemin.

Ce qui fascinait Laura, c'était la rectitude du chemin suivi. Personne au monde ne marchait plus droit que Télé.

— J'ai planté un arbre, cria Laura, un baobab juste devant toi.

Télé ne ralentit pas une seconde. Ardena imagina le gosse fonçant droit dans le tronc massif ; elle entendit le cartilage craquer contre l'écorce. Elle ferma les yeux, horrifiée.

— Hildegarde est à la passerelle, souffla Télé au passage. Je la sens jusque dans le fond de mes os.

— Non, dit Laura, elle prépare le goûter.

— On ne ment pas à un aveugle, dit Télé, c'est un double mensonge.

Il poursuivit sa course rectiligne en trottinant sur ses jambes fluettes. L'eau coulait sans arrêt sur ses cuisses, il semblait avoir emmagasiné la mer dans son short.

— Salut, Ardena, lança-t-il de loin.

Bien qu'elle fût habituée, la grosse fille sursautait toujours. Comment ce diable de gosse pouvait-il savoir qu'elle était là ?

— C'est ton pas, avait expliqué Laura, tu ébranles le sol, il perçoit les secousses.

Dignement, Ardena Blockhaert avait haussé les épaules.

— Même si je ne bouge pas, il sait que je suis là.

Elle avait dans le ton de sa voix quelque chose de vaguement outré qui fit rire Laura. Elle passa le bras avec difficulté autour des épaules massives de son amie.

— Dépêche-toi, il y a des pains aux raisins.

Comme tirée par une corde invisible, Ardena accéléra l'allure.

Devant elles, toute proche à présent, la maison aux Anciennes Colonnes se dressait au cœur des dunes safranées, presque noire sur le ciel d'opale.

Cette fois, c'était sûr : Télé se morfondrait tout seul, perdu dans son immense short mouillé — la sentence venait de tomber de la gueule encore fumante du monstre : Laura Brams serait collée, dimanche.

Le cortège de visiteuses s'ébranla vers d'autres vitrines. Bizarrement Laura ne se sentit pas trop déprimée, cela viendrait sans doute. Elle se sentait même parfaitement joyeuse. Son œil averti parcourait la salle, il y avait certainement dans ces lieux matière à quelques gags et autres plaisanteries particulièrement bien venues.

Le petit groupe habituel l'entourait. Helena Harlingen traînait des pieds. Helena Harlingen était à treize ans et demi la pinup de l'équipe, ou tout au moins faisait-elle des efforts gigantesques et permanents pour cela. Jamais Helena ne s'oubliait une seconde. Elle avait découvert que si elle plissait les yeux et pinçait les lèvres en alternance elle arrivait à ce que les magazines pour jeunes filles appellent un minois chiffonné ; pour un œil non averti, Helena apparaissait comme secouée de tics inquiétants. Ayant également la conviction qu'une jolie fille a de petits pieds, elle se chaussait deux pointures en dessous et la visite s'éternisant, les talons de la malheureuse viraient au rouge. Elle eut l'impression un moment que la fumée commençait à sortir entre ses orteils, et, boitillant, elle s'accrocha au bras de Laura Brams.

— Il faut que je m'assoie, souffla-t-elle, je vais mourir.

Laura jeta un œil rapide sur les chaussures minuscules et imagina les chairs comprimées à l'intérieur.

— Et en plus, dit- elle, je suis sûre que tu chausses du quarante.

La douleur rayonnante rendit la coquette expansive :

— Trente-huit, avoua-t-elle, de vrais panards, c'est affreux, faut que je m'assoie.

Elle jaugea la situation : la classe rangée derrière la sous-préfète était stationnée devant un bas-relief de la chapelle royale de Séti Ier. Un prêtre recouvert d'une peau de panthère tendait la paume de sa main vers le pharaon assis devant lui. Les deux personnages étaient entourés de hiéroglyphes bicolores où dominait l'image de la chouette.

Bizarrement, Laura, bien que son attention portât sur tout autre chose, fut traversée par l'impression rapide que, malgré les apparences, ils ne se ressemblaient pas.

En rang d'orgues devant le linteau qui occupaient la presque totalité du mur de la plus grande salle du Rijksmuseum Van Oudheden, les collégiennes ne prêtaient pas attention aux deux visiteuses restées à l'écart.

Ce fut à cet instant précis que Laura Brams eut l'illumination : en un éclair elle vit à la fois la façon dont Helena pouvait apaiser l'incendie de ses orteils torturés et comment elle pouvait peut-être jusqu'à la disparition totale de toute mémoire humaine, entre les digues solitaires de Zeebrugge et les brouillards bleutés qui survolent durant l'automne les confins imprécis des marais d'Allemagne, comment elle pouvait demeurer dans les mémoires comme étant et ayant été l'élève la plus indocile, la plus drôle, la plus folle, en un mot la plus géniale des Pays-Bas.

— Viens par ici.

Laura entraîna la boiteuse vers le fond de la salle. Personne ne les observait, Ruth Blekinge pérorait, compulsait ses notes sur les mérites et les triomphes militaires de Séti Ier (1306-1290) pharaon de la 19e dynastie. Séti Ier qui, de son œil latéral et hautain, semblait observer la surveillance avec une méfiance particulière, serrait dans sa main rouge le sceptre d'or que possédaient seuls les maîtres de la Haute-et Basse-Égypte.

Les deux filles glissaient silencieusement sur le parquet.

À la fois par souci de conserver à l'institution son ambiance de silence favorable au labeur autant que par souci d'économie, Sainte-Wilhelmine chaussait ses pensionnaires de semelles de crêpe, glissantes certes comme l'avait constaté Laura quelques instants auparavant, mais parfaitement muettes, ce qui servait son dessein actuel. Ce dessein se devait d'être le couronnement de sa carrière et était en fait très simple : gagner d'abord le renfoncement de la pièce.

Là se trouvait le sarcophage.

Derrière le tombeau, Helena Harlingen pourrait s'asseoir et se reposer. La troupe ne manquerait pas de s'arrêter et Ruth Blekinge étalerait une fois de plus sa science livresque en expliquant ce qu'était exactement ce cercueil de granit. Elle se pencherait alors au-dessus avec ses disciples pour en observer l'intérieur, bafouillant des explications sur les momies, bandelettes, respect des morts, vallée des rois, etc., et c'est à cet instant précis qu'au fond de la tombe froide et sculptée elle trouverait, paupières closes et mains jointes, la très belle et très jeune pharaonne Laura Brams, princesse des rives de l'Escaut oriental.

Si elle réussissait ce coup-là, on en parlerait longtemps.

Les deux filles parvinrent au sarcophage.

Avec un soupir de soulagement indescriptible, Helena se laissa couler à l'abri des regards et entreprit d'extirper de ses pieds les instruments diaboliques qui les martyrisaient. Laura jeta un regard derrière elle.

Personne ne l'observait, c'était le moment ou jamais.

Dans ces moments-là, aucune force au monde ne pouvait arrêter Laura Brams. Elle pouvait soulever des montagnes, pour deux raisons : retrouver Télé s'il s'était trouvé enfoui dessous, et voir la tête que ferait quelqu'un qui s'attendrait à les retrouver comme chaque matin en face de lui.

Le sarcophage formait une auge de granit, ses pans de pierre sombre étaient hauts et Laura n'était pas grande. Elle posa les deux paumes sur le rebord et donna un coup de jarret pour passer par-dessus.

Le hurlement vrilla l'air.

Le sang se figea dans les veines d'Ardena Blockhaert et des autres. Les fiches de Ruth Blekinge s'éparpillèrent sur le sol.

Toutes les têtes pivotèrent vers l'extrémité gauche de la salle.

Au pied du sarcophage gisait le corps de Laura Brams.

Personne ne bougea. Lentement, un soulier à la main, toutes virent émerger Helena.

Ardena sprinta la première. Malgré son poids elle conserva son avance et s'écroula, ses genoux sonnant sur le parquet à quelques centimètres du visage livide de son amie.

— Elle est morte, hurla-t-elle

La sous-préfète s'empêtra dans l'emmêlement des corps, trébucha et parvint enfin près de la fillette. En trente ans de carrière elle avait connu sa part d'évanouissements. Elle frappa avec force dans les mains abandonnées de Laura, la gifla deux fois.

— De l'air, dit-elle, donnez-lui de l'air.

Les filles volèrent aux fenêtres. Toutes s'ouvrirent presque en même temps. Le vent s'engouffra dans la salle au moment où le garde y pénétrait au triple galop.

Ce fut lui qui souleva l'enfant dans ses bras.

— Encore elle ? fit-il.

Laura ouvrit ses yeux.

Une étrange chose venait de se passer.

C'était à l'instant précis où elle avait touché cette pierre… un grand fourmillement, non, ce n'était pas cela, ce n'était pas le mot qu'il fallait… Une plénitude, quelque chose d'insupportable qui l'avait envahie, mille fois, cent mille fois plus fort que ces bonheurs inopinés qui surgissaient parfois sans raison au cœur d'une matinée de soleil dans les dunes et qui la remplissaient, la renversaient sous une chape de joie trop forte.

— C'est parce que vous l'avez punie ! C'est votre faute !

La voie suraiguë d'Ardena acheva de réveiller Laura. Horriblement fatiguée, moulue comme après des heures de nage ou de course… Elle avait parcouru un long, un immense chemin, et voici qu'elle était revenue d'un très long voyage.

— Qu'est-ce qui s'est passé ?

Laura vit la main du dragon de feu caresser ses cheveux. Elle la regarda et sourit. Elle aimait bien le dragon en cet instant... un dragon inquiet, malheureux.

— Je ne sais pas... Tout a tourné tout d'un coup. C'est fini.

La tension se relâcha. Le gardien s'écarta et alla fermer l'une des fenêtres.

Ruth regarda sa montre, une montre métallique. Laura avait toujours été frappée par la laideur et l'agressivité qui se dégageaient de cette montre.

— Il faut rentrer... Vous pouvez marcher, mademoiselle Brams ?

Ses jambes étaient lointaines... Ce monde plein de visages vivants et de statues n'était pas encore très réel, mais les choses se précisaient lentement, acquéraient leur densité habituelle.

— Oui, bien sûr.

Cramponnée au bras d'Ardena, Laura Brams sortit du musée.

— Qu'est-ce que tu foutais devant ce sarcophage ? demanda Ardena

Laura ne répondit pas. Les arbres du parc dégageaient une odeur forte comme elle n'en avait jamais senti, leur parfum s'arrêta abruptement dès qu'elles eurent franchi les grilles. Elles se dirigèrent vers le car qui les ramènerait à Sainte-Wilhelmine.

— Tu veux un chewing-gum ?

Laura refusa d'un signe de tête.

Britt Meyer fut la dernière à monter dans le car. Elle commença à se réciter pour elle-même la liste des villes de plus de cinq cent mille habitants existant dans le monde, en commençant par le continent africain.

Derrière les vitres, les terres plates pivotèrent… Là-bas, vers la mer, la brume montait déjà, noyant la lumière, les nuages devenaient mauves vers l'est ; il devait pleuvoir sur la Meuse, sur les terres inférieures, vers Nimègue et les forêts.

Laura pensa que la punition serait levée, que ce dimanche serait semblable aux autres, qu'elle continuerait à jeter son frère dans le vide et à lui apprendre la vie, cette chose étrange et palpitante pleine d'hippopotames, de football, de jus de tomate et de sarcophages.

III

NOUS REVENONS VERS LA VALLÉE...

Blazier serra la main tendue. Sous les projecteurs les yeux étaient lumineux... chocolatés et lumineux... Un petit déjeuner de matin. Des yeux pour y tremper des croissants. Formule idiote mais qu'il pouvait replacer en l'arrangeant un peu. Il avait toujours utilisé ce genre de phrase, l'ennui c'est qu'avec l'âge il s'en rappelait de moins en moins et qu'un jour ou l'autre il serait condamné au petit calepin. Il deviendrait un noteur, un vieux con de noteur qui suce la pointe de son crayon comme un épicier devant ses salades. Ce n'est pas vraiment chocolaté, d'ailleurs, il y a de la paillette là-dedans, il y a du cirque quelque part. Si le rire a une couleur, c'est celle-là... Des yeux couleur de rire.

L'assistant du son lui indiqua le fauteuil. À côté de cette femme. Laura comment déjà ?

Un nom de musicien. Laura Wagner.

Très beau, Laura. Il y a eu un film merveilleux, noir et blanc, comme elle, avec des ombres. La voix l'avait frappé aussi. Un timbre clair, sans faille, mais il y avait autre chose.

— Vous êtes étrangère ?

— Oui, très tôt ce matin j'ai passé la frontière.

Il croisa les jambes. Envie effroyable de fumer.

— Vous parlez toujours en alexandrins ?

— Chaque fois que je me trouve devant une forte personnalité.

Il enregistra vaguement que les deux autres amorçaient des mouvements d'impatience. Comment s'appelait-elle déjà ? Non, pas Beethoven…

— Un essai pour les voix, s'il vous plaît. Monsieur Blazier ?

C'était un moment capital… D'abord cela prouvait que l'émission allait effectivement avoir lieu, qu'il n'y avait pas eu de catastrophe géologique ou nucléaire pour miraculeusement bouleverser l'ordre horrible des choses et cela signifiait une fois de plus qu'une certaine catégorie de personnel ne se mettait jamais en grève au moment où il aurait fallu. Et puis dans ces sortes de moments, la voix était capitale. Quand elle sortait, assurée, grave, l'émission qu'il allait faire serait bonne ; si elle lui paraissait blanche, haut placée, presque enfantine — donc ridicule dans un corps d'adulte —, il savait qu'il ne prononcerait que des banalités, des fadaises, une voix faite pour être coupée par une autre, une voix de faible, sortie du fin fond d'un cours élémentaire première année… Il pensait au début que le trac lui conférait cette tonalité aigrelette, les choses n'étaient pas aussi simples, parfois, détendu, à l'aise, il avait ouvert la bouche et c'était un filet de vinaigre qui en avait coulé… Trop préoccupé par l'atroce sonorité, il en avait perdu le fil du discours tant son effort était moins tourné vers le but d'étayer des arguments que de descendre de deux notes dans la gamme.

— Monsieur Blazier, s'il vous plaît ?

Il lorgna vers son micro, vers sa voisine. Les yeux chocolat étaient sur lui. Pas chocolat, marron glacé. Il prit une longue aspiration et balança :

— La pluie qui menaçait a failli me surprendre.

Laura sourit. La voix retentit à nouveau dans les cintres.

— Mademoiselle Brams ?

Elle fit tourner une bague au diamant minuscule, un tour complet à l'auriculaire gauche.

— Moi-même j'ai failli recevoir la saucée, dit-elle.

Deux certitudes envahirent immédiatement l'âme du romancier. La première était qu'il en avait fini avec l'angoisse inhérente à toute émission, et que si cette femme avait un mari, des amants, un concubin ou n'importe quoi qui y ressemble, il allait falloir très sérieusement et sans perdre une seconde trouver une méthode expéditive pour les faire disparaître de la croûte terrestre.

Il se baissa, tira sur ses chaussettes et lâcha dans un registre caverneux :

— L'eau qui tombe du ciel n'est pas toujours bénie.

Laura Brams hocha la tête lentement.

— Certes, enchaîna-t-elle, à moins qu'on ne se soit muni d'un parapluie.

Michel Blazier croisa les bras.

— Le coryza souvent se tourne en pneumonie, rétorqua-t-il.

Laura Brams eut une moue dubitative.

— La pneumonie parfois met fin à votre vie.

« L'antenne dans trois minutes ! »

La voix mourut lentement sous les lumières.

Lunettes cerclées fit crisser son postérieur sur le fauteuil.

— Mais la vie sous la pluie est-ce vraiment la vie ? soupira Blazier.

— Vous vous connaissez depuis longtemps ? demanda la costaude aux cheveux bleus.

Blazier vit naître un sourire sur les lèvres de Laura Brams. Il ne ressemblait pas à celui qu'elle lui avait adressé en arrivant. Celui-ci semblait plus lointain, il venait d'une région inconnue, presque énigmatique.

— Une minute et demie, répondit-il.

La présentatrice s'était installée, enfin. Myriam Defoi. Elle avait beaucoup de mal à organiser son visage autour de deux narines palpitantes dont elle maîtrisait sans cesse la vie presque indépendante. Blazier l'avait aperçue quelquefois sur l'écran. De bon ton, ce charme fabriqué de la grande bourgeoisie télévisée. Elle utilisait avec facilité le concept creux, la formule faite, agrémentant d'un rire de gorge et se donnant suffisamment de mal pour qu'on pût penser que même au lit elle devait garder une bienséance travaillée.

Elle doit être Antenne 2 jusque sur l'oreiller, pensa-t-il.

Il loucha vers l'écran de contrôle. La pub Moulinex s'achevait.

— Après la sauce salade, c'est à nous, annonça Myriam Defoi.

Blazier émit un sifflement admiratif.

— Vous connaissez le passage des pubs dans l'ordre ?

Les narines de la présentatrice prirent le vent sous l'hommage.

— L'habitude...

« L'antenne dans dix secondes. »

La voix égrène les chiffres. Il n'avait plus peur. Impression qu'il ne l'aurait plus jamais. Pourquoi ? La présence de la femme aux alexandrins, de ses yeux calmes, des yeux de grève, une grève mouillée encore d'une écume tremblante et froide... Cheveux bleus tira sur sa jupe de ses deux doigts réunis en pince, tout en donnant un coup de reins pour dégager quelque élastique insidieux. Les pupilles de lunettes cerclées s'irisèrent de lueurs métalliques.

Sur le mât du nez, les narines latérales se gonflèrent. Myriam tenta de les ramener à elle.

— Bonjour à toutes et à tous, merci d'être fidèles à ce rendez-vous de chaque jour...

Une mécanique parfaite, l'huile des mots tournant dans le sourire... Le voyant rouge de la caméra trois s'éclaira. Surtout ne pas regarder l'écran, ne pas céder, il ne sert à rien de savoir quelle gueule je fais dans cette saloperie de boîte... Une sale gueule évidemment. Aucune importance.

— ... Rendez-vous qu'aujourd'hui vous passerez avec l'un de vos auteurs favoris, un auteur dont on ne compte plus les succès : Michel Blazier.

Sourire, déclic. Lui aussi devenait un pro.

Ses yeux croisèrent ceux de la femme aux alexandrins.

Brams. Voilà, c'était bien ce nom-là.

Laura Brams.

« Je pensais au sexe l'autre soir, grâce à ou par la faute de Nabokov que je relisais par ennui et je me demandais s'il n'était pas, comme bien d'autres sans doute, avant tout un olfactif. Il existe des tactiles, des visuels, toute une diversité infiniment complexe et je m'interrogeais si, dans la prédominance d'un sens sur l'ensemble des autres, je ne serais pas plutôt un auditif. Je dois dire que la malchance de ce point de vue me poursuit, et cela depuis ma plus folle jeunesse : je n'ai jamais pu me trouver dans un hôtel, moi qui à une époque voyageais si peu, sans être réveillé sur le coup de minuit, une heure, par des gémissements, plaintes indescriptibles, soupirs synchrones, balbutiements éperdus, râles affolés, mélopées des profondeurs qui m'ont fait passer quelques nuits, dressé, l'oreille géante dardée pour saisir le moindre décibel jaillissant d'une cloison sans âme. C'est dans ces moments-là que l'on prend conscience qu'être seul est une stupidité. Je n'ai jamais eu autant la certitude de mes lamentables possibilités qu'en ces instants de trouble intense : la nuit sans doute enfle les imaginations, le temps stagne, imprécis, et j'ai toujours supposé que derrière cette cloison jamais femme ne fut plus belle, plus livrée, plus déployée et jamais homme ne fut plus membru, plus pourvu, plus dynamique. Ce couple nocturne faisait l'amour gigantesquement. Tous ceux qui ahanèrent derrière les cloisons de mon

enfance eurent la bite infinie, inlassable et musclée, leurs femmes s'enroulaient autour, folles et exacerbées.

Adolescent dans le noir, l'oreille collée aux tapisseries bon marché, j'ai un peu partout miraginé des records. Ce fut là mon unique éducation sexuelle, je pense aujourd'hui qu'après tout elle en vaut d'autres. Je me revois encore, orteils frissonnants sur les carrelages fêlés de l'Hôtel des Deux Mondes et de la Gare, tout transi et freluquet, me préparant les grandes chamades futures... Il y aura toujours quelque part en moi ces femmes rugissantes qui me resteront dans la mémoire des tympans... Roland Barthes doit dire quelque part qu'il n'est d'amour que d'amour dit, j'ai toujours préféré en ce domaine l'amour bramé. J'aurais traîné la nostalgie des amours éléphantes, des amours de jungle où les oiseaux s'envolent sous le grand contre-ut des femelles. Oui, c'est cela et pas cela à la fois, car plus que le forte ce fut peut-être le brisé qui me plus que charma, la fêlure roucoulée, la voix exprimant ce que la voix ne peut chanter, la voix lorsqu'elle n'est plus qu'organe... J'ai aimé ces symphonies hôtelières parce que le cerveau n'y intervenait pas... Je suis un rustre, mais il me venait, enfant, comme un enthousiasme à cette écoute... Je savais que les hommes avaient donc le pouvoir de faire surgir la biologie. Je me promettais qu'un jour, à mon tour, je ferais feuler les muqueuses... Pari sauvage de petit garçon dressé, tout pubéro-perturbé... Une nuit (Limoges ou Carpentras ?) j'entendis également le monsieur. Cela m'ouvrait des horizons... Jusqu'à présent, les dames seules vocalisaient et voici qu'au solo succédait le duo. J'en fus étonné et déjà fort phallo cela me fit ricaner en douce. Je supposai illico qu'il s'agissait d'un exemplaire unique, pensant que l'homme était dans cet acte l'actif muet et la dame la victime geignante. On conclura avec raison au couple sado-masochiste. Or voici que cette nuit-là (Carpentras ? Limoges ?) le partenaire hululait. Je l'entends encore : un râle de gorge, un soufflet de forge, basse noble et rugissante, la jouissance devant lui sortir par tous les tuyaux... Il inondait la nuit d'une note pulsée de joyeuse vidange.

Je n'ai plus jamais entendu de telles orgues au cours de ces heures verticales aux orchestres en rut.

Le plus drôle se situait au matin...

À l'heure où les voyageurs déjeunent ou s'en vont, je trempais mes tartines dans mon crème en reluquant à la sournoise les couples réunis. Lequel cela pouvait-il être? Lequel d'entre eux avait quelques heures plus tôt lâché les grandes vannes aux amours délirantes? Lesquels avaient chanté jusqu'à l'extase la haute chanson de la chair? La vérité m'oblige à dire que je ne l'ai jamais su... Autour de moi, des pépés à moustache, des dames en tailleurs stricts, des ménagères enveloppées... Jamais je ne vis le couple superbe, libéré et triomphant... Ceux qui étaient là avaient une manière de lever le petit doigt en buvant ou de beurrer leurs biscottes qui laissait bien voir que leurs nuits devaient être de silence, et s'ils faisaient l'amour, ce devait être à la muette, voire à la dégoûtée... J'ai désespéré. Quand je descends à l'hôtel et que le vacarme de belle baise éclate dans la chambre voisine, je guette encore au matin, en vain... C'est à croire que les amants partent à l'aurore (quel titre pour best-seller!), ou dorment tout le jour... Je ne verrai pas les grands félins aux gestes libres, ils doivent marcher sexe à sexe, beaux et sans soucis, ils roulent décapotable évidemment, ils sont longilignes et élégants, ce sont des gens de prix... À moins que cette petite dame à fort fessier qui gronde son caniche... non, impossible, elle n'a pas le visage de ses soupirs, elle doit être cent fois plus belle, plus offerte... Ou alors je me trompe, j'imagine trop fort... Peut-être n'ai-je pas du tout l'oreille musicale... En tout cas, si vous me voyez un jour descendre à l'hôtel, ne vous gênez pas pour moi, je ne frappe jamais contre la cloison... Je suis tout simplement assis dans le noir, les yeux grands ouverts, les oreilles écarquillées et je vous invente, éperdu... Si ma présence vous gêne, dites-le moi, je plierai bagages, je ne fais jamais d'histoires... Je comprends que mon attention trop aiguë puisse être inhibitrice : je suis un entendeur comme il est des voyeurs. C'est presque pire : j'ai l'oreille aux serrures. Pouah ! Au fond, j'ai le vice dans la peau. Au bûcher. J'ai toujours pensé qu'on ne trouvait sur les bûchers que des gens aux manies innocentes et solitaires : celui qui manipule des fioles, qui écrit, qui rêvasse, qui écoute... Au fond, si j'allais au ciné porno, ce serait surtout pour la bande sonore... Mais cessons ces jeux tourneboulants, il est tard et il me semble que là-haut un plancher craque, que dans la nuit venue une voix se faufile, une plainte module... J'écoute, libidineux.

C'était, dans notre grande série Les perversités notoires, *notre numéro du jour. »*

Il avait écrit cela il y avait une semaine. Parfaitement satisfait de ce passage, mais cela ne prouvait rien car il était pratiquement toujours satisfait de ce qu'il écrivait. Simplement, la façon dont montaient au jour ces chapitres, ces éclairages sur sa vie, lui apparaissait de plus en plus comme étant marquée par une technique simple qui devenait systématique et serait à la longue ennuyeuse pour le lecteur et pour lui-même. Il prenait une faiblesse, innocente ou non, la tartinait par couches successives de surenchères, exposait le tout de long en large à la lumière des pages et des mots, et en faisait la force essentielle de son œuvre. Les critiques parlaient d'exemple unique de sincérité, c'était une erreur, mais ils n'étaient pas à une près, il n'était même pas un exhibitionniste, simplement un truqueur qui s'inventait des manies innocentes qu'il savait rendre suffisamment ridicules pour que l'on puisse dire : « Où trouve-t-il la force de caractère d'avouer être ainsi ? » Il n'avait aucune perspicacité investigatrice, simplement quelques facultés d'auto-invention.

Blazier repoussa la pile de feuilles. Cent trente pages. Cent vingt-huit exactement. Un monument de mensonges... Le lecteur aurait l'impression de connaître tout de lui après lecture et il ne se serait pas aperçu qu'il ne saurait même pas le nom des femmes qui avaient traversé sa vie... traversé était bien le mot d'ailleurs, puisqu'il sous-entendait qu'elles en étaient ressorties.

Sa vie avait deux portes et elles avaient franchi le seuil de la pièce, simplement, certaines un peu plus que d'autres s'étaient attardées sur les lieux. L'une d'elles y avait même oublié un enfant. Merde.

Il regarda sa montre. Pas de quoi s'affoler. Vingt-cinq minutes encore. Et puis Sylvio l'attendrait. C'était bien une idée de Clara d'avoir appelé leur fils Sylvio.

Jolie, montée sur talons aiguilles, la frange noire, l'œil ourlé, un côté africain, ç'avait été un amour de bord de Seine, une passion de square... L'automne 59, ils se cachaient derrière le socle des statues du jardin du Luxembourg pour échapper au sifflet des gardiens déjà en pèlerine, l'air se faisant frisquet. C'étaient les baisers à l'ombre froide des reines : la biscotte roulée derrière Ysabeau de Bavière, le gros gallou à l'abri de Blanche de Castille... Il revoyait les profils de calcaire sur le ciel blanc et grêlé de cet automne. Il était amoureux comme un malade. Étudiant en plus, ce qui n'arrangeait pas les choses, pas de profession stable ce jeune homme, pion dans un lycée pour la subsistance, il attrapait au poing des conducteurs le ticket donnant droit à un tour d'auto tamponneuse aux fêtes foraines du week-end : il connaissait la Bastille, Rochechouart, Ménilmontant. Très jolies ces années-là : les bancs de la Sorbonne où des voix de prêtre s'enfonçaient dans l'ennui distingué des conférences sur Heidegger et Spinoza... Les tubes de Presley et d'Hallyday moulinés les samedis soir dans le fracas des bolides électriques : « Ticket, m'sieu dame ... » et par-dessus tout ça, Clara la mal nommée qui apportait l'Afrique, la douceur, les grands orages tendres ; elle descendait les banlieues par le 237 au terminus de la porte de Champerret. Un mariage enfin, parce que Sylvio s'annonçait.

Il voyait plus souvent son fils depuis la mort de sa femme, une fois par semaine ils allaient dans leur bistrot et savaient de quoi se parler.

Lorsqu'il poussa la porte de chez Max, Sylvio s'y trouvait déjà devant un blanc-cassis.

C'était lui qui avait appris à son fils les subtilités de ce breuvage un soir de particulière éloquence. Des pères apprenaient à leur rejeton le devoir, l'honneur, l'amour, la beauté du monde, l'armée, les chemins de fer, Dieu, le Vrai, la Vie... Lui, il lui avait enseigné le blanc-cassis. Cela n'était pas très réconfortant. Une impression de légèreté dans la transmission héréditaire.

Il sourit à Sylvio, il le trouvait bronzé, en forme.

— Tu viens du ski ? Tu es superbe...

— Megève.

Blazier se tourna vers Max qui arrivait du fond du comptoir avec un deuxième verre.

— Il claque tout le fric que je lui file dans les sports d'hiver pendant que je m'étiole dans mon cinquième...

Vieille plaisanterie que Max apprécia en dégustateur. Sylvio finissait hypocagne en rouleau compresseur. Michel se demandait souvent de qui son fils pouvait bien tenir cette force de travail qui le courbait sur les bouquins des semaines entières. Il était heureux de le voir ce soir plus en forme, plus détendu, avec un côté sportif qu'il ne lui connaissait pas.

Sylvio parlait, racontait les huit jours volés au boulot, encore fasciné par ses heures blanches, rapides et libres ; il s'interrompit soudain, un sourcil plus haut que l'autre.

— Tu fais du ski toi ?

Blazier fit claquer sa langue après la première gorgée de la soirée. C'était la meilleure, toutes papilles dehors, neuves encore, elles tiraient de chaque goutte un spectre gustatif.

— On m'appelait le gondolier des neiges.

Il aimait faire rire son fils. Ils picolaient pas mal tous les deux, ce ne devait pas être fréquent entre père et enfant, mais ils s'étaient tellement peu vus, leurs rapports les plus étroits avaient eu lieu lorsque Sylvio avait presque vingt ans... Ils s'octroyaient le droit de ne pas se cacher qu'ils aimaient l'alcool l'un et l'autre. Tout au vin blanc le repas, chablis en continu et sauternes glacé pour le plaisir, en digestif, cela avait contribué à les rendre proches, Michel l'avait dit : « Le sauternes, c'est un vin qui déboutonne... » Max apporterait la bouteille après le dessert, une tarte craquante aux fruits de saison, à peine sucrée, paysanne et robuste.

— Tu fais une télé mercredi ?

Blazier avait levé le sourcil droit. Sylvio soulevait le gauche.

— Comment tu sais ça, toi ?

Sylvio entama d'une fourchette plus rapide que d'ordinaire le pâté de canard mi-cuit avec purée d'olives et armagnac.

— *Télé 7 jours,* dit-il.

Blazier haussa les épaules.

— Une émission avec des bonnes femmes qui viennent baver sur le bouquin. De la connerie.

Sylvio mâchait avec délectation.

— En tout cas c'est très écouté.

— Tu m'as l'air au courant. En tout cas, ça m'emmerde.

Blazier constata que l'assiette de son invité était déjà vide.

— La télé t'emmerde toujours, dit Sylvio, c'est parce que tu as peur.

— Exact. Et puis ces bonnes femmes sont horribles, les critiques professionnels ne lisent jamais un livre, c'est pourquoi ils n'osent pas vraiment assassiner un bouquin, mais elles, tu penses qu'elles sautent sur l'aubaine, elles vont pouvoir jacasser, faire leurs intéressantes, les fines analystes subtiles et rouées. « Vous avez dit ça page trente-six, est-ce bien le mot exact ? Est-ce que vous ne pensez pas que "masturbation" serait à la fois plus correct et plus indiqué, plus littéraire en un mot ? »... Je les vois d'ici, les salopes.

Sylvio riait, le chablis chauffait déjà, Max n'avait pas perdu la main pour le lapin moutarde.

— N'y va pas si tu trouves ça nul !

Inconsciente jeunesse. Haut chant d'espoir aux stupides aigus.

Blazier remplit les verres.

— Et si je ne m'occupe pas du service après-vente, qui c'est qui va me payer mon chablis ?

Il se sentit étonnamment bien. La saison avançait vers les chaleurs, les acacias fleurissaient sur le boulevard. La vie lui avait réservé le calme à mi-parcours... Il pouvait à présent chausser pour toujours des pantoufles. Montmartre dans le clair crépuscule... Les balcons s'enhardissaient de l'explosion des géraniums.

Max arrivait, porteur de marmites profondes.

— Et lorsque Émilienne dit : « On ne vient jamais me chercher quelle que soit la gare où j'arrive », on est tout de même étonné puisque deux chapitres avant, Pascal attend sur le quai, à Montparnasse, le train dans lequel elle se trouve. Est-ce que vous appelez ça une contradiction ?

Les lumières se reflétaient dans les verres bombés.

Un être de fiction aux yeux électriques.

Blazier enregistra la montée de l'hilarité chez Laura Brams. Un petit garçon. Un petit garçon devant ses examinateurs. Il ouvrit la bouche pour répondre.

— De même sur la fin, dit cheveux bleus, on s'attendrait plutôt à ce qu'elle lui avoue son amour pour...

La voix fila, les mots perdirent leur sens et disparurent. Il marchait dans le désert, respecté de tous, il était un grand chef indien, un scalp azuré pendait à sa ceinture. C'était une grosse Blanche à la langue fourchue qu'il avait égorgée en pleine émission télé. Pleine de tissus élastiques et rosés, elle avait rendu au grand manitou son âme perfide et tracassière.

— ... j'aimerais avoir un éclaircissement sur cette nouvelle contradiction.

Silence.

Il émergea avec difficulté. Un nageur rêvassant qui remonte d'un coup de talon vers les bulles irisées de la surface.

Il entendit l'éclat de rire de la jeune femme près de lui. Il devait avoir l'air affolé. Avec stupéfaction il s'écouta proférer d'une voix ferme et sans réplique :

— Toutes mes contradictions sont entièrement volontaires.

Les deux monstres à jupes se recroquevillèrent sur leur siège, surprises par le fouet de la réplique. Les narines de la présentatrice prirent le large. Avec un aplomb qui le déconcerta intérieurement, Michel Blazier se jeta dans la bagarre.

— La vie n'est qu'une suite de contradictions, pourquoi voudriez-vous que des personnages de roman y échappent, pourquoi devraient-ils être les seuls ayant une démarche totalement et parfaitement logique qui en ferait des abstractions pures privées de toute réalité vivante...

Il comprit qu'il avait, tout à fait involontairement

d'ailleurs, renversé la situation. Les questionneuses devenaient questionnées.

— Mais de ce point de vue..., émit lunettes glacées.

Blazier coupa net :

— Vous-même, vous ne vous contredisez jamais ? Vous déniez à la nature humaine le droit à l'erreur ? à l'errance ? au doute ? La vie n'est pas un certificat d'études et...

Lancé ! Il se sentit sur les rails et comprit qu'il avait gagné la partie pour la simple raison qu'il avait trouvé le ton juste. Il enfilait avec force et volubilité des arguments d'une totale mauvaise foi dont chacun faisait mouche. Il écrasait inexorablement ses deux interlocutrices et savait pourquoi il tenait une telle forme : les yeux de miss Brams souriaient dans les siens.

Les narines en folie vibrèrent frénétiquement, la présentatrice lorgnait le chronomètre.

— Le temps tourne, hélas, Michel Blazier, il va falloir conclure...

Il regarda les deux adversaires. Elles étaient anéanties : deux plaques d'huile sur deux fauteuils.

— En tout cas, dit Laura, je trouve ce bouquin très drôle, chose rarissime par les temps qui courent et, contradictions ou pas, j'engage tout le monde à le lire.

— Je vous engage, moi, dit Blazier, soyez mon agent : deux pour cent sur les ventes.

— Dix, dit Laura.

— Je ne marchande jamais. Disons cinq.

La présentatrice eut un rire de gorge ; tous ceux qui la connaissaient savaient que c'était chez elle le signe du dernier degré de l'affolement.

— Nous terminerons là-dessus et dans la bonne humeur... Je rappelle le titre du livre de Michel Blazier que nous recevions aujourd'hui...

Brouhaha... Voilà, c'était fini. Pourquoi avait-il craint cette émission comme une épreuve ?

Les deux attaquantes avaient l'extraction pénible, elles s'extirpèrent de leur siège.

— J'espère que nous n'avons pas été trop méchantes ?

Tout sourire, les salopes. Il connaissait le style. Après avoir tiré à boulets rouges on tendait, hors antenne, le miel des retrouvailles, mais cette fois, il s'en moquait éperdument.

Elle n'avait pas bougé et allumait une cigarette.

Des hommes étaient apparus derrière les montants du décor et discutaient près des caméras. Il se rassit près d'elle.

— Vous avez gagné, dit-elle.

Elle n'avait pas tort, rien ne ressemblait plus à un combat de boxe qu'une émission littéraire, c'était à peine plus subtil mais tout aussi net : il y avait un vainqueur et un seul, et cette fois c'était lui.

Il eut l'impression qu'ils formaient tous deux un îlot au milieu des jacasseries des autres.

— Lorsque j'avais quinze ans, dit Blazier, j'avais un truc qui ne marchait jamais mais dont je me servais toujours : « Ne nous sommes-nous pas déjà rencontrés ? »

— Très usé, en effet, dit Laura, mais cette fois vous avez raison.

Les voix s'étaient arrêtées autour d'eux, aussi nettement que si quelqu'un avait tourné le bouton d'une radio.

— Nous nous sommes déjà rencontrés ?

La flamme s'éteignit, il sentit l'odeur du tabac sucré... pur Virginie. Les yeux ne cillaient pas, elle hocha affirmativement la tête.

Elle irradiait la bonne humeur, la sécurité aussi, quelque chose de calme, de chaud, un ciel plein où ne manquait pas une étoile... Il ne faut pas que je la quitte.

— Quand cela ?

— Excusez-nous, m'sieu dame, mais...

Ils se levèrent ensemble. Elle était grande. Moins que lui

mais grande. Trente-cinq ans en gros, non, trente. Narines à voiles s'avançait vers eux. Blazier fit sonner la monnaie dans la poche de sa veste, elle n'avait pas répondu.

— Quand nous sommes-nous rencontrés ?

Son sourire s'accentua, la fumée filtra entre ses lèvres jointes.

— Il y a environ trois mille cinq cents ans, dit-elle.

Blazier fit claquer son pouce contre son index.

— Exact, dit-il, mais le temps passe si vite…

Ils tournèrent ensemble le visage vers les autres qui les entourèrent… Les voix étaient revenues…

On enlevait déjà les fauteuils et les décors.

Laura Brams. Trois mille cinq cents ans.

IV

... SANS TRÊVE ET SANS MÉMOIRE

Avril 1976

Avril était le dernier mois à choisir pour partir en Angleterre.

À supposer qu'il y en ait eu un premier. En fait, aucun mois ne convenait à une présence humaine sur cette portion de planète.

Depuis sept jours, Londres inhospitalier se noyait sous des voiles humides.

Trempez du coton dans de l'eau sale, enfouissez votre visage dans le magma ainsi obtenu et vous aurez parfaitement recréé l'atmosphère de la ville aussi spongieuse qu'aquatique.

Laura soupira. Elle détestait les capitales mouillées.

Chaque matin elle humait de sa terrasse grise l'odeur d'eau qui montait de Hyde Park. Le mardi elle avait cru discerner la forme d'un arbre à quelques mètres d'elle, mais ce devait être une illusion, l'opacité s'était reconstituée d'ailleurs tout de suite, elle était là, encore, plus compacte, plus dense que jamais... Elle avait l'impression le plus souvent d'être devant un immense écran de télévision qui ne s'éclairait jamais d'aucune image, l'air avait cette couleur laiteuse et uniforme des postes en panne, un lait gris, exsudé difficilement du pis tremblant d'une vache vieillarde.

Ce soir-là, elle décida de ne pas s'habiller pour descendre.

Il y en avait assez à la fin, non seulement le ciel du Royaume-Uni lui dégoulinait depuis huit jours sur le crâne, mais il fallait encore passer une robe pour avaler des mixtures tremblotantes et bouillies... Non.

Et puis le pull-over était parfait pour un début de coryza attrapé l'avant-veille sur les docks.

C'était mercredi. Elle avait, au comble de l'ennui, pris un taxi pour l'après-midi et s'était fait conduire au cœur des canyons étroits des anciens entrepôts.

Là, elle avait touché le fond.

Les talons tournant sur les pavés humides, elle s'était promenée, transie, le long des moires du fleuve sous un crachin qui ne finirait pas avant la mort du monde... Au-dessus d'elle, tout un XIXe siècle de poutrelles, poulies, roues géantes rouillées étalait l'horreur des antiques manufactures... Brique noire des murs suintants.

C'était l'univers des assassins de Conan Doyle.

Sous ces verrières géantes, dans ces ténèbres où les usines plongeaient en falaise dans les gadoues où s'embourbaient les péniches, Jack l'Éventreur avait dû rencontrer Sherlock Holmes... Tout cela était mort et vide... Les phares du taxi qui l'attendait à l'entrée du repaire s'estompaient peu à peu sous la mouvance des tulles que le vent rabattait en pesantes cohortes.

Laura engoncée dans un trench-coat serra les dents.

Elle rappela à elle Dickens, les premiers socialistes anglais du siècle naissant, tenta de faire surgir le monde qui autrefois peuplait ces murailles d'enfer : les prostituées dont les robes s'imbibaient aux bruines permanentes, les armateurs en haut-de-forme, les maquereaux aux casquettes sombres et cirées, mais le charme ne prenait pas, malgré ses appels à la mémoire d'une culture dans laquelle elle pataugeait et qui avait été un des grands points d'ancrage de l'histoire du monde.

Une phrase lancinante n'arrêtait pas de tournicoter dans sa tête lassée et vaguement migraineuse : « Sans ce crétin de Télé, je serais aux Baléares. » Les Baléares en avril : amandiers, bronzing, pédalos et ski nautique, crépuscules aussi tièdes qu'ineffables, orangeades sous parasol, farniente intégral... Crétin de Télé.

Trois mois de joutes oratoires et épiques, d'explications, de supplications, d'injures variées, de menaces voilées, de menaces précises, rien n'y avait fait. Les Baléares étaient loin et Buckingham Palace à deux cents mètres, invisible mais présent sous les vapeurs.

Depuis qu'elle avait mis le pied sur cette terre inhospitalière, elle avait compris que cette ville était parfaite pour un aveugle : il n'y avait rien à voir.

Elle rentra dans la chambre.

Il sifflotait sous la douche. Sur son lit s'étalait le complet prince-de-galles que la soubrette avait monté comme si cela avait été des diamants de la couronne. Même pas une chambre pour elle seule. Elle était maudite par les dieux et par les hommes.

L'odeur de fougère envahit l'espace. Une forêt en septembre avec une pointe de ce produit pour déboucher les narines.

Télé sortit, le cheveu humide, drapé dans une serviette saumon. Il brandissait un flacon.

— « Sous-bois », dit-il. Ça sent les feuilles.

— Croupissantes.

Il s'arrêta, chercha le montant du lit de la paume et s'assit.

— Tu trouves que ça pue ?

— Balsamorhinol, dit Laura, je cherchais ce que ça me rappelait, c'est le Balsamorhinol.

Aaron Brams ne s'arrêtait jamais à ce genre de réflexion lorsqu'elle émanait de sa sœur. Il posa l'eau de toilette sur le marbre de la table de nuit, se mit à se masser l'orteil, prit une allure pensive et lâcha :

— Je suis sûre que la fille d'hier n'est pas blonde vraiment.

— Comment peux-tu dire une chose pareille, éclata Laura, tu es aveugle comme cent mille taupes !

Aaron réfléchit, tenta de renifler son gros orteil mais ne fut manifestement pas assez souple pour y parvenir.

— Je le sens, dit-il, j'ai des antennes... Est-ce que par ailleurs tu pourrais préciser ce que tu entends exactement par blonde ?

Laura Brams avait vingt-six ans en ce printemps 1976 et cela faisait une bonne vingtaine d'années qu'elle « précisait ce qu'elle entendait exactement par », selon la formule fraternelle. Elle n'avait pas encore usé entièrement sa patience, mais Londres ne lui réussissait pas et, avant tout, elle détestait décrire à Télé ses bonnes fortunes, elle jugeait la situation invraisemblable et ridicule car l'animal demandait des précisions extraordinairement minutieuses.

— La fesse, la fesse, Laura, prononcée ? oblongue ?

— Tu t'en apercevras, bon Dieu ! chuchotait-elle, exaspérée, j'en ai marre de tes trucs d'obsédé sexuel !

Télé s'enveloppait dans une dignité outragée.

— Ce n'est pas de l'obsession sexuelle, c'est de l'information objective. Mon cas est tout de même particulier !

Sacrément particulier en effet. Aaron Brams, atteint de cécité naturelle. (« Je me demande, soupirait-il parfois lorsque son sens de l'humour atteignait son point culminant, si la prétendue rubéole maternelle n'a pas été avancée pour masquer une vieille vérole paternelle. » Dans ce cas-là, Laura soupirait encore plus fort que lui et souhaitait que l'oreille toujours aiguë de Mme Brams mère ne fût point dans les parages.) Aaron Brams donc se tombait des filles comme jamais éphèbe de sexe masculin n'osa soupçonner qu'on pût le rêver.

Laura pensait d'ailleurs que « tomber » n'était pas le mot exact. Elle avait constaté un phénomène remarquable et curieux : il suffisait à Télé de faire quelques pas dehors, même sur les dunes de Flessingue, fût-ce en période hivernale, par un froid atroce et à une heure indue, pour que des légions de jeunes créatures fraîches et déjà pâmées se missent à pousser autour de lui.

Aaron faisait pousser les filles.

Il était une sorte de jardinier humain, comme d'autres réussissaient les tomates ou les salades frisées, il savait faire apparaître des créatures pimpantes, accortes, languides, tout un choix, un inventaire divers tourbillonnant et attendri, jeunes légumes prêts à être cueillis. Elles sortaient des sables, des pavés, des parquets suivant l'endroit où passait, triomphant, Aaron le bien-aimé.

« J'accouche l'univers de ses gonzesse ! » tonnait-il dans ses périodes d'enthousiasme.

Laura assistait au phénomène avec flegme. Sa vie sentimentale à elle était plus calme quoique bien remplie, mais elle aurait parfois aimé, chaque fois qu'elle entrait dans une pièce, ne pas tomber sur une mignonne, effrontée, effarouchée, évanouie ou radieuse personne cramponnée comme une huître à Télé-le-rocher.

La tactique du jeune homme était simple. Télé avait lu en braille (Dieu ce que ces énormes bouquins étaient encombrants, et il y en avait partout dans la maison) que l'un des grands principes de la guerre était d'utiliser sa faiblesse pour en faire sa force essentielle. Il avait adapté cette méthode à son profit. L'admirable travail effectué la veille au soir dans la salle à manger de l'hôtel Sharkley en était un exemple parfait.

Télé avait posé ses coudes sur la nappe et s'était penché vers sa sœur.

— Gibier vers l'ouest. Ça vaut le coup ou je mange ma soupe ?

Laura avait repéré la jeune fille à l'autre bout de la salle, elle attendait manifestement quelqu'un en émiettant du pain entre ses doigts. Laura avait pensé aux hippopotames d'autrefois. Inutile d'amorcer : le poisson était déjà au bout de la ligne, frétillant.

Dans ces moments-là, Laura se sentait une âme de mère maquerelle, mais une maquerelle n'en était pas moins mère.

La fille avait un air bêta, mais c'était dû en partie à l'apitoiement.

En quelques termes rapides elle rendit sa sentence dans un style procès-verbal. Télé hocha la tête. Laura prit une cigarette et se dirigea vers le bar laissant place nette au frère luxurieux.

Aaron Brams repéra de ses doigts fureteurs la carafe d'eau et le verre. Il versa, reposa la carafe et prit l'air d'adolescent pâlichon que l'on trouve prostré, à demi nu, sur les tombeaux des jouvencelles dans les peintures pré- et post-romantiques des salles écartées des musées de province.

Laura déplia un magazine. Elle connaissait parfaitement le déroulement des opérations mais ne pouvait jamais s'empêcher d'y assister.

La main droite d'Aaron tâtonna vers le verre qu'il heurta de l'extérieur des phalanges, un choc mat sur la nappe, l'eau répandue cernait déjà les assiettes, courait vers la salière. Avec maestria, Télé enchaîna les trois expressions fondamentales qui étaient la base de cette première partie de l'opération : 1) surprise peinée, 2) honte soudaine, 3) marasme profond.

Le résultat ne tarda pas.

Aussi sûrement que s'il l'avait tirée à lui par un fil de nylon, la proie décolla du siège, fendit l'air dans sa direction et avec une serviette jaillie du néant se mit à éponger comme une naufragée dont la barque prend l'eau.

Laura regarda sa montre et commanda un Martini. Encore un soir où elle mangerait seule.

Car la suite allait de soi, Aaron possédait quelques atouts maîtres devant lesquels tous les remparts se rendaient, atouts maîtres que le frère et la sœur avaient concoctés ensemble et qu'elle avait, pour des raisons mnémotechniques, mis sous forme d'alexandrins :

« Si je ne puis vous voir, laissez-moi vous toucher. »

« Vous m'êtes invisible et pourtant je vous aime. »

« Vous m'êtes plus connue que si je vous voyais. »

etc. Ils en avaient rempli tout un carnet un soir d'hiver. Aaron les utilisait toujours avec plaisir et succès.

Laura prit une olive, la fit juter entre ses dents et arrosa d'un coup de Martini. Pas assez salé tout cela. Elle sentit comme à chaque fois le besoin de cacahuètes ou d'amandes. Elle vit Aaron se lever, trébucher et prendre le bras de l'élue. Il devait lui faire le coup de l'infirme non encore habitué à son état.

Aucune ne résistait à l'appel du handicap.

Laura se disait parfois qu'elles se décidaient si vite parce que l'homme avec qui elles passeraient la soirée ou la nuit ne les verrait jamais.

Peut-être alors se sentaient-elles soudain belles, libérées de l'apparence, elles devenaient le rêve de l'aveugle, une femme idéale, parfaite, un rôle splendide et terrifiant... L'homme près d'elle, après une illumination passagère, retomberait dans sa terrible nuit... Une formule de Télé, ça : « une terrible nuit ». Il l'employait déjà à douze ans, quand il braillait après les sucettes Coca-Cola dans les supermarchés de Krviningen ou de Yerscke : « Laura, une sucette pour m'évader de ma terrible nuit ! » Les clients horrifiés regardaient le gosse et scrutaient sévèrement la sœur monstrueuse qui laissait ce frêle et délicieux bambin au cœur de ses épaisses ténèbres car les sucettes, lui coupant l'appétit, lui étaient interdites.

Le couple s'arrêta près du bar.

— Excusez-moi, je vais chercher mon manteau. Ne bougez pas de là.

Télé sourit et s'appuya au mur. Une pose de théâtre pour un héros de Musset : fragilité et élégance.

Laura s'approcha de son frère, le verre à la main.

— Vous allez où ?

— Bouffer chez un chinois.

— Je me demande comment tu vas t'en sortir avec les baguettes.

Télé eut un rire fêlé.

— À moi la soirée télé anglaise, ajouta-t-elle. Ne la ramène pas dans la chambre, je ne passerai pas une soirée de plus sur le balcon.

Il eut un haut-le-corps.

— Ça ne t'est pas arrivé à Londres.

Laura vida son verre, réprima une envie d'éternuer et resserra entre deux doigts la cravate fraternelle.

— C'est arrivé ailleurs...

Il eut ce geste vers elle qu'il avait depuis toujours et que le temps n'effaçait pas : il bascula sur les talons et bêtement elle fonçait sur lui pour l'arrêter... Cela faisait vingt ans qu'elle n'était jamais arrivée à rester immobile et à le laisser se fracasser le crâne en arrière.

— Tu sens le Balsamorhinol, dit-elle.

— « Sous-bois », dit-il. Demain on se fait la folle journée, car la météo prévoit une intensification des précipitations.

Elle se mit à rire.

— Ce n'est pas possible, tu as dû mal comprendre. Où m'emmènes- tu ?

— British Museum

Laura secoua ses boucles.

— Waow ! fit- elle.
— Je savais que tu serais folle de joie, sourit Aaron.
— Le pied intégral, dit Laura. Je serai prête à l'aube.
Elle sentit derrière elle la présence de la nouvelle conquête de son frère. Elle s'écarta et se dirigea vers le bar.

Envie de salé.

Dans sa mémoire, un mioche aux cheveux blonds tourbillonnait dans les airs, ivre de sable, de vertige et de joie, pendant quelques secondes il lui parut voler dans la lumière verte, oiseau d'or sur fond de mourante améthyste et de ciel couleur de perle fine.

Ils avaient cette spécialité, durant cette semaine de vacances annuelles qu'ils s'accordaient, de pénétrer en des lieux hautement sinistres. Une sorte de leitmotiv qui jalonnait leurs années 70.

En juin dernier, au grand théâtre de Varleg, sur les bords du Kattégat ils avaient assisté à une pièce symbolico-politique écrite par un dissident nationaliste lituanien qui exposait à travers un même personnage le déchirement qu'il y a à être letton, communiste, homosexuel et orthodoxe pratiquant.

Pour des raisons obscures, le metteur en scène avait créé un premier tableau où l'on voyait chaque acteur pénétrer sur scène pieds nus. Ils déposaient sur le sol des sortes de sabots à pointes courbes comme en portent les paysans finlandais, et à grand renfort de coups de marteau ils les clouaient au sol. Cela étant fait, ils glissaient leurs pieds dedans, semblaient un instant étonnés de ne pouvoir remuer et jouaient les trois heures et demie suivantes parfaitement immobiles.

La pièce avait eu un grand succès auprès des universitaires des pays scandinaves.

Coincée au milieu d'une foule recueillie et passionnée, Laura avait compris que toute fuite était impossible. Pas question de partir après l'entracte, ces arrêts intempestifs de la progression dramatique n'étaient plus que des produits dépassés d'une bourgeoisie suceuse d'Esquimaux et à la vessie paillarde, plus d'entractes donc. La pièce avait passionné Aaron. Elle en était sortie les reins brisés, le crâne dans un cercle de fer, des bouffées de rage froide tournaient dans sa poitrine. Guilleret, son frère avait simplement remarqué : « Ça faiblit un peu après le deuxième tiers. » Laura avait gémi longuement et s'était précipitée les jours qui avaient suivi sur tous les dessins animés et émissions à débilité profonde jusqu'à leur embarquement de retour à Malmö.

Le British Museum pouvait être l'un de ces moments forts, le diamant noir, joyau incontesté de ces longs jours mouillés.

Peu de monde en ce milieu de semaine... Qui pouvaient être ces ombres sous les plafonds à caissons ? Retraités solitaires meublant la monotonie des jours par ces visites feutrées ? Spécialistes pénétrant dans le saint des saints pour se frotter au parfum d'autrefois ? Il y avait des hanteurs de musée comme il existait des voyeurs sexuels.

L'air qui frappait dans ce silence frisquet devait leur être nécessaire, ici on respirait le temps, la ville battait lointaine derrière les vitres, voilée encore davantage par les charges impalpables des grands pans de brume. Ici se trouvait le lieu du passé préservé.

Télé renifla comme un setter et serra le bras de sa sœur.

— Ça a l'air moche. Je sens la nécropole. Les peintures sont sans doute écaillées, il y a des relents de plâtre dans l'air.

Laura ne s'étonnait plus depuis belle lurette des facultés olfactives du jeune homme.

— Qu'est-ce que tu as fait de la mignonne d'hier soir ?

— La Tamise, dit Aaron, la tête dans un sac plastique avec des poids de fonte aux pieds. L'eau s'est refermée sur elle sans le moindre bruit.

Laura respectait les secrets de son frère.

— Elle ne méritait sans doute pas un autre sort.

Leurs pas résonnaient sous les lambris. Ils abordèrent un escalier massif. Le tapis violine qui protégeait les marches était usé jusqu'à la corde.

— Cartes postales, dit-il, sur la droite à quinze mètres.

Elle enregistra le couinement du tourniquet, un couple de touristes examinant les dépliants de diapositives avec une minutie d'entomologiste.

Karl. Elle devrait envoyer une carte postale à Karl, un buste d'empereur romain, un conducteur de char grec, n'importe quoi... De toute manière, elle ne choisissait jamais, seul comptait le message. Karl perdu dans ses notes de cours, toujours hirsute, si lent et si solide.

— Il faut que j'en achète une...

Elle se dirigea vers les sièges pour qu'il puisse s'asseoir en l'attendant, mais Aaron ne se laissa pas entraîner.

— Tu en trouveras à la sortie, amène-moi vers les Grecs.

Ils tournèrent et prirent le long couloir fléché. La Grèce archaïque.

Oui, il fallait tout de même qu'elle donne signe de vie, c'était une question de politesse. Non, de gentillesse. Aucun homme ne pouvait être plus désarmant que Karl, il lui avait tout de même rendu un service, même si c'était le genre de choses qu'on ne peut guère refuser quand on vous le demande...

— Tu es cinglée, Laura, enfin non, je ne voulais pas dire ça exactement, mais tout de même, tu te rends compte ?

Elle se mit à rire, égrenant des arpèges d'un cristal curieusement impitoyable.

— Oui, je me rends compte.

Elle avait un peu de mal à retrouver son souffle. Pourquoi, lorsqu'il la tenait dans ses bras, avait-il tellement tendance à la broyer en lui portant des prises de lutteur de foire ?

— Mais enfin, protesta-t-il, ce n'est pas le genre de choses qui se fait comme ça, sur demande.

Elle hocha la tête, sentencieuse et invincible.

— Si, dit-elle, sur simple demande.

Par la fenêtre de l'appartement de Karl Weissler on voyait les toits des quartiers Nieuwierdam, Schellingwonde, le nord d'Amsterdam, les plus laids, pas question de canaux, de maison de Rembrandt, de ponts tournants, de péniches et de coquettes maisonnettes ; ils étaient cernés de H.L.M. La première fois qu'elle avait contemplé ce paysage, elle avait dit :

— Il y a quelque chose de pire que les H.L.M., ce sont les H.L.M. néerlandaises.

Karl avait été interloqué mais l'avait serrée dans ses bras avec un enthousiasme accru, lui causant ses premières contusions.

Elle rafla sur la soucoupe les dernières cacahuètes et lécha le fond de porcelaine où stagnait une poussière de sel.

— J'en ai pris d'autres dans la cuisine, annonça Karl.

Elle comprit qu'il cherchait une échappatoire.

— On a autre chose à faire, tu sortiras tes cacahuètes après.

— Après quoi ?

— Après.

— Vierge sainte, murmura Karl.

— Il n'y a pas à tergiverser, dit Laura, c'est demain mon

anniversaire et j'ai prévu depuis toujours que ça m'arriverait la veille.

— Tu n'as pas l'air de te soucier du fait que si ça t'arrive, ça m'arrive aussi.

Laura s'assit sur le lit et regarda son boy-friend abasourdie. C'était la meilleure ! Weissler, le plus grand espoir national du décathlon, 1 mètre 95, 94 kilos, dix-neuf ans et demi, puceau comme un nourisson !

— Mais enfin, s'exclama-t-elle, c'est tout de même moins pénible que de lancer le marteau !

Karl réfléchit une demi-seconde et lança le résultat de ses cogitations.

— C'est différent, dit-il

Elle l'aima pour cette réponse.

— Écoute, tu n'as pas à te tracasser : on ferme tout, on fait le noir, tu rentres le premier dans la chambre, tu te couches, j'arrive après et ça se passe sous les couvertures, tu ne vas pas m'en faire une névrose !

Elle le regarda : un bloc de muscles empêtrés. Éviter les sportifs, c'était une chose à savoir plus tard.

Il avait l'air tellement lamentable que l'envie l'effleura de tout laisser tomber. Elle soufflerait ses dix-huit bougies d'une haleine toujours aussi virginale et voilà tout. Quelque chose en elle se révolta.

— C'est incroyable, on dit toujours que les types ne pensent qu'à ça, qu'ils cherchent toute leur vie à faire l'amour, qu'ils le font à n'importe qui, n'importe où, n'importe quand, et souvent n'importe comment, et moi je me ramène sans problème chez toi et tu fais le dégoûté.

Karl bondit sur ses pieds et Fats Domino sur le tourne-disque sauta deux sillons.

— Je ne fais pas le dégoûté du tout, mais avoue que...

— Que quoi ?...

Rien à ajouter Tarzan. Deux ans qu'ils se connaissaient, c'était peut-être ça le problème ; ils avaient des périodes fiévreuses où ils s'embrassaient comme des fous derrière le hangar aux bateaux tandis que le bac s'éloignait à vide dans le couchant vers Bruges et Knokke-Heist, vers les villes rouillées de la basse Flandre.

Elle rentrait, endolorie par la fougue des étreintes de Karl. Il était le plus beau garçon du pays, ce n'était pas mal, mais en même temps il avait quelque chose de vide en lui, une sorte de perfection un peu molle, un côté publicité Coca-Cola qui l'avait toujours empêchée de se laisser aller à ce penchant qu'elle avait eu longtemps à vouloir tomber amoureuse à tout prix, à connaître et vivre un amour tel qu'elle en exploserait de bonheur un soir face aux vagues froides qui meurent près de la maison aux Anciennes Colonnes.

Elle n'aimait pas Karl, pas vraiment, c'est pour cette raison qu'elle était venue lui demander ce service.

La suite des événements était plus confuse dans son esprit, elle se souvenait avoir foncé sur lui avec un cri d'Indien — un bon Indien vaut mieux que deux tu l'auras, disait toujours Télé — et tout s'était mis à ressembler à une partie de hockey sur glace lorsque les joueurs s'emmêlent les uns dans les autres, son jean s'était coincé et elle étouffait sous l'édredon de Karl Weissler en essayant de se dépêtrer de son soutien-gorge. Il n'arrêtait pas d'invoquer tous les saints du Zeeland tandis qu'avec un entêtement maniaque elle s'appliquait à le violer férocement. Ce fut elle qui, enfonçant ses ongles dans les fesses musclées, donna une torsion telle que le malheureux, hennissant de peur, n'eut d'autre solution que la fuite en avant.

Au moment où elle devenait femme, les bras chargés de quatre pots de confiture d'airelle, d'un demi-pot de crème d'Oldenzaal et d'un pack de six boîtes de jus d'orange entièrement naturel sans adjonction de colorant chimique, la mère de Karl Weissler sonna à la porte. Affolé, Weissler contempla sa verge brandie et sanglante.

— Jésus Marie, chuchota-t-il.

Laura bondit sur son pantalon, rafla ses affaires et plongea sous le lit. Elle ne devait en ressortir qu'une heure quarante-cinq plus tard, lorsque Karl fut arrivé à mettre sa chère maman à la porte sous un prétexte totalement imbécile. Durant tout ce temps, Laura fut secouée à intervalles réguliers de rire incoercibles qui faisaient résonner le sommier au-dessus d'elle. Elle revoyait l'expression de Karl penché sur son appendice cramoisi. Il lui avoua plus tard avoir cru un instant qu'il venait de commettre un meutre rituel d'une sauvagerie inouïe. Quelque chose comme l'égorgement d'un agneau sur un autel de pierre au sommet d'une pyramide géante.

Durant les années qui suivirent, Laura eut beaucoup d'amants, la plupart ne duraient guère et lorsque, la trentaine proche, sa vie amoureuse cessa de ressembler à la finale d'un cent dix mètres haies, elle n'avait guère conservé comme ami que ce bon vieux toubib de Karl Weissler, celui qui ne cesserait jamais d'être pour elle « l'homme au sexe rouge », celui que Télé surnommait « Jésus-Marie ».

Toujours aussi conformiste que baraqué, Karl ne lui pardonnerait pas de ne pas recevoir cette année l'habituelle « carte postale de l'étranger ».

Ils traversèrent les salles égyptiennes.

Laura se sentait en forme, ragaillardie sans raison véritable, mais en forme. Dans deux jours ils rejoindraient la maison de la mer. Elle y resterait quelques jours, ce serait le temps des grandes promenades dans les envols d'oiseaux blancs... Pas d'homme, juste une retrouvaille avec son pays, la grande douceur si violente et si tendre, si éternelle aussi, le pays amphibie, terre, eau et vent, tous s'étaient conjugués pour fabriquer la maison aux

Anciennes Colonnes... Maman serait là, elles seraient seules toutes deux, Télé travaillant dans ce laboratoire d'ordinateurs pour non-voyants.

Deuxième salle.

Elle décrivait à Aaron l'essentiel d'un groupe de granit. Un prince cerné de ses deux femmes au garde-à-vous, les yeux clos dans l'adoration extatique d'un soleil absent.

Tout en parlant, elle tourna la tête et vit le bas-relief. Mal éclairé, il ressemblait à une plaque d'acier doux dressée contre le mur. Elle se déplaça latéralement entraînant son frère. À présent, de l'endroit où elle se trouvait, elle pouvait voir les vieillards. Les oreilles saillantes se détachaient des crânes osseux. L'ombre rôdait sous les pommettes décharnées. Ils semblaient dans l'attente de quelque chose. Laura s'approcha.

— Qu'est-ce que c'est ? demanda Télé.

— Des copains à toi, dit-elle.

Elle lui lut les indications : « Groupe de chanteurs aveugles attendant la fin des offrandes consacrées à Aton. » Le groupe avait été découvert sur la tombe de Rana Ier à Tell el-Amarna, mur occidental de la salle à piliers, côté est.

Télé sourit. Si une infirmité était vieille comme les hommes, elle n'en était peut-être pas vraiment une. Il continua à marcher, la hanche de Laura effleurant la sienne. Laura sentait bon ce matin, c'était son odeur de bonheur... quelque chose de large et de sucré, une odeur de vallée et de miel. Les doigts se refermèrent sur son avant-bras. Il pila net.

— Qu'est-ce que tu as ?

Le halètement éclata contre son oreille. Affolé, Aaron tendit les bras, le corps tremblait, il pouvait entendre par-dessus tout le gong déchaîné du cœur. Le sang se ruait, refluait en rafales rageuses, inondant les vaisseaux.

— Qu'est-ce qu'il y a ? cria Aaron.

Les lèvres frôlèrent son oreille. Horrifié, il tenta de s'arracher à l'étreinte : ce n'était plus Laura qui se trouvait près de lui en cet instant précis.

— C'est dans le fond... sur la droite... près de la fenêtre... Il faut que je...

Les doigts filèrent sur sa manche, affolé Aaron tournoya, les talons martelaient les dalles.

— Laura !

Il resta hébété. À qui appartenait cette voix ? Il tendit un bras devant lui et sans décoller la semelle du sol fit un pas.

— Je peux vous aider ?

— Oui, à me sortir de là. Vous êtes gardien ?

— Oui.

— Il y a une fille qui court devant...

— Je ne vois rien.

La voix était agréable, ce type devait certainement avoir d'épaisses moustaches, les syllabes paraissaient filtrées. Aaron chercha à se calmer.

— Pourriez-vous m'emmener jusqu'à la sortie, jusqu'aux cartes postales ?

— Avec plaisir.

Un bras de laine épaisse se glissa sous le sien. La paume d'Aaron s'y appuya.

— Blessure de guerre ?

Le rire du gardien résonna. Aaron était certain maintenant que l'homme avait une moustache.

— Non, un accident de la route.

— C'est du chêne, murmura Aaron.

— Vous semblez connaisseur. La prothèse est en effet en chêne, et aluminium pour l'articulation du coude

Ils firent quelques pas.

— Attendez, dit soudain Aaron, il y a une chose que j'aimerais savoir avant de quitter cette pièce.

— Je vous en prie.

— Sur la droite, près de la fenêtre, il y a quelque chose, un objet, une statue... Pourriez-vous me dire ce que c'est ?

Aaron comprit que l'homme souriait.

— Bien sûr, dit-il.

Aaron retrouva Laura dans le vaste hall.

Elle l'attira sur un divan de cuir sombre à l'ombre du guichet d'entrée. Il sentit à la vibration de sa voix qu'elle n'était pas remise.

— Qu'est-ce qui s'est passé.

— Je ne sais pas. Quelque chose irradiait de ce truc... de la vitrine.

— Qu'est-ce que tu as vu ?

Il perçut le grattement de l'allumette, l'explosion minime et l'odeur blonde et chaude, elle rejetait toujours la fumée lentement, avec une sorte de patience.

— Je n'ai rien vu, j'ai ressenti.

— Qu'est-ce que tu as ressenti ?

Une chaleur sur ses deux joues... Les paumes de Laura comme lorsqu'il était enfant et que la nuit du chagrin montait jusqu'à son visage.

— Ça m'a déjà fait ça, Aaron, il y a longtemps.

Il porta à son tour les mains vers les joues de Laura, la peau était humide encore des larmes mal essuyées.

— Quand ?

— J'étais enfant, il y a des années, au musée d'Otterlo, dans les antiquités égyptiennes.

Lentement le torse d'Aaron Brams recula contre le dossier.

— Qu'est-ce qu'il s'était passé ?

— La même chose qu'aujourd'hui, quelque chose monte en moi, une tornade figée, quelque chose qui veut m'expulser de moi-même.

Dans la mémoire de l'aveugle l'autre voix résonnait,

celle que sa sœur avait eue lorsque cette chose s'était produite.

— Je l'avais oublié, poursuivit-elle, je croyais que c'était la fatigue, mais non, c'est autre chose, je le sais à présent.

Le tremblement ne s'apaisait pas. Aaron rapprocha d'elle ses yeux morts.

— Ne déconne pas, dit-il, tu n'es pas si hystérique ni complètement abrutie, on va trouver l'explication à tout ça.

L'odeur de tabac chaud s'amplifia, elle fumait encore plus vite que d'habitude.

— Sortons d'ici, dit-il, on va s'envoyer une bière géante près d'un poêle et on va se faire…

— Aaron ?

Jamais elle ne l'interrompait ainsi.

— Quoi ?

— Il faut que je sache ce qu'il y avait dans cette salle mais je ne peux pas y retourner, c'était sur la droite, près de…

— J'ai demandé au gardien.

Elle eut un halètement bref. Odeur de liège grillé. Elle écrasait le mégot.

— Et alors ?

Il mit involontairement une note joviale dans sa voix et prit un ton de récitant : « Objet découvert dans la tombe trois, réservée aux favorites et datant du règne d'Akhenaton appartenant donc à la 18e dynastie. »

Elle se leva la première. La voix tomba d'en haut.

— Et qu'est-ce que cela représentait ?

— J'ai gardé le plus drôle pour la fin, dit-il : un hippopotame.

V

IL EST DE COURTE VUE CELUI...

« Trois jours que nous sommes à Bruges et les heures coulent coupées des musiques des carillons... Nous buvons de la bière douce sur des terrasses dominant l'entrelacs des canaux gris, des barques passent sous les ponts, les ponts étroits aux velours de mousse... Nous marchons dans les ruelles aux pavés ronds, nous rêvassons dans les parcs où passent les béguines, et de très vieilles dames en bas de coton et fichus sombres trottinent à toute heure du jour vers la nef en dentelle de la cathédrale. »

C'était ce qu'il avait écrit sur cette ville dans un de ses premiers romans, il voulait faire langoureux et nostalgique, décrire une ville morte, en accord avec les languissantes désillusions des héros traînant leurs amours déprimantes ; c'était une époque où le cafard se portait bien car il avait eu un immense succès. Il avait oublié le tirage, pourtant il l'avait su longtemps.

— Vous connaissez Bruges alors ?

Il mit les mains au fond de ses poches et respira largement.

— Absolument pas, j'avais vu des documentaires au cinéma.

Elle rit et lui serra le bras.

— Les meilleurs écrivains sont de grands truqueurs, des

sortes d'escrocs, dans ce domaine je suis imbattable, en début de carrière, j'ai fait des polars avec des mitraillades folles dans les rues de Hong Kong, les bars de Macao, des hold-up à Santiago du Chili, des poursuites entre Sydney et Melbourne, le tout avec une précision hallucinante, les noms des rues, la couleur des maisons, l'odeur des arrière-cours très différente si l'on est à Kuala Lumpur ou à Bénarès, tout y était, mais faux.

— Vous aviez des cartes, des Guides bleus ?

Il s'arrêta et la fixa d'un œil offensé.

— J'inventais tout, madame, tout, même les noms des rues, des places, la géographie, pluie, climat, relief, la flore, la faune, tout de A jusqu'à Z est totalement et parfaitement inexact.

— Un abîme s'ouvre sous mes pas, dit Laura, venez, je connais un bistrot.

— En terrasse donnant sur le canal ?

— En terrasse donnant sur le plus vieux canal.

Il se sentit heureux.

— Cela renforce ma théorie : les choses finissent toujours par exister à condition de les avoir écrites avant de les vivre.

Elle l'entraîna le long des quais.

Ils longeaient à cet instant une berge sombre qui semblait sortir de la ville. Sur la gauche, les façades de vieux hôtels reculaient sous la menace douce de la nuit, on devinait encore les sculptures surmontant les linteaux des portes massives fermées sur un monde lourd, invisible et périmé. Les palais s'enfonçaient derrière eux, glissant comme de hautes barques toutes voilures dehors dans l'argent des eaux mortes.

— Où sommes-nous ?

— Vous savez si bien inventer les noms..., nous devons marcher dans un de vos livres.

Il marcha vers l'encoignure de l'une des maisons, tenta

de distinguer un nom gravé dans la pierre. « L'ange Roi » peut-être, mais cela n'avait nulle importance. En contrebas les eaux clapotaient, une moire douce, noir et blanc comme la pellicule d'un film usé.

— Nous y sommes.

Il se heurta presque aux chaises de fer qui remplissaient la placette.

Elle n'avait pas menti. Une terrasse accrochée à un angle du quai. Là-bas, derrière un bouquet d'arbres c'étaient le beffroi et les remparts. La nuit était presque tombée à présent, les feuillages des peupliers proches étaient d'un noir d'enfer sur le ciel laiteux. Derrière les tours il traînait un vieux pan de manteau rouge et or comme un costume d'acteur démodé, un restant de crépuscule récalcitrant.

Ils s'assirent l'un près de l'autre, face au canal. Il s'élargissait plus loin, filait, plat sur les terres plates en direction de la mer.

— Pas froid ?

— Non, dit-elle. Et puis nous allons boire du genièvre. C'est obligatoire.

La porte du café s'ouvrit. L'intérieur avec les poutres boucanées avait l'air d'un repaire de forbans comme on en trouve dans les vieux films hollywoodiens.

— Deux genièvres, dit Laura, et des cacahuètes.

C'était un gosse, on distinguait la nuque creuse, le pantalon trop large.

— Plus de cacahuètes.

— Des frites alors.

Blazier se mit à rire.

— Mais on vient de manger !

— N'importe quoi avec du sel.

L'enfant réfléchit, sembla désemparé.

— Apporte la salière, dit Michel, ce sera plus simple.

L'enfant disparut... Une brise bougeait doucement le

feuillage, les feuilles crissaient métalliquement l'une contre l'autre en un tendre duel.

Il devinait son visage devant lui, elle avait posé ses coudes sur la table et il lui sembla la voir sourire.

— Merde, dit-il, j'en ai marre, ça ne peut plus durer.

Il se pencha au-dessus de la table bancale et les cheveux de Laura bougèrent sous ses doigts, cela faisait si longtemps qu'il n'avait pas été amoureux qu'il sentit avec terreur que les larmes allaient lui venir. Les lèvres étaient douces et mouillées. Bruges. Quelque chose commençait ici. Elle posa la main sur sa joue et l'embrassa sur le nez et sur le menton.

— J'avais aussi l'impression que ça ne durerait pas, dit-elle.

— Qu'est-ce qu'ils foutent avec leur genièvre, murmura-t-il, j'en ai les jambes qui tremblent.

Leurs mains se trouvèrent sur le marbre froid.

— Je suis un vieux con, dit Michel, j'ai plein de fric, plein de gloire, plein de pantoufles, plein de radotages et je hais l'univers. J'ai également la quarantaine tassée.

L'enfant arrivait. Sur le plateau de fer, les deux verres brillaient, deux diamants liquides et parallèles. L'alcool poivré pétilla dans la nuit, il y avait quelque chose de meurtrier dans cette boisson, c'était une arme liquide, un poignard à la lame fluide et glacée.

— Merde et merde, dit-il, ce genre de truc ne m'était plus arrivé depuis quinze ans et demi.

— C'est parce que je suis irrésistible, dit Laura, belle, jeune encore, intelligente et racée.

— Ça doit être ça. En plus vous guignez l'héritage ou vous avez un manuscrit à placer. Vous faites semblant d'être pharmacienne le jour mais vous écrivez la nuit. Vous croyez être capable de retrouver l'hôtel dans ce dédale ?

Elle alluma une cigarette. À l'horizon, la lueur avait disparu.

— Vous êtes un costaud, vous, au point de vue du lit ?

Michel Blazier écouta le froissement des frondaisons au-dessus de lui.

— Lamentable, dit-il, je pensais à en faire un slogan publicitaire : « Une nuit avec Blazier, du sexe serez dégoûtée. »

Elle termina son verre d'un trait, il était plein de nuit lorsqu'elle le reposa.

— Ne vous inquiétez pas, je suis une championne.

Il se leva, contourna la table, Laura sembla monter vers lui, la même douceur de la bouche ferme, il sentit les mains de la jeune femme glisser sous sa veste. Machinalement il enregistra deux impressions agréables : grâce à son régime sévère alcool-tabac il n'avait pas de ventre et en était heureux en ce moment, et surtout il sentit venir une érection respectable, ce qui le rassura pour les heures à venir.

— Qu'est-ce qui se passe, Laura ?

Malgré l'obscurité presque complète, il pouvait voir les yeux rire.

— Où ça ?

— Ne faites pas l'imbécile. Je veux parler de ce qui se passe entre nous, là, en ce moment.

Sa tête vint se poser contre son épaule, elle ne répondit pas. Ils restèrent debout, immobiles dans le bruit du vent, au bord de la ville invisible ; il la sentit trembler.

Une folie, peut-être n'en avait-il jamais fait de semblable. Elle arrivait un jour sans crier gare et elle bouleversait sa vie, tout un édifice, une sauvegarde.

— Rentrons, dit-il.

Il avait su en partant ce matin que ce rendez-vous ne serait pas comme les autres, qu'il n'en reviendrait pas indemne, que cette femme vers qui il roulait lui était promise et qu'elle ferait partie de ce dernier temps de vie qui lui restait à faire.

— Laura ?

Elle se tourna vers lui. Ils marchaient à présent le long de berges plus étroites, les hautes murailles se refermaient, chassant au-dessus d'eux le ciel épais et pur d'une nuit de nord de l'Europe.

— Pourquoi m'avez-vous dit cette phrase sur les quatre mille cinq cents ans ? Je...

Les deux bras se refermèrent autour de son cou, les lèvres se posèrent sur les siennes.

— Plus tard, Michel, bientôt.

La soie du chemisier crissa sous les doigts de l'écrivain. Il y avait eu trop de sensations semblables perdues. Qu'avait-il donc fait toutes ces années sinon fuir la douceur des réalités. Peut-être n'aimait-il plus que les mots, mais quel agglomérat de lettres valait l'eau d'un tissu sur une peau tiède par une telle nuit ? Quel mot valait Laura ? Combien de milliards et de milliards de phrases fallait-il entasser pour qu'elles finissent, au terme d'une obscure alchimie, par former cette femme présente, là, entre ses bras, cet équilibre parfait d'âme et de chair, riche de tant de rires, de tendresse, de vie... Peut-être était-ce vrai après tout que l'écriture était proche de la mort... Les paragraphes s'entassaient là-haut, chez lui, sur les feuilles blanches, il changeait la cartouche de son stylo et il ne se rendait pas compte qu'il tenait entre ses doigts une arme mortelle, chargée, dont il était la lente victime, combien d'années passées sans Laura ? Combien de nuits semblables auraient-elles pu avoir lieu ? Tant d'années à écrire pour en venir à cet instant aveuglant où il savait que rien ne compterait jamais davantage que de tenir cette femme entre ses bras, que rien n'avait été et ne serait plus important.

Elle se dégagea la première et il fut surpris qu'une lumière diffuse lui permette d'entrevoir le visage de Laura. Quelque chose s'était éclairé pendant la durée de leur baiser. Une fenêtre lointaine, peut-être les phares d'une voiture s'apprêtant à démarrer dans leur dos.

— Michel, demain je voudrais que vous rencontriez quelqu'un.

Les paupières de Laura battirent. Elle parut chercher quelques secondes la cause de la lueur. Son origine semblait venir de l'autre côté du canal, au bout d'une ruelle perpendiculaire à la rive.

— D'accord ! Promettez-moi deux choses, d'abord que ce n'est pas un homme jaloux et armé, ensuite que le rendez-vous n'a pas lieu à l'aube.

Elle glissa son bras sous le sien et l'entraîna vers le vieux pont. Lorsqu'ils le traversèrent, leurs silhouettes se reflétèrent avec précision dans le miroir des eaux mortes... Les barbes effilées des mousses remplies d'eau trouaient la surface de poignards vibratiles, mais en cet instant l'air était si calme que les rides ne se formèrent pas et que Michel et Laura s'inversèrent avec précision et exactitude.

Kadar n'aimait pas cette ville.

Aucune ville d'ailleurs. Il avait été stupide de s'imposer cette nuit à Bruxelles, il lui faudrait repartir demain pour Bruges, c'était idiot, il aurait pu y être déjà.

Encore une chose difficile à comprendre, pourquoi cette envie de les retrouver tous les deux alors qu'il ne connaissait qu'elle ?

Kadar Sivas souleva son pied droit et sentit la douleur irradier à travers la semelle, elle grimpa jusqu'à son mollet et s'évanouit. Cela devait faire cinq heures maintenant qu'il marchait. En sortant de la gare, il avait suivi des rues, tentant de pénétrer dans le centre de la ville : parfois il pouvait apercevoir un dôme lointain sur une hauteur, cela lui parut le but à atteindre, là les choses devaient être plus rayonnantes, c'était le lieu des angles adoucis, des vitrines brillantes, et aux terrasses les tables étaient chargées de choses étincelantes, cliquetantes et mousseuses.

Kadar savait que de tels lieux existaient mais il savait aussi que ces lieux fuyaient devant lui et que chaque homme a un domaine naturel qui l'enferme sans qu'il y prenne garde aussi sûrement que les verrous d'une prison.

Jamais il n'avait atteint le dôme de pierre, l'édifice avait fui, avait joué avec lui, un instant au bout d'une avenue, il avait cru l'atteindre et des barrières avaient surgi, un chantier barrant la route, d'immenses travaux pour un nouveau tunnel routier ; il avait obliqué et s'était retrouvé dans un quartier à maisons basses, auquel avaient succédé des terrains sillonnés par des rails de tramway ; une fois de plus il n'échapperait pas à la loi et ne se livrerait à lui que la partie de la ville qui lui convenait.

Chaussée de Vilvoorde.

L'avenue rectiligne suivait un long canal, les péniches arrivaient à fleur d'eau, leurs flancs bourrés d'un sable farineux ; une poussière de plâtre blafarde sous le ciel blanc, des rails encore et il avait compris que Bruxelles lui tournait le dos, que les banlieues s'imposaient à lui une nouvelle fois.

Il s'était arrêté un moment sous le pont du chemin de fer et était revenu sur ses pas en une ultime tentative pour tourner la Loi mais il n'avait déjà plus assez de forces, les heures avaient filé et il fallait trouver un hôtel.

Kadar savait que le meilleur endroit pour cela se trouvait aux alentours des gares. C'était ainsi dans toutes les villes d'Europe.

Il revint une nouvelle fois sur ses pas et c'est les souliers blancs de poussière et les cuisses douloureuses qu'il parvint dans le hall étroit du Waldam.

L'entrée était coincée entre un Mac Donald aux parois de clinique carrelée et un bar à bière, salle géante aux murs kaki bondée d'hommes à casquette et à vessie ballonnée qui traînaient leur vie et leurs fesses larges sur des banquettes de moleskine couleur de vieille Pelforth.

Kadar monta.

Au premier, une femme en turban éponge le fit payer d'avance et ne jeta pas un regard sur le passeport qu'il lui tendait.

La chambre était haute et étroite, la peinture des murs avait coulé en gouttes épaisses que le temps avait solidifiées en boulettes cailloux. Le lit occupait presque la largeur de ce long couloir et Kadar y resta immobile un long moment.

Il entendait le choc des roues des wagons à l'intersection des rails, les étirements du métal martyrisé, cette lamentation durerait sans doute toute la nuit.

Il ferma les yeux et tenta de faire surgir de sa mémoire le silence des criques blanches lorsque, du haut des à-pics vertigineux, ivre de couleur et de lumière, doublement noyé dans l'or du soleil, l'argent des rochers et le saphir mêlé du ciel et des eaux, il plongeait dans la douceur de la mer, la mer superbe qui depuis toujours berçait les rivages de Turquie.

Il était un enfant alors, il mordait dans les pains ronds que les filles sortaient du four, la croûte se fendait sous les flammes rouges et l'odeur de la pâte montait, il écoutait le rire des femmes accroupies sous leurs voiles noirs, il était difficile de les reconnaître, les bracelets de leurs chevilles tintaient lorsqu'elles remuaient leurs pieds nus...

— Kadar ! Kadar !

Kadar Sivas court dans le village, dépasse les jardins, l'échine des ânes est couverte d'une crête de mouches paresseuses, il sera le premier au puits, il reviendra le dos courbé par le bâton aux extrémités duquel se balancent les seaux... Et le soleil toujours, jusqu'à ce que vienne la neige sur les montagnes.

Il sortait, un matin aussi clair que les autres, et derrière lui, les sommets étaient blancs, l'air coupait comme le kandjar des vieux soldats retraités qui dorment l'après-midi à l'ombre du cèdre de la place, et l'hiver était là.

Kadar sortit de sa poche de poitrine un cigare à demi fumé.

Il l'avait acheté à Amsterdam devant la pharmacie.

Il ne fumait pas beaucoup, il arrivait qu'un cigare lui fasse plusieurs jours, on disait que les cigares hollandais étaient les meilleurs du monde, il ne savait pas, cela n'avait pas d'importance ; son père chiquait, il avait essayé une fois mais c'était trop fort, trop amer, il lui sembla sentir encore l'âcreté de ce jus épais sur sa langue, horrible...

Il eut envie de marcher et marcha jusqu'au lavabo de plomb étamé dans l'angle de la pièce. Le miroir décalait les traits de son visage, les yeux sombres n'étaient plus à la même hauteur. Il se tourna lentement, jouant avec le reflet déformant, élargissant une joue, recroquevillant le menton jusqu'à le faire disparaître, une oreille surgit, gigantesque. C'était un numéro de fête foraine. Il se retourna.

De l'endroit où il se trouvait, le spectacle était encore plus déprimant : le couvre-lit aux teintes passées dissimulait mal, à l'extrémité, une couverture piquée de rouille. Il souffla la fumée devant lui pour noyer le spectacle et alla prendre la veste qu'il avait accrochée en arrivant à la poignée de la porte.

Il avait envie d'une femme et en trouverait une.

Elles se tenaient toujours autour des gares. L'Europe lui avait appris ça.

Elles parlaient toutes les langues, à Cologne où il avait travaillé six mois, il avait même trouvé une putain turque, elle venait de Brastani, un village d'Anatolie, trois maisons punaisées sur la plaine plate.

À Amsterdam il connaissait bien le quartier des filles, il y croisait quelquefois d'autres Turcs comme lui, ils venaient avec la grande vague d'immigration qui avait vidé le pays, la vague de misère, la vague des verts soldats aux sombres visages qui traquaient tout ce qui était vivant de rue en rue, mais nul ne savait que ce n'était ni la faim ni la politique qui avait chassé Kadar Sivas des rivages heureux, il était le seul à connaître le secret de son départ.

C'était ce qu'il avait appelé le secret de la crique. Cela lui faisait penser à un titre de film.

Personne n'était au courant.

Kadar Sivas enfila sa veste de toile épaisse, les coudes luisaient et près de la nuque le col était sale ; malgré le repos, la plante de ses pieds était encore douloureuse lorsqu'il descendit les escaliers de l'hôtel Waldam. L'air sentait le chou et des relents de pitance traînaient à la hauteur du deuxième étage.

Non, personne n'était au courant.

Personne sauf Laura Brams.

Michel Blazier ne devait jamais oublier cette nuit, elle fut doublement marquée dans sa mémoire par le fait, tout d'abord, que Laura se révéla être une maîtresse merveilleuse, et qu'il fut par contrecoup et à sa propre stupéfaction un amant honorable. Enfin cette nuit fut le départ de l'étrange récit de Laura.

La porte refermée, comme mus par un signal, les carillons de la ville s'étaient ébranlés, ténues mais présentes, les cloches avaient envahi la nuit.

— Bonne coordination, dit Michel, j'ai toujours besoin d'un fond sonore.

Elle rit et il sentit ses doigts d'ombre s'insinuer sous sa chemise entre deux boutons.

Il avait eu récemment, avec les prostituées qui hantent les bars de la nuit et les arrière-salles des cafés un peu borgnes, des moments d'impuissance inopinée qui le tracassaient vaguement, il appelait cela « ses absences », mais il fut en Laura doucement porté par un courant sûr et tendre, comme une barque dans le port.

Au gouvernail était un avisé pilote qu'il ne lui sembla pas connaître, celui-ci ne possédait ni le cynisme qui était le sien certains soirs de fêtes noires, ni cette violence lointaine qu'il avait entretenue quelque temps et qui était le monde érotique qu'il avait affectionné.

Laura déployée, déchaînée ou murmurante avait fait naître en lui une envie inconnue, celle d'être une source infinie de douceur, de sagesse, d'heureuse folie… Quelque chose l'avait submergé avec la jouissance ; le bonheur l'avait pris par le cou et il s'était abattu extasié et vidé d'amour sur cette femme qui désormais était sienne.

Dans la noirceur de la chambre où ils reposent avant que le désir ne revienne, Michel écoute le temps couler… Il y eut le lent mouvement des planètes, les siècles entamés, le surgissement des espèces, et cette lente et infinie conjonction des univers l'avait amené ce soir à tenir entre ses bras celle qu'il fallait qu'il tienne, Laura la nécessaire… Le monde pouvait donc être parfois splendeur… Peut-être le serait-il toujours maintenant, il le resterait si Laura y demeurait.

La bouche de Laura se pressa sur son oreille.

— Tu as des cheveux d'enfant, dit-elle.

— Je les perds.

— Tu es admirable, si je te disais que tu as de beaux yeux, tu me dirais que tu louches.

— Je suis myope.

— Je me demande si tu l'es suffisamment pour ne pas voir le paquet de cigarettes qui est sur la table de nuit à ta gauche.

Michel tendit le bras, saisit les Stuyvesant et le briquet, un cube noir et trapu, pratique, pas du tout un article pour dame.

Laura lança la première bouffée.

— Je sais, il est très laid, mais dès que je l'oublie on me le rapporte : je ne peux pas le perdre.

Il avait allumé une cigarette à son tour. C'était celle d'après l'amour.

— J'avais oublié le rite, dit-il.

Elle appuya sa tête contre l'épaule du romancier. Le silence était total.

Bien qu'ils fussent au centre de la ville, pas un bruit ne montait jusqu'à eux, les rues étaient vides, rien ne venait troubler le sommeil des places et des ruelles.

Lorsque plus tard il devait se souvenir de cette minute, il ne put jamais se rappeler la raison pour laquelle il avait posé la question, peut-être le tracassait-elle réellement au fond de lui-même, peut-être n'avait-il parlé que pour briser l'épaisseur du silence qui baignait la nuit flamande. Peut-être parce que quelques heures auparavant elle le lui avait promis...

— Ainsi donc nous sommes de vieilles connaissances...

Elle se tourna vers lui et il sentit plus nettement son parfum.

— De très vieilles connaissances.

Il y avait dans la façon dont elle avait prononcé ces mots une force de décision qui l'étonna, il savait que Laura allait parler, qu'elle ne cacherait rien et que l'histoire serait longue. L'extrémité de la cigarette rougeoya longuement, il lui sembla voir les volutes bleues pénétrer dans la gorge, emplir la bouche, dessiner chaque alvéole.

— Tout commence un jour de novembre 1963, j'ai treize ans, je suis pensionnaire au collège de Flessingue et ce jour-là nous visitons sous la surveillance de Ruth Blekinge, la sous-préfète, le musée d'Otterlo...

Blazier étend ses jambes sous les draps, le récit vient de commencer.

Trois heures dix-sept. Les chiffres luisaient dans le noir, des chiffres rouges, malveillants.

Même à cette heure, les camions roulaient. Une des vitres tremblait à chaque passage, le verre vibrait dans son cadre métallique.

Kadar Sivas se leva.

Il n'avait pas dormi et ne dormirait pas. Il appliqua la main contre la vitre, l'empêchant de bouger. Le plâtre trop sec s'était perdu et avait disparu sur sa plus grande longueur, seules quelques pointes maintenaient le carreau en place. Les réverbères étaient restés allumés, de l'autre côté ; à travers la nuit jaune il apercevait l'emmêlement des voies de triage, au-dessous de lui les toits bâchés des camions se creusaient de poches d'ombre. Kadar chercha le cigare dans sa chemise et se rappela qu'il avait fini de le fumer dans la chambre de la pute.

Cela s'était mal passé.

Dans la lumière rouge, les yeux étaient restés inexpressifs, la chair tremblant sous lui, comme inanimée. Elle ne lui avait souri qu'une fois, lorsqu'elle l'avait aperçu dans la rue et qu'elle avait penché la tête au-dessus du comptoir pour le suivre du regard.

C'était ce geste qui l'avait décidé. Il savait par expérience que ces femmes ne délivraient que des amours identiques. Sur des divans bas, sous les ampoules rouges de cagibis mal fermés par des rideaux glissant le long des tringles, elles écartaient des cuisses lourdes, il s'enfonçait alors dans des toisons ferreuses au creux d'un monde humide et dangereux dont il avait à la fois désir et répugnance. Partout, dans les bordels de Zonguldak, d'Ankara et de Smyrne, chez les prostituées d'Allemagne, il y avait toujours présent en lui ce dégoût profond de gluances entr'aperçues. Les filles ne lui parlaient pas, jamais. Il était noyé dans la cohorte des émigrants, un jeune Turc courtaud et maladroit, les cheveux trop ras dévoilant le crâne rond.

Et s'il partait tout de suite ?

Elle avait dit dix heures. Dans un papier plié dans son portefeuille elle avait écrit le nom de l'hôtel où ils devaient se retrouver.

Elle serait là et l'homme aussi... le *troisième.*

Il essuya son front mouillé de sueur. Lentement la vitre s'était brouillée sous la buée de son souffle, oui, il allait descendre, il arrêterait l'un des poids lourds qui filaient vers Ostende et les villes de la mer, Bruges n'était pas loin, il y serait à l'aube, peut-être avant, il attendrait là-bas que les heures passent.

Rapidement il laça ses souliers et en essuya la poussière avec le dessus-de-lit.

Il s'approcha à tâtons du lavabo pour se passer avant de partir de l'eau sur le visage. Lorsqu'il tourna le robinet il y eut comme un frémissement d'insecte et un filet d'eau coula entre ses paumes jointes. Il plongea dedans sa face moite et sentit la barbe naissante râper ses doigts. Il se releva et aperçut son reflet dans la glace. Éclairé latéralement par une lumière jaune, les orbites semblaient être vides. Kadar eut le souvenir de ce qu'il avait aperçu un matin dans la folle remontée des bulles irisées, sous les algues balancées qui masquaient le flanc immergé de la falaise. Il avait dix-sept ans alors et c'est dans les jours qui avaient suivi qu'il avait quitté le village blanc croché à la colline d'or, le village au-dessus duquel, sans que leurs vols n'interfèrent jamais, tournaient les faucons des hautes cimes et les mouettes nées de la mer. Il ne reviendrait jamais au pays.

Chantiers navals, docks, il avait déchargé le ciment à travers l'Europe, montant toujours plus vers le nord, fuyant toujours plus la falaise qui limite la plage... Le petit plongeur rieur et bronzé avait un jour passé Wuppertal, Duisbourg, Essen, et s'était trouvé devant la dernière frontière ; il avait travaillé à la réfection des égouts de Nimègue et avait rejoint Amsterdam pour la construction d'un bassin de carénage. Il faisait froid ce jour-là, le vent soufflait venant du Zuiderzee et Kadar grelottait dans sa veste trop mince. Un matin il était resté sur sa paillasse ; en partant, ses compagnons de dortoir avaient poussé le brasero vers lui et il avait senti monter la fièvre tandis que sur sa tempe une veine battait un gong régulier et sonore.

VI

... QUI IDENTIFIERA LA MORT AU NÉANT

Quatre heures vingt-sept aux aiguilles de sa montre-bracelet. Laura alluma l'avant-dernière cigarette. Dans le cendrier de verre épais les cylindres des filtres s'entassaient. Michel secoua l'ankylose de son épaule.

— Dites-moi, Shéhérazade, le malaise dans la salle du British Museum devant l'hippopotame a-t-il été le même que le premier devant le sarcophage ?

— Exactement, l'intensité fut différente car dans le deuxième cas je l'ai sentie venir et j'ai pu fuir à temps, mais c'était la même chose.

— Tu en es sûre ? Plus de dix ans séparent les deux moments.

— C'était la même chose, comme si j'avais éprouvé l'autre la veille, mais...

— Mais quoi ?

— Ce n'étaient pas vraiment des malaises, plutôt...

Elle passa la langue sur ses lèvres. Il sentit qu'elle s'appliquait plus qu'à l'ordinaire à expliquer, à préciser exactement sa pensée.

— Plutôt une sorte de mort..., quelque chose vient, d'énorme, cela part d'un point qui doit être le centre de ma personne, et à partir de là cela grandit et...

— Un orgasme ?

Elle rejeta le drap. Il faisait de plus en plus chaud dans la chambre.

— Il y a de ça, mais ce n'est pas la même chose, c'est plus fort et…

— Halte-là, dit Blazier, laisse le docteur Freud t'expliquer ça.

— Lorsque les choses deviennent inexplicables, le docteur Freud pointe toujours son crâne chauve.

Michel sourit.

— Premier incident à treize ans, tu as fait la folle tout l'après-midi, tu es énervée, malheureuse parce que punie, ton inconscient te suggère une solution pour fuir un réel détestable : un évanouissement. Ton inconscient est un malin, il réussit d'ailleurs parfaitement son coup : la punition est levée, tu rentreras chez toi le dimanche suivant.

Elle n'avait pas bougé. Il était évident que l'explication qu'il était en train de lui fournir n'éclairait rien pour elle. Blazier était lancé.

— Pourquoi devant un sarcophage spécialement ? Parce qu'un sarcophage c'est la mort, on y est couché, ce qui entraîne des phantasmes sexuels, or tu es prépubère à cette époque, ta…

— L'hippopotame, dit Laura.

— Quoi l'hippopotame ?

— Est-ce que tu crois que j'ai des phantasmes sexuels avec des hippopotames ?

— On ne sait jamais, il y a des cas de zoophilie surprenants.

Elle sourit.

— Il y a deux choses que je ne t'ai pas dites.

Il la regarda, le désir monta de nouveau, mais il sentit que la préoccupation majeure de Laura Brams était en cet instant ailleurs, elle attendait autre chose de lui.

— … Au retour de Londres, je suis retournée au musée d'Otterlo.

Il la fixa sans comprendre.

— Je ne suis pas entrée, je me suis simplement renseignée auprès de la conservatrice avec qui j'avais pris rendez-vous.

Et alors ?

— Je lui ai demandé des précisions sur le sarcophage.

— Et qu'as-tu appris ?

À cet instant, les premiers carillons retentirent, ils venaient de tous les côtés à la fois, ceux du beffroi, plus profonds, percutaient sur les notes cristallines de la basilique, au fond, en contrepoint, au-delà des cloches de Notre-Dame, d'autres notes plus lointaines se mêlaient au concert.

— Rien de très spécial, sinon une chose : le tombeau du musée hollandais comme la statuette de Londres appartiennent exactement à la même époque.

Pour la première fois depuis le début de son long récit, Blazier sentit un frisson lui parcourir l'échine.

— Le suspense se corse, murmura-t-il, et de quelle époque s'agit-il ?

Laura se laissa aller contre les coussins.

— Akhenaton.

Les carillons s'étaient tus comme si le nom du pharaon avait été un signal. Sans réfléchir il éclaira la lampe de chevet.

— J'ai une chance folle, dit-il, cela fait dix ans et plus que je n'ai pas rencontré une femme qui me plaise, et le jour où cela m'arrive, elle m'apprend qu'elle a déjà vécu avec un prince de la Haute- et Basse-Égypte.

Les yeux de Laura étaient étonnamment calmes.

— Je n'ai pas vécu avec un prince de la Haute- et Basse-Égypte, dit-elle, si tu es ici ce soir c'est parce qu'il y a quarante-cinq siècles environ, je vivais déjà avec toi.

La main de Michel Blazier partit comme une flèche vers le paquet de cigarettes.

— J'ai quarante-cinq ans, dit-il, j'en ai vu des vertes et des pas mûres, j'ai fait la guerre d'Algérie, comme responsable d'un magasin d'habillement, soit, mais je l'ai faite quand même, je suis un homme sensé, fort, beau, solide, raisonnable, un roc, bref, un dur, et je ne sais pas comment tu t'y prends mais tu me fous la trouille.

— Je sais, dit-elle, moi j'ai cessé d'avoir peur.

Il mordit dans le filtre et aspira une bouffée géante.

— Continue, dit-il, j'aimerais connaître la suite.

Elle ferma les yeux. C'était une matinée d'hiver assez belle, il y avait six mois à peine, oui, c'était cela, presque six mois...

Amsterdam brillait de givre.

Sur les bords d'Heren Gracht la glace s'était formée. Malgré le froid elle ouvrit la fenêtre de sa chambre et sortit sur le balcon.

De là elle dominait le cristal des toits. C'était étrange, l'hiver avait ce pouvoir d'immobiliser les choses, les autres saisons étaient mouvantes, le printemps était plein de forces vivaces, l'été éclatait, l'automne était une chute ralentie, et seul l'hiver figeait le monde. Même l'eau des canaux s'arrêtait, elle aimait cette impression de stabilité, cette pétrification translucide des cristaux sur toute chose était une gangue protectrice, la ville entière ce matin s'était arrêtée dans un écrin de verre, là-bas sur les ponts près de l'embarcadère les vélos noirs s'inversaient sur le miroir de l'asphalte.

Elle respira longuement laissant pénétrer en elle les couteaux du gel, jouant à être aussi une jeune statue paralysée par l'air trop vif, bientôt une Laura minérale surplomberait la ville blanche, la mort la prendrait debout, durcissant lentement toute vie en elle et Amsterdam cesserait d'exister dans ses yeux de pierre.

Elle descendit et prit Kalverstraat, dès l'angle de la rue elle vit briller dans le soleil la double vitrine de la pharmacie.

Inge et les deux stagiaires étaient là avec les premiers clients du jour.

Même aujourd'hui Aaron se moquait encore d'elle : pharmacienne à Amsterdam... C'est vrai que ce choix avait eu quelque chose de saugrenu. Laura, qui était la vie et le rire... À dix-huit ans elle lisait tout et n'importe quoi, elle avait aimé la philosophie et traîné une année à l'université, s'empiffrant de policiers américains et de théologie médiévale. Dans la maison aux Anciennes Colonnes, saint Thomas, Érasme et Thomas Moore disparaissaient sous des tonnes de volumes de la Série Noire, elle avait cette année-là lu Heidegger et Chandler, mené tambour battant trois amants successifs aux portes de l'asile, repeint tout l'intérieur de la grande maison dans des nuances différentes de vert allant de la pomme à cidre pour sa chambre jusqu'au vert céladon pour le salon. Elle avait appris le saxophone sous la houlette de Télé, s'était inscrite au club de tennis, avait brisé sa raquette un soir de cruelle défaite et après avoir peint deux cent soixante-dix-huit toiles abstraites à dominante verte sur d'immenses panneaux d'Isorel, elle avait le dernier jour de l'année posé les pinceaux, mis les mains sur ses hanches, contemplé d'un œil de juge d'instruction le désordre qui l'entourait et était descendue à la cuisine où sa mère et son frère achevaient les préparatifs du repas de fête. C'est alors qu'elle avait laissé tomber la sentence :

— Mes enfants, je serai pharmacienne.

Mme Brams avait posé le plat à tarte et s'était assise avec un long soupir. Aaron avait continué à lécher ses doigts enduits de collantes framboises. Aucun des deux ne pouvait comprendre par quel cheminement imprévu en passant par des amants, une raquette, un saxo, saint Thomas, Philip Marlowe et de l'Isorel peint en vert Laura en était arrivée à une telle décision, mais l'un et l'autre savaient qu'en effet Laura, quoi qu'il advienne, serait pharmacienne.

Elle expliqua par la suite que cette profession l'avait séduite par son aspect sérieux, commerçant, terre à terre, installé, rémunérateur, bref, pour tout un ensemble de qualités qui étaient le contraire d'elle.

Lorsqu'elle entra dans le magasin, Inge lui sourit avec une violence qui déforma ses traits.

Inge était sans doute ce qui pouvait se faire de plus laid entre le Brabant et la région des polders. À trente ans, le cheveu gras et pelliculeux, la face rougeoyante et acnéique, l'odeur forte et le poil dru, elle régnait sur un univers de crèmes dépilatoires, de déodorants express, de produits antiboutonneux et régulateurs de séborrhée, de shampooings de toutes sortes qui faisaient les cheveux bouclés, lumineux, ondulants, onduleux et ondulés, avec une indifférence totale et magnifique que Laura admirait le plus souvent.

Ce matin-là, Inge offrait le spectacle d'une antipublicité vivante avec plus de force encore que d'ordinaire.

Les clients arrivaient, nombreux. Avant cette matinée de gel et de soleil, les semaines qui l'avaient précédée avaient été humides et brumeuses, une épidémie de grippe s'était déclarée dans le quartier nord de la ville et presque automatiquement, Inge et les deux autres filles se dirigeaient au fond du magasin vers les étagères où se trouvaient stockés les produits antigrippaux.

Laura Brams enfila sa blouse sur son pull-over et commença sa matinée de travail.

Elle travailla environ une heure. La pharmacie était pleine, les clients parlaient entre eux et Laura pouvait apercevoir au-dessus de leurs têtes, à travers les vitres, le bleu impitoyable du ciel.

Ce fut à cet instant que le signal se déclencha en elle.

Bien plus lointain que les deux premières fois, presque agréable. Cela venait de quelqu'un présent dans l'officine.

Ses gestes se ralentirent, elle dut faire un effort pour affermir ses doigts sur la monnaie qu'elle devait rendre, les murs devinrent fluides, elle heurta Inge de la hanche et eut l'impression qu'elle passait à travers le corps de sa première vendeuse. Elle sourit à une cliente et eut l'impression qu'entre le moment où elle décidait de sourire et celui où ses lèvres obéissaient à l'injonction de son cerveau, une éternité s'était écoulée.

Elle fit un immense effort et localisa les deux yeux qui la fixaient.

Ce furent eux qu'elle vit d'abord, très sombres, bordés de cils épais. Un homme jeune, petit, le col d'une veste bleu pétrole démodée et estivale était remonté. Il portait un pull-over de laine grise épaisse dont les manches trop longues dépassaient recouvrant presque les doigts jusqu'aux phalanges. Un ouvrier, un des nombreux Turcs qui travaillaient aux grands travaux sur Oosterdok ou sur les flottilles de dragueurs de berge. Le visage était rond, les lèvres ourlées. Il la regardait sans ciller.

Une femme en veste de loup lui tendit une ordonnance pliée. Ce fut la plus jeune des vendeuses qui la saisit. Sans l'avoir voulu, Laura Brams se trouva face au Turc.

Elle sentit le trouble de l'homme et arriva à maîtriser le sien.

— Vous désirez ?

Il murmura quelque chose qu'elle ne comprit pas et avec effort montra ses lèvres : il ne parlait pas. En général ces hommes baragouinaient quelques bribes d'allemand et se débrouillaient ainsi sur le sol néerlandais, mais celui-ci était trop jeune pour avoir appris. Laura prit l'ordonnance qu'il tenait entre ses doigts malhabiles.

Denoral, un comprimé matin et soir. Le médecin précisait que le malade devait garder la chambre trois jours. Laura comprit qu'elle ne pourrait pas aller chercher le remède, ses genoux étaient à des milliards de kilomètres d'elle. Elle appela Inge et fut surprise du ton anormalement grave de sa propre voix. La brave fille se retourna. Laura rassembla ses forces.

— Denoral, dit-elle.

Inge s'approcha.

— Quelque chose ne va pas ?

Laura hocha négativement la tête.

— Une crampe, cela va passer.

Inge s'élança, revint avec le remède. Les yeux de l'homme semblaient légèrement exorbités.

— Kadar, articula-t-il. Sivas Kadar.

Sans comprendre, Laura lui tendit la boîte de pilules. Quelque chose allait survenir, quelque chose de désagréable, il fallait que ce type sorte, sorte très vite.

— Une pilule, dit-elle, une le matin, la deuxième le soir.

Il continuait à la regarder. Il ne comprenait pas. Elle agita les doigts devant son visage, elle sentit la panique monter. Que se passait-il ? Elle saisit près de la caisse enregistreuse le bloc de papier et le posa sur le comptoir, ses doigts serrèrent le stylo. Il fallait qu'il comprenne.

À l'extrémité de la feuille elle traça un cercle, des rayons en partaient : le soleil.

Une flèche la pointe tournée vers le bas : il se couchait, c'était le soir.

En quatre droites, elle schématisa un lit. Elle traça le signe égal et fit un autre cercle symbolique.

Le cachet à prendre.

Elle tira un trait sur toute la largeur du papier et refit le même dessin en dessous, seul un élément différait : la pointe de la flèche surmontant le soleil était tournée vers le haut : le soleil se levait = un comprimé le matin.

Elle tendit la feuille au jeune homme. Il la parcourut et elle vit sourdre les larmes. Il eut un raclement de gorge et elle comprit alors qu'elle s'était trompée tout à l'heure sur le sens dc son geste.

Il avait dû simplement vouloir lui indiquer qu'il avait mal et de la difficulté à parler. Il se pencha vers elle. L'accent était épais mais les mots allemands parfaitement audibles.

— Il faut chercher l'autre, dit-il, le troisième.

Laura Brams crispa ses doigts sur le comptoir, elle sentit qu'Inge ne la quittait plus des yeux.

— Je ne comprends pas, dit-elle.

Il y eut un mouvement derrière le jeune homme, elle perçut l'impatience d'une femme aux cheveux gris tirés en bandeaux.

Kadar Sivas fit un pas en arrière.

— Il y a longtemps, dit-il, nous étions trois. C'était avant le Christ.

Inge bondit à travers l'allée, renversant un présentoir de farines pour bébés. Un pot explosa et la purée jaunâtre de carottes gicla sur la blouse blanche. Elle n'arriva pas assez vite pour empêcher le front de Laura de sonner sur le parquet de la pharmacie.

Elle dormait, la bouche écrasée contre l'oreiller.

Le jour montait sur Bruges. Longtemps il avait eu une passion pour les aubes et les crépuscules, il avait aimé du jour le début et la fin : la naissance et la mort, le reste l'avait beaucoup moins intéressé. Il avait opté pour la facilité, dans la vie comme dans les romans.

Il avait choisi les moments forts, ce qui au fond n'existait pas, car qui pouvait dire avec exactitude quel était l'instant où l'on pouvait saisir l'aurore ou l'arrivée de la nuit ? Il se sentait brisé mais l'esprit clair. À un moment du récit de Laura, il l'avait interrompue, à la fois parce qu'il avait envie d'elle, aussi parce qu'il avait senti que sous le tendre environnement la peur rôdait et n'allait pas tarder à lui sauter à la nuque. Et puis des voix s'étaient mises à murmurer des mots de sorcières, des syllabes sifflantes au-dessus de chardons shakespeariens. Et si cette femme était folle ? Il existait des cas étranges, des êtres se promenaient dans la vie avec un parfait équilibre et, sur un point donné, précis et limité, la raison craquait, s'il en était ainsi il la guérirait, la ferait soigner, mais ce n'était pas possible, Laura n'était pas une malade.

L'intérêt ? Absurde !

Bien sûr il était riche, après tout s'il faisait les comptes il pouvait toujours se dire qu'après l'avoir vu quelques brèves heures dans sa vie, elle s'était rendue indispensable. Mais cette histoire abracadabrante était inutile. Il avait foncé sur elle parce qu'elle était Laura Brams avec son regard, son rire, sa façon de jouer, de croiser les jambes et non parce qu'elle avait été soi-disant Dieu sait quelle princesse égyptienne d'une quelconque dynastie… Pas sûr d'ailleurs qu'elle ait été une princesse, il avait dû y avoir des gens du peuple, des paysans, des marchands… Peut-être vendait-elle des cœurs de palmier entre Karnak et Louksor… Personne n'aurait eu l'idée machiavélique d'inventer un scénario semblable pour appâter quelqu'un, fût-il imbécile ou romancier ou les deux à la fois.

Le jour éclaircit lentement la chambre.

Six heures moins vingt. Dans la lumière imperceptible il vit luire doucement comme une flamme mouvante : le papier transparent qui recouvrait le paquet de cigarettes et qu'il avait froissé entre ses doigts tout en écoutant le récit de Laura.

À quelle heure pouvaient ouvrir les bureaux de tabac ?

Il remonta le drap sur les épaules de la jeune femme. Il en retira le plaisir de se sentir tendre et eut envie de marcher un peu dans la ville avant que le jour ne se levât complètement.

Ce serait agréable : il serait seul ou presque, il réfléchirait dans le vent frais de ce matin, savourant plus encore le souvenir de cette nuit, il promènerait cet amour qu'il sentait en lui comme un gros bébé souriant et splendide... Loin de Laura il serait plus près d'elle... À la première terrasse il boirait le premier café, fumerait la première cigarette tandis qu'autour de lui la Flandre tressaillerait dans le frisson du réveil. Alors il la rejoindrait.

Il se leva en silence, s'habilla et ne mit ses chaussures qu'une fois arrivé devant l'ascenseur. Derrière le comptoir une tête se leva à son approche. Une mèche unique, étroite et raide barrait le crâne d'une ligne triste.

— Vous n'avez pas de cigarettes ?

Le gardien le regarda en secouant la tête.

— J'ai fumé ma dernière le 1er janvier 1947, dit-il.

— J'espère que ce n'est pas trop dur pour vous, soupira Blazier.

— On s'accroche, dit le gardien.

Ils se regardèrent, conscients de s'être dit l'essentiel.

Voilà donc, pensa Blazier, la tête que l'on a après s'être défendu pendant trente-deux ans de succomber à une tentation. Son envie s'accrut encore davantage.

— Vous ne savez pas où je pourrais en trouver à cette heure-ci ?

L'homme lissa de l'index son unique mèche, la frotta longuement avec amour. Il n'y avait personne comme les chauves pour tirer de leurs cheveux des sensations profondes et fortes.

— La gare, dit-il. C'est le seul endroit possible. Vous êtes en voiture ?

Ils se penchèrent ensemble sur le plan. Ce n'était pas loin

et puis il n'y avait personne dans les rues à cette heure. Il trouverait facilement.

Blazier se dirigea vers le parking et monta dans sa vieille Honda. Il détestait les voitures et les gardait jusqu'au dernier râle. Celle-ci avait déjà râlé plusieurs fois mais tenait encore le coup. Il retirait des frayeurs qu'elle lui causait des colères sans nom envers lui-même, car il aurait suffi d'un coup de téléphone pour en posséder une autre qui lui aurait permis de voyager l'âme en paix. Il démarra et prit le quai du Rosaire. Il roulait lentement, savourant le calme sous les arbres. La voix de Laura flottait dans sa tête.

Trois jours après, le Turc était revenu à la pharmacie. Il avait attendu l'heure de la fermeture. Il faisait noir. Sous la neige Laura et lui avaient couru jusqu'au Hekelveld café. Kadar mal à l'aise avait regardé l'immense salle aux boiseries dorées où stagnaient les odeurs de brioches riches et de chocolat noir.

Pour lui permettre de s'habituer, de perdre sa timidité, c'est elle qui avait parlé la première, choisissant des mots simples... Il comprenait très bien. Elle n'éprouvait plus rien à son contact, il n'avait rien voulu d'autre qu'un café dans lequel il avait à peine trempé ses lèvres. Elle l'avait assommé de questions auxquelles il n'avait pas répondu, mais inlassablement la même phrase revenait comme une antienne :

— Nous étions trois. Il faut trouver l'autre. C'est très loin.

Elle lui avait demandé à quoi il l'avait reconnue et il n'avait pas su répondre vraiment ; simplement, en entrant dans la pharmacie, il avait su. C'était tout et c'était maigre. Elle avait eu du mal à le faire préciser. Qu'est-ce qu'il avait su ?

Il l'avait vue dans un costume étrange dans un lieu très vaste et très peuplé, des hommes avaient le crâne rasé et marchaient pieds nus, le ciel était lourd et il y avait un temple près d'eux... Beaucoup de Noirs aussi, il pouvait sentir l'odeur âcre de la sueur autour de lui et au centre, Laura... Ce n'était pas une image, il était lui-même dans cette foule, des gens l'avaient bousculé.

— Et quelle différence entre les autres qui étaient autour de vous et moi ?

Kadar faisait inlassablement tourner la tasse sur la soucoupe, un peu de café s'était renversé, elle avait senti qu'il avait peur.

— Nous nous connaissions déjà ?

Laura avait cassé le filtre de sa cigarette d'un coup d'ongle.

— Vous voulez dire que nous étions de la même famille ? Des amis ?

Il hocha la tête affirmativement.

Ce soir-là elle n'en tira rien de plus.

Pendant les mois qui suivirent, Laura Brams et Kadar Sivas se revirent régulièrement, par deux fois elle l'emmena à la maison aux Anciennes Colonnes. Aaron assistait à leur rencontre tandis que les tenailles du froid tentaient de saisir les vagues molles qui baignaient sans force les dunes cassantes. L'aveugle souriait en les écoutant...

Blazier se secoua, se gara. Le parking était vide. Il pénétra dans le hall et bénit le gardien non fumeur. Sous le panneau des arrivées, les lettres de néon brillaient, rosâtres : Tabac.

Il prit un paquet de Stuyvesant pour Laura et déchira la protection de cellophane, il gratta l'allumette et en fermant les yeux emplit sa tête de fumée tiède. Il sentit avec plaisir le léger vertige habituel, ce minime maelström qui s'installait au centre de ses cellules et qui était le signal du début de la journée.

Il sortit rapidement de la gare. Il n'aimait pas ces lieux où les activités s'accéléraient, les gens en déplacement remuaient plus d'air que les autres, sortis de leurs coquilles ils sentaient l'angoisse, l'ennui... les attentes au creux des salles sombres, inconfortables... Les accoudoirs des fauteuils étaient arrachés, creusés par des ongles, une occupation destructrice avant l'heure du départ... Il avait le souvenir d'endroits répugnants... Les grands halls des gares indiennes, Calcutta, Delhi, il détestait malgré le pittoresque qui s'en dégageait ces installations précaires, toutes ces tentatives de nomades pour s'arrêter dans des endroits inadéquats, le déballage des couvertures, les bouteilles... Les draps-paravents protégeant les intimités sous des piliers longés par des milliers d'hommes...

Il sortit de la gare de Bruges et regagna sa voiture. Il eut l'envie brutale de revoir Laura, ils déjeuneraient ensemble, elle était peut-être réveillée à présent, cela faisait plus d'une demi-heure qu'il avait quitté l'hôtel. Il ne s'en était pas aperçu mais le jour était totalement levé. L'eau verte des canaux clapotait le long des escaliers de pierre grise qui descendaient aux embarcadères où attendaient les barques plates. C'est en elles que s'étaient réfugiés les derniers cavaliers de la nuit, ils se dissolvaient au fil des minutes, bientôt on ne distinguerait plus ni les noirs chevaux ni les sombres cuirasses, ils s'enfuiraient d'un galop lent vers l'autre face de la terre envahir l'espace de leurs ténébreux escadrons.

Michel Blazier tourna la clé de contact et enclencha la première. Baissant la vitre pour laisser entre le matin, il partit en direction de l'hôtel.

Bruges.

Ils arrivaient.

Kadar avait compris très vite que le chauffeur regrettait de l'avoir pris. Dans le jeu des phares et des projecteurs il n'avait pas dû se rendre compte que le voyageur était un étranger. Une fois Kadar installé dans la cabine du Volvo, c'était trop tard.

Kadar avait offert des cigarettes, refusé un sandwich que l'autre lui avait tendu de mauvaise grâce, il avait souri longtemps à ce qu'il disait, il avait tenté d'être avec bonne volonté ce que l'on attendait de lui, un stoppeur reconnaissant tenant peu de place, prêt à partager avec force les idées, quelles qu'elles fussent, de son convoyeur... Kadar connaissait cette humiliation.

Au-dessus de la casquette du Turc, une Marilyn de plastique oscillait. Des pinup délavées avaient été collées jusque sur la tôle des portières, le vent, le soleil, les infiltrations de pluie leur avaient conféré un même visage pâlichon et sous-alimenté, strié de rigoles, les corps blanchissaient, s'effaçant peu à peu de la mémoire du papier. Des femmes de rêve au teint d'endive.

Ils roulaient vite malgré le chargement, des cageots de salades empilés et sanglés. Des salades calibrées, poussées en serres, fades et molles d'un vert cru de Ripolin. L'odeur douceâtre régnait partout...

Depuis Gand, le chauffeur se taisait. Dans le rétroviseur, Kadar pouvait apercevoir la ligne touffue des sourcils clairs et la surface concave du front.

Avec sa toison roussâtre dont les poils épais sortaient du maillot de corps kaki, son poignet de force clouté sciant les chairs de l'avant-bras, suçant un mégot de Gitane maïs, l'homme ressemblait tellement à l'idée que l'on pouvait se faire d'un chauffeur de poids lourds que lorsqu'il pénétrait dans un restaurant de routiers pour la première fois, tout le monde le prenait pour un touriste déguisé.

Il se gratta la tignasse sous sa casquette à visière bleutée et sentit la fatigue venir. Heureusement, il était arrivé. Trente kilomètres, cela n'était rien après les sept cent cinquante qu'il avait accomplis en deux jours, pratiquement sans interruption.

Cela arrivait souvent suivant la nature du fret. Hier il avait embarqué un chargement de jus de fruits à Magdebourg qu'il avait déposé à Francfort pour repartir chargé de rames de papier livrées à Namur. À Mons, il avait pris les salades qu'il devait livrer à Ostende ; à Bruxelles il avait chargé ce Turc souriant mais muet et il arrivait à la fin du voyage.

La tige du changement de vitesse vibrait sans arrêt. Kadar s'en voulait d'être aussi taciturne, l'autre attendait de lui qu'il fît la conversation, qu'il introduisît dans ce voyage un peu de gaieté, du nouveau tout au moins, et il restait là, ses mains pataudes posées sur ses cuissses, un empoté, le crâne vide avec, s'incrustant simplement en lui, la double ligne des arbres joints à l'horizon ; les troncs s'enfonçaient avec violence, séparés et profilés à l'arrière du capot par un marteau furieux, de plus en plus furieux. Kadar regarda la vitesse : 110.

Avec la fin de la nuit son image s'effaçait dans le pare-brise. Depuis Bruxelles il n'avait pas cessé de se regarder en transparence, la campagne se ruait à travers lui, les poteaux et les branches poignardaient son corps sans cesse reformé. Longtemps, alors qu'ils roulaient dans une plaine sombre, sa tête lui avait semblé posée sur la ligne d'horizon, ronde sur le ciel plus clair, le reste du corps noyé dans le bitume déversé contre son torse court.

Le chauffeur bâilla bruyamment, changea de vitesse pour soulager le moteur dans la montée, et Kadar vit l'éveil des fermes, les lignes sombres sur la terre labourée crevée du rectangle lumineux des fenêtres étroites.

Sous les frondaisons d'arbres trapus, les troupeaux immobiles cernés de nuit attendaient l'aurore.

Ils seraient à Bruges dans peu de temps à présent.

Qui était cet homme dont Laura lui avait parlé ? N'avait-elle pas commis d'erreur ?

— Putain de métier, dit le chauffeur.

Il s'étira, cherchant à dégager l'ankylose de ses reins.

— Faut être costaud, précisa-t-il, parce qu'un trente tonnes, ça pardonne pas, avec un quinze tonnes, si tu dérapes, tu dérapes pas complètement, mais avec un trente, si tu dérapes, tu dérapes.

Kadar Sivas opina du chef.

— Et puis, quand tu dérapes, alors là dis donc...

Le geste de l'avant-bras ne laissait aucun doute sur la gravité de la situation.

— C'est le dérapage total, conclut-il.

Kadar acquiesça du chef.

L'autre eut un coup d'œil vers lui et ne dut pas le sentir assez persuadé de la réalité des faits envisagés.

— Et le dérapage total...

Il laissa échapper un ricanement qui en disait long.

— Alors là, le dérapage total...

C'était au-delà des mots, une vision d'apocalypse indescriptible, indicible, il valait mieux, lorsqu'on l'évoquait, laisser toute phrase en suspens, le dérapage des trente tonnes étant à la fois l'instant et le lieu où tout récit échouait. Là, le narrateur baissait les bras.

Ils pénétrèrent dans les banlieues.

C'était étrange et insidieux : les maisons éparpillées s'aggloméraient et se rangeaient parallèlement le long des routes, tout s'épaississait, c'était une glu géométrique qui collait au bitume, l'espace s'amoindrissait. Dans le jour venu, Kadar revit les matins d'Ineboul, lorsque les vagues étaient blanches sur la mer violine, des entrailles de cristal éclatant sous la peau profonde d'une mer gorgée d'azur. Il descendait dans les éboulis de la falaise retrouver les marins groupés devant les feux aux flammes invisibles dans la montée orange du soleil. Les barques dormaient dans les criques.

Il n'avait pas su expliquer vraiment à Laura, et Aaron n'y croyait pas, mais Aaron ne croyait en rien. Lui avait vu : le crâne brillait sous l'eau, incrusté à la roche. L'os semblait phosphorescent, quelque chose n'allait pas, pourtant, il y avait un détail qu'il n'avait pas perçu. Il le trouverait plus tard.

Ils étaient dans la ville, sur la gauche il vit la flèche d'un beffroi et des tours d'églises. Les choses contre le ciel cessaient d'être du papier découpé, elles avaient acquis leur relief, c'était l'instant où la cinquième dimension s'inscrivait dans l'univers.

Kadar vit à cent mètres le feu passer au rouge.

Il profiterait de l'arrêt pour descendre, il ne resterait plus qu'à trouver l'hôtel, il avait plusieurs heures pour cela, il marcherait pour se...

Le camion ne s'arrêta pas.

Pétrifié, Kadar vit la rue bondir vers lui, les porches et les fenêtres fuirent sur sa droite, il se tourna vers le chauffeur.

Les mains serraient fermement le volant, l'impression de force et de sécurité dégagée était parfaite. La nuque droite, la face vibrante dans les jeux de lumière, les paupières fermées : l'homme dormait.

Kadar se rua, écrasant la botte pour trouver le frein.

Les yeux s'ouvrirent grand, les murs de Bruges pivotèrent, le carrefour s'inclina, à quatre-vingts à l'heure le camion heurta le trottoir, le pneu éclatant dans un hurlement furieux. Kadar vit les cageots de salades exploser contre une façade. La bouche du chauffeur s'écarquilla dans un cri silencieux, lorsque le capot de la Honda apparut à quinze mètres.

Les roues broyées par les freins catapultèrent le camion contre un rideau de fer et Kadar vit la mort venir dans un crépitement d'étincelles, son corps éjecté se fracassa sur le pare-chocs de la voiture. Il vit la flamme jaillir du camion renversé, elle monta dans un silence brutal et parfait. Au-dessus de lui un oiseau chanta et il lui sembla que des siècles s'écoulaient avant que l'homme ne descende du véhicule qui venait de le tuer. Il entendit le bruit de la portière et quand le premier pas sonna sur le pavé, il sut qui allait venir vers lui, qui était l'homme qui venait de le tuer et que tout était bien ainsi car rien ne pouvait être autrement.

Il fit un effort démesuré pour empêcher ses yeux de tourner dans ses orbites et parvint à accommoder sur le visage épouvanté qui se penchait sur lui.

Michel Blazier ne comprit jamais le sourire qui trembla sur les lèvres noires de sang, il ne devait jamais savoir que Kadar Sivas venait, enfin, de le retrouver.

VII

CAR TOUT DANS LE GRAND FLEUVE...

Toutes les villes coulaient, rousses, dans les eaux bleues.

Après les calcaires aigus suspendus en à-pic au-dessus des criques de vertige, ils avaient traversé les collines dont l'écarlate s'assombrissait à l'ombre des palmiers.

Au cœur de l'après-midi, à l'heure des siestes profondes, ils s'étaient arrêtés sur le haut de Nice, là, des villas d'un autre temps mouraient lentement d'une lèpre insidieuse ; derrière les volets écaillés on devinait les salles fraîches aux hauts plafonds, les fresques devaient s'effacer lentement comme mouraient dans les allées envahies les arbres les plus fragiles.

Des parcs interminables s'étendaient le long des avenues chaudes, au-dessus des murs dépassait parfois une tête de statue au visage rongé.

Ils s'arrêtèrent chez Tite, à l'endroit précis où la ville naissait.

De la terrasse aux cannisses serrées, par-dessus les toits des anciens quartiers, la mer s'étalait et l'air était si pur qu'il sembla à Blazier que les côtes les plus lointaines étaient déjà celles de l'Italie. Ils s'installèrent autour d'une table de fer ronde et verte.

La danse mortelle des saisons se figeait dans l'été bleu.

Tite apparut. Il traînait les savates avec une telle violence sur le gravier qu'au bout de trois enjambées la poussière lui montait aux genoux.

Tite avait la casquette grasse rejetée sur la nuque, les manches retroussées, le tablier bleu, le ventre en poire, la cigarette vissée-mouillée et un accent du Midi à faire lever les morts. Il cultivait une ressemblance certaine avec Raimu, tapait la manille coinchée, buvait le pastis et jouait à la pétanque en triplette. Il mangeait l'aïoli et la bouillabaisse et était né à Tourcoing, ce dont il n'avait pas eu à se remettre ayant très jeune découvert le Midi, le charme de ses rites et de ses mythes dont il s'efforçait d'offrir l'image la plus performante et la plus exacte.

— Et pour ces messieurs dames ?

Ce fut Laura qui répondit :

— Deux mauresques.

Depuis qu'ils avaient passé Avignon, Michel l'avait initiée aux mystères subtils de l'alcool d'anis mêlé aux douceurs amères de l'orgeat.

Tite repoussa sa casquette encore plus loin sur son crâne et s'efforça de ressembler encore davantage à un personnage de Pagnol. Il fixa Laura d'un œil inquisiteur.

— Oh vous, vous n'avez pas l'air d'être du pays...

Laura tira une bouffée de sa cigarette et étendit avec délices ses jambes sous la table.

— Toulon, dit-elle.

Tite la regarda d'un air soupçonneux et capitula devant son regard de calme plat.

— Ça explique tout, dit-il.

Michel renversa la tête, il aimait la danse du soleil sur sa peau. Il y avait un voilier là-bas, il naviguait entre des îles nettes, silhouettes plates découpées dans du carton et posées sur les eaux transparentes. Rien ne semblait vrai dans ce paysage parfait, ni la mer ni le ciel, les êtres évoluaient dans un décor pour photo de magazine.

Tite apporta les mauresques et ils tournèrent les glaçons dans l'ambre liquide. Michel se pencha vers Laura.

— Je me demande en quoi Tite a été incarné dans ses vies précédentes.

— En patron de bar, dit-elle, sous Akhenaton il tenait la buvette entre Louksor et Karnak.

Il se frappa le front.

— « Au joyeux pharaon »! J'y suis allé également quelquefois. Je me disais bien que sa tête me rappelait quelque chose... Comment s'appelait-il d'ailleurs ?

Elle eut un bref regard vers la porte.

— Tite-an-Khanon.

Ils jouaient à ce jeu depuis la frontière. Ils avaient commencé avec le douanier ; Laura avait soutenu que de la façon dont il s'y prenait pour ouvrir les valises il avait dû être éventreur à Londres.

Blazier avait prétendu que les êtres humains pouvant se réincarner dans les animaux, les objets et les choses, il avait dû être valise dans une vie antérieure, ce qui expliquait son acharnement. En fait, à une vie d'intervalle, il se fouillait lui-même. Pour étayer sa thèse, l'écrivain avait précisé qu'il connaissait un sommelier qui après sa mort était devenu un château-margaux 1974, grande année de ce grand cru.

C'était étrange, il avait suffi au fond que le soleil se lève pour que les fumées se dissipent.

Les formalités avaient été longues à la police. Malgré l'heure matinale, des témoins avaient vu le camion brûler le feu rouge. L'interrogatoire du chauffeur à l'hôpital, sans être concluant, avait encore atténué le peu de responsabilité qu'avait eu Blazier dans l'accident ; il était devenu très vite manifeste que l'homme s'était endormi. Cela faisait partie des choses inconcevables, celles dont on aurait dit, si on les avait trouvées dans un roman, qu'elles étaient impensables, dues à une erreur d'appréciation de l'auteur ou simplement à une carence logique grave... Mais le fait était là, envahissant autant qu'incontestable. Michel n'éprouva envers cette mort aucun sentiment de malaise ou de malheur. Simplement un ennui teinté d'agacement pour les formalités et interrogatoires qui ne manqueraient pas de suivre.

Mais à aucun moment ne joua la machine romantique et cette vie tranchée, qu'elle le fût par lui ou par un autre, ne lui apporta pas la moindre peine. Il n'avait jamais vu Kadar Sivas sinon mort, mais Laura lui en avait parlé et le portrait dressé était celui d'un être perdu et sympathique qui aurait dû faire vibrer la corde de la pitié. Blazier devait y songer longtemps, étonné de son vide, de cette absence de résonance qu'avait eue la mort du jeune homme. Un musicien avait plaqué avec violence un accord et le piano était devenu muet. Il ne se connaissait pas ce pouvoir de silence... Il eût été hypocrite de se masquer l'indifférence glacée que lui avait procurée la mort de Kadar si étonnante, si inquiétante fût-elle... Pour les commodités de l'explication il mit cela sur le compte de son amour pour Laura : les sentiments obéissent peut-être aux mêmes règles que les désirs — le plus fort supprimant les autres. Son amour pour elle avait brisé sa tristesse envers lui.

Laura n'avait rien dit lorsqu'elle avait su la mort de Kadar, simplement pendant quelques heures elle n'avait plus été cette femme vivace et gaie que tous connaissaient, il avait assisté à une sorte de ralentissement des fonctions, comme si elle se mouvait dans un temps plus lent, cette torpeur avait effrayé Blazier. Le lendemain matin, encore bourrée de somnifères, il l'avait installée dans la voiture. Elle avait murmuré sédativement :

— Où va-t-on ?

— Cannes.

Il n'avait pas pris le temps de réfléchir, il voulait simplement un lieu différent, contraire le plus possible à ses paysages habituels, la Côte d'Azur, ses baies maniérées, ses pacotilles et ses palaces s'étaient imposés à lui avec la force que possèdent parfois les choses les plus frelatées.

Cannes en particulier lui sembla l'idéal, sous les parasols luxueux, au milieu des parterres des jardins intérieurs, personne, pas une seconde, ne pouvait croire à des calembredaines supranormales issues des pays aux rivages de brume ; là-bas, même les nuits seraient trop lumineuses et trop tièdes pour qu'il y naisse des terreurs nocturnes... C'était stupide peut-être, mais il en avait senti le besoin : clarté, chaleur, clinquant, tout cela était nécessaire pour que Laura redevienne Laura.

Il l'avait reconquise d'ailleurs très vite.

Alors qu'il avait d'ordinaire horreur de conduire, il avait pris plaisir dès leur départ à se trouver au volant d'une énorme Ford de location à la teinte accusée de jaune pissenlit ; elle s'était étirée, avait éteint la radio qu'il avait réglée en sourdine et avait proféré :

— Où va-t-on ?

Ils avaient roulé sans hâte, Laura émergeant de ses barbituriques. Ils entraient dans le soleil plus profondément à chaque tour de roue...

Ils avaient couché à Dijon, une ville charnière où les routes ouvraient sur des promesses : à droite, les neiges des Alpes, les lacs suisses bordés de pelouses aux herbes calibrées, à gauche Paris, au sud, le Sud, rectiligne à travers les premiers vignobles. Le dîner avait été chargé, il l'avait bourrée de foie gras, de sauce au beurre, de vins millésimés épais et chaleureux comme des soupes, elle avait cru ne pas pouvoir se lever.

Ils avaient fait l'amour follement en laissant la télé allumée en espérant que le son couvrirait le bruit de leurs ébats ; cela les avait fait rire de copuler avec en fond sonore une voix plate exposant les problèmes industriels agro-alimentaires dans les pays en voie de développement. Michel ne se reconnaissait plus dans ce déchaînement.

— Tu as un nom d'ouragan, chuchota-t-il.

Elle referma ses jambes autour des reins de son amant et ses dents brillèrent à la lueur des reflets violents du poste.

— Je suis un ouragan, dit-elle.

— Je te vois bleue, dit-il, on ne peut pas se fier à la télévision, même si l'image est rouge, son reflet est bleu, c'est une trahison permanente.

— Tu as une maîtresse bleue, dit Laura, tu es un veinard, personne n'a encore jamais couché avec une femme bleue.

Elle lui mordit le nez et accentua la pression de ses dents tandis qu'il la pénétrait. Elle renversa la tête en arrière.

— J'ai trouvé ton point faible, dit-elle, maintenant je saurai. On te mord le nez et tu fonctionnes.

— Bon sang, murmura-t-il, ça fait combien de fois ?

— Trois mille, et ça démarre à peine…

Il aimait plus que tout dans ces instants la voix de la jeune femme, cet effort pour contrôler cette vibration qui montait, qu'il sentait s'enfler, cela partait de loin, du fond de la vie et cela le remplissait peu à peu, de plus en plus vite jusqu'à ce que les cris brisent les mots, jusqu'à ce qu'il n'y ait plus que cette musique tendre et forcenée qu'il redécouvrait avec cette femme qu'il possédait jusqu'à la dernière fibre d'âme, jusqu'à la douleur du plaisir.

Blazier but les dernières gorgées. Comme toujours, une partie de sirop stagnait dans le fond du verre et il aimait ce goût soudain accentué de sucre et d'amande.

— Pourquoi ne s'est-on pas arrêtés dans un village, il y avait plein de petits hôtels rigolos.

— Pas question. Ce soir, le palace.

Elle soupira, défit le lacet de sa tennis gauche et massa

tendrement ses orteils à travers la chaussette de coton blanc.

— Tu y tiens absolument ?

— Pas question d'aller ailleurs.

Par-dessus la table, elle l'embrassa et lui mordit l'appendice nasal.

— Attention, dit-il, tu connais les conséquences.

— Je prends tous les risques. Donc, le palace est obligatoire ?

— Absolument.

Elle grimaça.

— Je me ferai une raison.

Elle alluma une cigarette.

— Appelle l'ex-pharaon, j'ai envie d'une autre mauresque.

Ne pas penser à Kadar.

Elle y était arrivée parfaitement depuis qu'ils avaient quitté la Belgique. Cela la stupéfiait.

Michel et Kadar réunis dans une seconde mortelle, il y avait là autre chose qu'une coïncidence, quelque chose à laquelle la pensée elle-même s'empêchait de penser, il n'y avait pour l'instant que la ville cuite et recuite par le four du soleil, les toits s'étaient craquelés comme une pâte, et, brûlant dans l'été, Nice rampait le long de la mer claire, quémandant une fraîcheur, il n'y avait que la nuit à venir, une nuit avec l'homme qu'elle aimait, l'homme de si longtemps, l'homme d'un si long temps.

Elle ferma les yeux et les murs d'Arnhem surgirent, et Van Starken à la voix imperceptible, l'homme rempart contre la folie qui ne passait pas loin alors. Elle laissa le visage étroit envahir l'espace dans l'éclatement lumineux de ce jour...

Van Starken...

Peut-être que... Non, pas peut-être, le décor était voulu, totalement, parfaitement organisé, dans ses moindres détails. Tout était solide jusqu'à en être trivial. Un bureau fonctionnel, à tel point que le crucifix contre le mur paraissait incongru, minuscule d'ailleurs, le crucifix, un moustique écartelé, coincé entre deux diagrammes.

Père Jérémie Van Starken, trente-quatre ans, professeur de mathématiques appliquées et de physique électronique à l'Université de La Haye, directeur d'étude à l'Université catholique au laboratoire de parapsychologie.

Quatre coups de téléphone avaient été nécessaires. Van Starken pensait ainsi décourager les clients peu sérieux, les amateurs de pittoresque ; il avait trois fois répondu négativement, refusant le rendez-vous, le renvoyant... Il en voyait trop. Lorsque Laura s'était assise devant le bureau métallique, il avait décortiqué une plaque de chewing-gum.

Il pleuvait dehors, le professeur s'était retourné vers le parc ; elle se souvenait des paroles dans la bouche sans lèvres. Les premières qu'il prononçait devant elle :

— Je me demande combien de temps cette saloperie de pluie va durer.

Elle sourit tandis qu'il bourrait une pipe goudronnée.

— Allez-y, dit-il, vous n'êtes pas obligée de commencer par le début, mais ça facilite en général les choses.

Jouait-il exprès ce rôle d'homme négligent, à la limite du je-m'en-foutisme ? Était-ce une façon qu'il avait inventée ou qui lui avait été conseillée ? Laura Brams commença à parler devant un regard si peu intéressé par ce qu'elle pouvait dire qu'elle se demanda un moment si tout ce qu'elle avançait était au fond aussi étrange qu'elle pouvait le croire.

Van Starken mâchait et fumait en même temps, et chacune des deux opérations semblait l'occuper tout entier.

Écoutait-il ? Combien de personnes assises à sa place étaient-elles parties avant d'en avoir terminé ? Elle misait sur l'apparition de Kadar dans la pharmacie pour éveiller une lueur si brève soit-elle dans l'œil de l'homme qui lui faisait face, mais rien ne se passa, elle se trouvait dans la situation du scénariste qui donne à lire son manuscrit à un producteur et qui voit avec terreur qu'aucun des rebondissements de génie qu'il pense y avoir introduits n'est capable de dissoudre la carapace d'ennui qu'il sent peu à peu se former sur le visage du lecteur.

Manifestement, Van Starken s'ennuyait.

Il y avait une fiche sur son bureau. Il l'avait sortie d'un dossier à couverture bleue qu'il avait négligemment rejeté dans un tiroir.

Ce que Laura ignorait à cet instant c'est que ce dossier la concernait et qu'il savait beaucoup plus de choses sur elle qu'elle pouvait le penser. Si elle avait répondu à quelques questionnaires, elle n'était pas au courantt des enquêtes dont elle avait fait l'objet depuis sa demande de rendez-vous.

Elle ne savait pas encore si ce personnage longiligne et apparemment somnolent pouvait être une aide efficace, mais elle sentait à tel point le besoin d'un appui qu'elle serra les dents et ralentit son débit pour se faire plus persuasive.

— J'ai longuement questionné Kadar Sivas sur l'existence de ce troisième personnage, il ne m'a jamais rien appris de précis à son sujet, il est vrai qu'il parlait mal notre langue, mais j'ai pu retirer deux choses de ce qu'il m'a dit : nous avons vécu ensemble tous les trois et il est nécessaire que le trio se reforme, il ne sait pas pourquoi mais c'est une impression absolue de nécessité. Un soir il m'a dit que...

Le téléphone sonna. Van Starken décrocha et sourit.

— Comment allez-vous ?

Elle colla ses omoplates au dossier et sentit subitement combien ses mains étaient moites. Derrière le bureau, il parlait toujours, c'était une conversation entre collègues d'après ce qu'elle pouvait comprendre, il était question de soirées, il riait et parlait avec ce regard particulier qu'ont les gens au téléphone lorsqu'ils regardent quelqu'un devant eux à qui ils ne s'adressent pas : un regard qui semble avoir son autonomie propre et prend des libertés puisqu'il n'est pas sous-tendu par une conscience contrôleuse, un regard qui engrange pour plus tard des détails, des traits de visage et qui examinera tout cela lorsque la pensée sera là, un regard insistant et fouineur qui s'autorise tout puisqu'il n'est responsable de rien.

Laura se leva et tendit l'index. Il se posa sur la fourche du combiné et interrompit la communication. Van Starken la regarda, suçota le tuyau de bruyère et leva un sourcil interrogatif.

— Il n'y a personne au bout du fil, dit-elle. Ça fait partie du jeu avec le chewing-gum, la pipe et l'air de s'en foutre.

Elle vit l'expression changer, quelque chose se rétablissait soudain, l'homme qu'elle avait à présent en face d'elle n'était plus le même. Il y avait entre le Van Starken du début et celui-ci la différence qui existe entre un radiateur ouvert et un radiateur fermé. Elle se rassit calmement.

— Ce n'est pas un jeu, dit-il, mais vous y jouez bien.

Il eut un véritable sourire vers elle.

— Je peux reprendre depuis le début si vous le désirez.

— Inutile, tout est très clair. Avant que vous poursuiviez, je voudrais vous poser quelques questions.

— Les miennes d'abord.

Elle sentit au bruit sourd que ses pieds firent contre le bureau qu'il étendait ses jambes.

— Premier point : est-ce que la réincarnation est quelque chose qui pousse dans les cerveaux des escrocs, des amateurs de fantastique et des cinglés, ou bien quelque chose qui n'est pas si tordu qu'il en a l'air ?

Il renversa sa pipe sur le cendrier. Il avait des mains d'enfant, presque disproportionnées.

— Je regrette que vous ayez fait des études de pharmacie, Laura...

Elle aima qu'il dise son prénom, il y avait encore quelques minutes elle n'aurait même pas supposé qu'il pouvait faire la différence entre elle et le mur du fond de la pièce.

— Pourquoi ?

— Parce que si elles avaient été de mathématiques ou de physique, nous aurions eu moins de mal à nous comprendre.

— Je vais m'accrocher, dit-elle.

Il fit apparaître un Stylomine comme un prestidigitateur et le fit tourner entre ses doigts.

— Le nombre d'électrons qui compose notre monde est fini, dit-il, le monde est un bocal rempli de billes, elles s'agglomèrent différemment mais on ne peut pas en rajouter : il y a un bouchon. Ne me demandez pas comment cela se démontre, la plupart de mes étudiants de cinquième année aimeraient encore savoir comment.

— On ne rajoute rien, dit Laura, mais les billes disparaissent, elles meurent.

Le stylo s'arrêta de tourner et reprit son mouvement en sens inverse.

— Les combinaisons de billes meurent, mais les billes non : comment pourrait-il y avoir de nouvelles naissances si les composantes disparaissaient alors qu'on ne peut pas en introduire de nouvelles ? Dans un bocal bouché, rien n'entre et rien ne sort.

Laura détacha ses yeux du stylo.

— D'accord, dit-elle, je ne sais pas où tout cela nous amène, mais jusqu'à présent ça va.

Il paraissait de bonne humeur, décontracté.

— Si nous en restons au stade de la théorie pure, dit-il, la réincarnation est un phénomène tellement logique et inévitable que c'est la non-réincarnation qui apparaît comme étant parfaitement loufoque.

Elle ouvrit son sac et tripota son paquet de cigarettes.

— Je suppose que la mort aussi, dit-elle.

Il hocha la tête.

— On peut dire en effet que si la mort est considérée comme la disparition totale d'un individu, elle est, scientifiquement, une loufoquerie.

Elle mit la Stuyvesant dans sa bouche, ce fut lui qui lui offrit du feu avec un briquet de bar-tabac.

— On reprendra plus tard la théorie, dit-il, à moi les questions.

Elle croisa les jambes. Elle se sentait à présent parfaitement bien.

— Après le deuxième évanouissement au British Museum, vous avez dû certainement acheter des bouquins sur l'Égypte, lire des documents, voir des photos...

— Très peu.

— Pourquoi ?

— C'était inutile.

— Expliquez-vous.

— Dès les premières pages du premier livre, j'ai su tout de suite que tout ce qui était dit était faux.

Il reposa le stylo et reprit sa pipe. Elle remarqua qu'il se débrouillait toujours pour ne jamais laisser ses mains vides et inoccupées.

— Comment cela, faux ?

C'était difficile à expliquer. Elle avait réitéré l'expérience plusieurs fois, les ouvrages choisis étaient considérés comme des classiques, écrits par des égyptologues de renom, mais à chaque fois elle avait eu la même sensation bizarre : tout cela était enfantin... Elle qui ne connaissait rien à cette civilisation, elle avait le sentiment indubitable que ceux qui prétendaient savoir se trompaient du tout au tout.

— Essayez de préciser encore.

Elle fixa le plafond haut et sombre... L'attirail moderne ne pouvait rien contre ces dimensions ; cet édifice était ancien et sa vieillesse se révélait par son volume, l'époque étant aujourd'hui plus parcimonieuse, les plafonds étaient plus bas, plus écrasants.

Elle secoua la tête. Van Starken reporta à sa bouche la pipe éteinte tandis qu'elle écrasait le mégot dans le cendrier.

— Parlez-moi un peu de l'hippopotame. Vous savez ce qu'il représente ?

— Son nom est Taouer et c'est le dieu de la naissance et de la fertilité. J'ai... enfin, c'est une vieille histoire d'enfants sans importance.

— Racontez-la-moi.

— Lorsque mon frère était enfant, je lui ai appris à sculpter un hippopotame avec de la mie de pain. Mon frère est aveugle et... enfin, je le lui ai décrit, plusieurs fois, je lui ai sculpté des modèles.

— Qu'est-ce qui vous paraît étrange dans tout cela ?

Laura leva les yeux. Van Starken fut étonné de leur clarté soudaine.

— J'étais une petite fille et ce que je me demande, c'est comment, moi, je savais ce que c'était.

Van Starken replia les jambes sous sa chaise.

— Les hippopotames ne pullulent pas le long des dunes de Hollande, sourit Laura, et...

— Un zoo, dit-il, les parents y amènent leurs enfants.

Elle secoua la tête.

— Non, nous y sommes allés finalement, mais c'était plus tard, après les hippopotames en mie de pain.

— La télévision. Vous avez dû en voir au cours d'une émission.

— Nous ne l'avons eue que lorsque Aaron a eu quatre ans, je lui avais déjà expliqué ce que c'était et...

Van Starken se leva. On attend souvent des gens maigres qu'ils soient grands, mais il était petit, les omoplates saillaient douloureusement sous la veste sombre.

— Laissons tomber, dit-il, vous avez pu oublier, il a suffi d'un livre de gosse, d'une illustration, cela ne nous mène à rien.

Laura baissa la tête. C'était vrai. Cela ne menait à rien.

Il brandit sa pipe.

— Allez-y, il doit bien y avoir d'autres détails.

Elle se gratta la tête.

— Des cacahuètes, dit-elle.

Ce fut le silence le plus long qu'elle enregistra entre deux répliques de toute la conversation. Lorsqu'il la reprit, il y avait comme une touche de reproche dans sa voix.

— Vous voulez dire par là que vous n'avez rien d'important à me signaler ?

Laura sourit.

— Non, dit-elle, il s'agit de vraies cacahuètes.

— Tu as réservé ?

— Il n'y a personne en cette saison... Quelques Anglaises aux cheveux violets et aux perles lourdes... Des joueurs turcs ou libanais en smoking jusqu'au matin, mais tout est vide. La plage sera à nous.

Elle se mit à rire. Sur vingt-cinq mètres carrés, cinq cents photographes se montaient mutuellement sur les épaules, leur table faillit basculer sous la charge. La foule reflua.

— « La plage sera à nous », dit Laura, ce sont tes propres paroles.

Il haussa la voix pour se faire entendre dans le brouhaha.

— Je ne les renie pas, simplement je n'avais pas en mémoire les dates du festival.

Laura se recroquevilla pour éviter le coude d'un paparazzo en tenue camouflée. De plus en plus les chasseurs d'images s'habillaient comme des chasseurs de fauves.

— Le festival de Cannes, souffla Laura, la plus forte densité de population sur la planète.

— N'exagère pas, il y a le métro de Tokyo aux heures de pointe et les faubourgs de Calcutta...

— On vient en troisième position.

Près d'eux, un costaud bardé de Nikon tenta d'escalader les plantes vertes, un garçon se rua, écarlate. Le soleil tapait comme un sourd. En contrebas des terrasses du Carlton, les autos klaxonnaient.

— Dès que j'ai vu Sophia Loren, hurla Blazier, j'ai compris qu'il y avait du louche.

— Tu es intelligent.

Il n'arrivait pas à lire sur ses lèvres.

— Quoi ?

— Tu est intelligent.

— Oui, hurla-t-il.

La table chavira sous la poussée. Laura évita de justesse la giclée d'orangeade sur son jean, le verre roula et se brisa sur les dalles. Michel se leva, la prit par le coude et ils traversèrent la mer humaine. Qui étaient ces gens ? Ils s'entassaient jusqu'à l'asphyxie pour apercevoir quelques fractions de seconde le visage de ceux dont les traits cent fois reproduits sur les affiches et les écrans semblaient irréels du fait même de leur multiplication. Il y eut des injures et ils s'extirpèrent avec peine de la gangue... Devant eux la mer se devinait, invisible sous les parasols, l'air tremblait sous les gaz brûlés des voitures.

Elle pensa que déjà sans doute il en était ainsi sous les remparts de Thèbes : partout s'élevait la statue du pharaon et pourtant, le jour où s'écartaient les portes des palais et qu'il apparaissait, minuscule, sur les parvis de grès ou d'albâtre, tous couraient vers lui en proie à cette folie de la vision directe qui seule lui restituait sa totale et humaine réalité.

On ne pouvait pas marcher sur les trottoirs. Les terrasses des cafés débordaient. Des guitaristes aux cheveux gras braillaient le mal de vivre dans l'indifférence générale. Partout des affiches géantes des films présentés, les drapeaux de toutes les nations pendaient dans l'air stagnant.

— On ne trouvera pas une chambre, le monde entier est ici.

Elle avait raison. Tout était loué, réservé des mois à l'avance. Laura poursuivit.

— Évidemment, on peut toujours aller au cinéma.

— Pas évident, dit-il, on peut aller au cinéma dans n'importe quelle ville du monde sauf dans celle où se déroule un festival de cinéma.

Il faisait une chaleur d'enfer à présent, l'arrivée du soir n'entraînerait pas la montée de la fraîcheur. C'est alors qu'il se rappela Baron.

Ils ne se voyaient plus très souvent mais avaient été des amis à une époque. Ils avaient bu un peu tous les deux dans les bars à vins de la capitale. Baron était un maître, il savait le nom de tous les vins et en trois clappements de langue il trouvait l'année d'origine.

Elle glissa son bras sous le sien.

— Je vais nous trouver un logis, dit-il.

La foule encore, épaissie au bout de la jetée, ils devinèrent des caméras de télévision, des micros tendus au bout des perches.

— Si j'étais star, dit Laura, je ne me montrerais jamais, je n'existerais que sur l'écran.

— Greta Garbo, dit-il. Je dois téléphoner.

Il lui expliqua Baron. Il devait en être à son cent cinquantième roman, plus de deux tiers de policiers écrits chacun en trois semaines, des séries minables vendues dans les gares, des travaux incessants de rewriting, il avait tout réécrit de ce qui se trouvait en librairie comme mémoires de stars, de sportifs, de savants même.

Lorsqu'il lui rendait visite, Baron travaillait sur plusieurs manuscrits à la fois : actrices mûrissantes qui tentaient un coup d'édition pour éviter l'hospice, footballeurs en renom qui ramasseraient des droits d'auteur qui paieraient à peine les impôts de leurs faramineux salaires, généraux en retraite persuadés de l'intérêt de leur vie en casernement, chanteurs célèbres dans les années 30 ou 40, il avait tout fait, il trouvait même les titres : *Les Planches et moi, Le Foot dans la peau, Les Feuilles de chêne, Je chante pour vous*... Jamais son nom sur une couverture, il était un nègre et le resterait mais il s'en moquait, il avait gagné suffisamment d'argent pour s'installer dans un mas de la vallée du Loup, tout près d'Antibes, là il continuait à réécrire au milieu de ses colères célèbres et de ses bouteilles de vieux pinard.

« Le pire c'est les danseuses, les danseuses et les cyclistes, les mollets doivent leur pomper le cerveau, ils n'ont rien à dire, rien, pas une anecdote... Je lui ai téléphoné hier soir à cette conne, quinze ans à courir entre le Metropolitan, la Monnaie de Bruxelles et le Palais Garnier, eh bien rien, pas un souvenir, pas une anecdote. Je l'ai suppliée : mais vraiment rien ? Pas une foulure un soir ? Une glissade ? Un train manqué ? Un retard ? Un mec qui vous saute ? Tu sais ce qu'elle m'a répondu ? "Pas une blessure, toujours à l'heure et personne ne me saute, moi, monsieur !" Et j'ai deux cents feuillets à remettre avant lundi ! »

Blazier souriait, il savait que Baron s'en sortirait, Baron s'en sortait toujours, il inventait n'importe quoi : l'admirateur silencieux qui offrait des roses, le petit rat tremblant que la vedette faisait répéter dans son appartement de Madison pendant des heures... Il leur inventait des bonnes actions à ses chers auteurs, des amourettes, des jolis gestes... Dans le Galibier, le champion donnait un coup de main à son coéquipier pour changer sa roue.

— Tu parles, s'il avait pu le balancer dans le ravin à coups de tatane, il l'aurait fait.

Il fallait y aller doucement, ne pas trop exagérer pour que cela sente le parfum de la réalité, éviter les procès toujours possibles, les démentis, ne pas dire que Machinchose avait fait un triomphe à l'Alcazar de Marseille en 36 sous peine de voir une horde de vieux joueurs de boule protester : « Machinchose ? Il était tellement mauvais qu'on lui donnait des sous pour ne pas l'écouter ! »

Laura riait aux éclats. Baron n'avait pas trop vieilli, grâce au bordeaux rouge.

Au téléphone, Baron s'était esclaffé :

— À Cannes ? À Cannes en ce moment ? Mais tu es cinglé, ils sont tous fadas, là-bas...

— C'est pour ça que je t'appelle. Tu peux m'héberger ? Je suis avec une dame...

— Tu peux pas en amener une deuxième ? Non ? Tant pis. Arrivez toujours, je mets les bouteilles au frais...

Les collines cernaient la maisonnette... Une grande pièce foutoir avec trois machines à écrire... Une machine par livre entamé, il s'y retrouvait mieux ainsi, cela lui évitait d'enlever les feuilles inachevées, il allait de l'une à l'autre toute la journée.

Ils prenaient le pastis dehors dans l'air tiède et Baron en rajoutait pour Laura qui lui avait tapé dans l'œil dès la première seconde.

— En août, Cannes, c'est les fous qui rappliquent, pour le festival aussi mais la différence c'est qu'en août ils s'éparpillent dans toute la ville ; pour le festival, ils sont tous sur la Croisette. Ils sont encore plus fous.

Laura coupa les tomates dans un saladier, Baron fit la sauce, c'était quelque chose dont il ne laissait le soin à personne.

Michel assis sur les pierres chaudes laissait la fatigue s'enfuir... L'air sentait l'écorce tiède, la brise rabattait vers lui le parfum des pins parasols rissolés tout le jour... Les gorges étaient plus loin sur la droite, masquées par les tamaris. Des fleurs épaisses et grasses s'accrochaient entre le miel des pierres rousses et il sentit le bonheur s'installer en lui. Un chat feutré se lova sur un muret.

Laura, les manches retroussées, riait dans le soir, une goutte d'or coula sur son avant-bras, dans sa main l'acier du couteau s'incendiait dans le couchant. Baron goûtait la vinaigrette sans cesser de parler.

— J'ai fait un tennisman aussi, un célèbre celui-là, j'ai failli refuser parce que le tennis, ça m'exaspère, je ne sais même pas par quel côté on tient la raquette, et puis je l'ai pris aussi, je me suis fait envoyer tout son press-book, tous les articles et je suis parti à fond de train, j'ai bourré de sets, de jeux, de lift, de out, de points, de breaks, c'est pas compliqué : que des mots d'une syllabe, ils sont tellement cons dans ce métier que s'il y a deux syllabes ils n'arrivent pas à suivre... J'ai jamais vu un match de ma vie, même pas à la télé, eh bien on a vendu trois cent cinquante mille exemplaires, avec le pognon je me suis fait creuser la piscine derrière la maison, et vous savez ce qu'il a fait, cet enfoiré, pour me remercier ? Il m'a envoyé une raquette ! Le cadeau magnifique. Des enfoirés dans le tennis...

— Tu es un feignant, dit Laura, tu devrais mettre la table.

Il se leva, grimaça en se frottant les reins et alla l'embrasser. Tout sentait bon et il était heureux. Il n'était pas possible qu'il y ait eu cet accident, cet homme écrasé sur la route... C'était il y a trois jours à peine... Les tomates s'ouvraient, sanglantes, sur le plat de terre jaune.

— Mets des oignons, dit-il, ma mère mettait toujours des oignons avec les tomates.

— Œdipe pas mort, dit Laura.

Dans le couchant les yeux se noyaient de cuivre rouge : c'était peut-être là la couleur de l'âme, l'âme de Laura Brams.

— Ressers-nous, dit Baron, on crève de soif.

Le pastis virait au brouillard au contact des glaçons, des fumées liquides emplissaient les verres.

— Mais vous ne voyez jamais tous ces gens ?

— Quels gens ?

— Ceux qui signent : les cyclistes, les danseuses, les footballeurs…

Baron leva son verre.

— Presque jamais, mais c'est bien ainsi. Quand le bouquin est fini, ils se sentent gênés par rapport à moi : je suis le seul avec qui ils ne peuvent pas tricher… alors ça les trouble, je leur rappelle trop qu'ils ne savent pas écrire… Vous m'aidez à pousser la table sinon vous serez trop serrés contre le mur…

C'était une table de ferme lourde et massive.

— On n'a pas trouvé de pâtisserie ouverte en montant, dit Blazier, on voulait apporter le dessert…

Cela lui arrivait encore, un réflexe d'enfant qui a peur d'être grondé et qui prend ses précautions pour ne pas l'être.

— Tu es fou ! C'est Paris qui t'a rendu fou ! Du dessert ! Avec le pinard que j'ai, tu montes du dessert, toi ? Tu ne respectes plus rien alors ? Du chèvre ! Ici, le chèvre est obligatoire.

Laura les observait : deux compères qui se retrouvent et s'asticotent chaque fois que l'un d'entre eux ne respecte plus la vieille règle d'autrefois — pas de manières, jamais. Ne pas laisser la politesse rompre le charme de la connivence…

Michel coupait le pain en larges tranches.

— Les livres ne sont pas ce que vous croyez, commença

Baron à l'intention de Laura, le monde vit encore à l'heure du respect de la chose écrite.

Michel montra la première étoile au-dessus d'eux.

— L'heure de la théorie, dit-il, dès que le soir tombe elle arrive, on n'y échappe pas.

Laura prit le bras de Blazier, sourit vers Baron.

— Ne l'écoutez pas, continuez.

Elle dégageait de la douceur, c'était une chose que peu de femmes réalisaient, à cet instant Baron envia son ami, tout en parlant il se demanda si une fois dans sa vie une femme s'était accrochée à son bras de la même façon que Laura venait de le faire, son existence n'avait pas eu de sens si cela n'était pas arrivé. Cela était arrivé certainement mais il n'avait pas dû s'en apercevoir et c'était bien le pire : le bonheur était une chose qui n'arrivait qu'aux autres.

— Quatre-vingts pour cent des bouquins que vous voyez dans les vitrines ne sont pas écrits par les types qui les signent. On ne sait même plus qui les écrit d'ailleurs, moi j'ai refilé à un copain les mémoires d'un explorateur d'Amazonie, c'est le plus facile à faire, ça, les explorateurs, on colle des moustiques, de la fièvre, des marais, des flèches empoisonnées, des eaux stagnantes, ça coule tout seul ; j'aurais pu le faire mais j'étais débordé, je l'ai donc passé à un copain en raflant cinq pour cent au passage. J'ai appris qu'il l'avait refilé à son tour dis donc, le type qui a gratté dessus a dû récolter des Carambar...

— C'est terrible, dit Laura. Michel, qui écrit tes livres ?

Blazier se goinfrait de salade. C'était le bout du monde ici, les collines avaient pris la couleur de leur ombre, pourquoi ne pas vivre dans une maison semblable, un mas de Provence... Avec Laura c'était possible, son fils viendrait de temps en temps... Il vieillirait dans l'odeur des platanes sous un ciel laiteux... Il s'étrangla dans la vinaigrette.

— C'est moi, toussa-t-il, je suis un peu honteux, mais c'est encore moi, c'est pas très bon pour mon standing, mais j'avoue que je fais toujours mes livres moi-même.

Il la vit hocher la tête.

— Ça paraît incroyable, dit-elle, un homme de ta notoriété, en être réduit là...

— Ne rigolez pas, coupa Baron, faire un bouquin c'est lever la poussière, il y a des spécialistes pour ça, moi je suis un homme de livres comme il y a des femmes de ménage. Allez, goûtez-moi ça.

Le vin était froid... Des milliards d'explosions parfumées pétillèrent dans la gorge de Blazier. Laura eut un clappement de langue, Baron rit.

— C'est un vin pour boire la nuit, dit-il. C'est un pudique, il déteste qu'on le regarde sous l'étiquette.

— Y a-t-il un sexe pour les vins ? demanda Laura.

— Bien sûr, dit Blazier, et celui-ci est une femme.

Le rire de Baron s'accentua.

— Je vois que tu t'y connais toujours.

Michel chercha la main de Laura et l'élasticité vivante de la peau l'émut sur la rugueur du bois de la table.

— Je ne partirai jamais d'ici, dit Baron, avec des nuits et un pinard pareil, ce ne serait pas possible.

Michel parlait à présent mais elle se ferma au sens des mots, elle en restait à la tonalité de la voix, à cette musique à la fois essentielle et dérisoire dans le silence de cette terre. Un grillon lointain crissait sous et entre les syllabes... S'il était vrai qu'une autre vie avait existé pour eux, alors ils avaient dû connaître une nuit semblable à celle-ci, pullulante d'étoiles, ils avaient tous deux déjà eu leurs doigts enlacés tandis que sous les balustres le Nil roulait dans le frôlement imperceptible des herbes... Il y avait une flûte au loin, c'était le temps où étaient nés les poètes, les guerres s'étaient espacées, la paix régnait à présent sur l'Empire et le peuple du bord du fleuve pouvait goûter la langueur des nuits douces, la musique nocturne des bergers...

— Qui joue ? demanda Michel.

Les doigts de Laura se crispèrent, elle vit le reflet sombre de la bouteille passer devant elle et le tintement du goulot contre un verre.

— C'est le couillon du mas de la Brèche, il est bien brave mais quand il commence à siffler dans le pipeau, il y en a pour la nuit...

Elle sentit le bras de Michel autour de son épaule.

— Tu n'as pas froid ?

— Non... j'ai trop bu... ce vin est fort.

— Les filles du Nord, dit Baron, blondeur, bière et genièvre, la mer grise et le crachin glacé.

— Ne t'inquiète pas, il a son moment de poésie, mais ça ne dure pas, tous les nègres sont ainsi.

— Monsieur Baron, demanda Laura, cela ne vous ennuie pas d'avoir écrit des centaines de livres et de n'avoir votre nom sur aucun ?

Elle ne le distinguait plus à présent, à peine un épaississement, une densité plus forte des ténèbres sur la noirceur des collines.

— Pitreries, dit Baron, rien n'est rien au regard de l'éternité, c'est ce que ce pays m'a appris... Et puis de plus en plus je m'intéresse aux chèques... L'auteur est celui qui les touche et sourit sous la voûte étoilée, le reste est foutaises...

— Le quart d'heure philosophique se poursuit, constata Michel.

Il savait ce qui allait suivre : à moins que beaucoup de choses n'aient changé, Baron allait boire jusqu'à ce qu'il s'endorme, soûl de paroles et d'alcool.

La lune était étroite, une courbe d'argent effilée et brillante... Là-bas, au pays des dunes et des herbes inclinées, jamais elle n'était aussi nette, aussi précise ; elle avait vécu dans un pays aux astres troubles, aux planètes voilées. Un pays aux odeurs mouillées et froides. Ici, tout était sec et capiteux...

Elle pensa à son frère... Il devait dormir à cette heure, il faudrait que Michel et lui se connaissent, ils s'aimeraient, ils étaient de la même race, des hommes aux rires amers, pleins de craintes, fragiles et malheureux...

Ils mangèrent de lourds fromages de chèvre qui sentaient la montagne, Baron parlait des civilisations méditerranéennes faites pour le paganisme et détournées de leur vocation par des religions tyranniques et conquérantes...

— Pas de chance, ces patelins, deux mille ans que l'on s'y entretue pour Jésus, Allah et Yahveh, on devrait pendre les grands dieux, ce sont les pires fauteurs de troubles.

Une idée traversa la pensée de Laura : quelle était la position du christianisme par rapport à la réincarnation ? Van Starken avait été peu disert sur la question.

La flûte s'éteignit... La voix de Baron était plus lourde, les mots pesaient davantage.

— Il faut dormir, dit Michel.

Elle se trouvait à son bras, un peu vacillante. Un souffle retenu venait de l'est, le vent devait courir au loin, descendre les montagnes et se froisser aux forêts... Un soupir si long à mourir... Il devait expirer là-bas, aux portes de la mer. Il l'embrassa le dos contre le mur de la chambre blanche de chaux... Tandis qu'ils faisaient l'amour avec une lenteur extatique, ils entendaient par la fenêtre le vin descendre dans la gorge de leur ami. Ils sombrèrent sans cris dans une spirale rouge car l'amour cette nuit-là avait pour eux cette couleur.

— ... Je lui ai parlé de cette folle envie de sel qui me surprenait toujours par sa violence, quelquefois je suis sortie en plein milieu d'un film, d'un amphithéâtre, pour courir acheter n'importe quoi qui en contienne, je ne pouvais plus tenir, j'avais l'impression que ma vie en dépendait, il fallait que je sente ce goût sur ma langue... Après j'ai pris l'habitude d'avoir une petite boîte sur moi, une ancienne tabatière, j'allais dans les toilettes pour prendre ma dose, comme une camée...

Van Starken se mit à rire.

— Je ne suis pas médecin mais je suppose qu'il vous a dit qu'il n'y avait rien d'exceptionnel dans cette envie, elle devait correspondre à une nécessité biologique tout à fait explicable, voire fréquente.

— Il m'a répondu quelque chose de bien plus frappant.

Elle s'interrompit pour bien se rappeler les termes exacts qu'avait employés le vieux docteur ; elle les restitua avec application.

— « Vous êtes comme les momies égyptiennes, il vous faut du natron, sinon vous vous décomposez... »

Van Starken tira sur les pointes de son col de chemise, une forme démodée qui ne se portait plus.

— Je suppose que vous êtes consciente qu'il vous a dit ça sous forme de plaisanterie ?

Laura haussa les épaules.

— C'en était une dans sa bouche.

— Pas dans votre esprit ?

— Disons que j'ai rangé sa remarque au rang des coïncidences, mais vous savez ce qu'il en est des coïncidences, plus leur nombre augmente, moins on a de facilité à les prendre pour ce qu'elles sont.

— C'est tout le problème, dit-il. Il y a quelques années, j'ai reçu un gosse qui se réveillait chaque matin à l'aube avec un cauchemar identique : on l'emmenait pour lui trancher la tête. À dix-sept ans, il découvre un daguerréotype représentant son grand-père et constate qu'il en est le portrait vivant. Ses souffrances à la nuque deviennent de plus en plus vives... Quelques mois plus tard il apprend par une indiscrétion que l'homme dont il est le petit-fils a été guillotiné. Ajoutez à cela une atmosphère renfermée au cœur de la forêt ardennaise, une mère qui donne vaguement dans les tisanes et la magie blanche, le type se persuade qu'il est la réincarnation du grand-père dont il porte d'ailleurs le prénom. Il vient me voir fou de peur et de douleur, persuadé qu'il finira sur l'échafaud. Je l'expédie chez un docteur qui détecte une tumeur bénigne à la base d'une des vertèbres cervicales. Il m'envoie une carte de vœux chaque année, il a six enfants, est président de la fanfare municipale de son village et le portrait du pépé a été relégué au grenier.

Laura avait souri. Il restait une question à poser et elle était de taille.

— Qu'est-ce que vous pensez de mon histoire... Je vous demande un avis personnel.

Van Starken avait croisé les bras, un vieil écolier aux yeux vifs, presque espiègles.

— Il faut que je réfléchisse encore à tout ce que vous m'avez dit, mais il y a une règle qu'il faut que vous respectiez dès aujourd'hui : ne vous occupez plus de tout cela.

Le ton avait changé, sans être solennel, il était plus grave, avec quelque chose d'autoritaire.

— Pourquoi ?

Van Starken avait posé la main sur le dossier de Laura Brams.

— Nous avons pu faire une constatation chiffrée portant sur un assez grand nombre de cas, c'est d'ailleurs pratiquement la seule qu'il nous soit pour l'instant loisible d'étudier. Elle est simple : tous ceux qui ont eu un problème semblable au vôtre et qui ont tenté de le résoudre jusqu'au bout...

— Continuez, dit Laura.

Il releva la tête et lui sourit gentiment.

— Cela s'est toujours mal terminé. Tragiquement souvent.

— Pourquoi ?

Il eut un geste d'ignorance.

— La vie va de l'avant, réincarnés ou pas, nous avons à vivre notre vie, celui qui se détourne du flux et cherche à remonter se trouve à contresens sur l'autoroute.

— Et c'est l'accident ?

— Le plus souvent.

— Alors je ne dois plus chercher ?

Van Starken se leva. L'entrevue était finie, elle se rendit compte qu'elle était dans ce bureau depuis plus de deux heures.

— Si, dit-il, avec moi. Il faut bien que je serve à quelque chose.

Elle se leva à son tour et serra la main droite et sèche du professeur.

— Pensez-vous que j'ai vécu autrefois sur les bords du Nil et que...

— Donnons-nous quelques mois, nous y verrons plus clair. Pour l'instant nous ne pourrions que nager dans des suppositions parfaitement inopérantes.

— Belle formule.

— À la semaine prochaine, Laura.

Elle était sortie avec une impression de sécurité, la plus grande qu'elle ait eue depuis longtemps. Les soleils noirs reculaient dans un ciel moins menaçant... Il y avait un combat à mener, elle ne serait plus seule à lutter...

La route était mouillée, elle roulait vite ce soir-là vers la maison aux Anciennes Colonnes ; sur la mer, une lumière grise se dissolvait dans les eaux opalines. De l'ouest venaient des tempêtes lourdes, des nuages aux reflets safranés, ils crèveraient bientôt en pluies interminables sur les sables de l'hiver.

VIII

... N'EST QUE PASSAGE ET C'EST MOI...

Il est difficile lorsque l'on est amoureux de ne pas écrire d'histoire d'amour mais c'est ainsi : les meilleurs comptes rendus de passion se font à froid.

Il parlait en connaissance de cause : il n'avait pas cessé de jeter des êtres dans les bras les uns des autres depuis plus de quinze ans sans un seul battement de cœur pour une jeune femme. Il avait promené des couples d'amants partout, des pontons de Venise aux neiges immaculées des hivers québécois, il avait décrit des baisers sur fond de gare, de soleils, de palaces, de bouges ; il avait fait dans l'aquatique à une époque, sa période Esther Williams, dans les atolls de corail les amants plongeaient et se roulaient des pelles mouillées en équilibre dans les eaux transparentes parmi les dorades et les bancs de maquereaux. Il avait décrit des amours jouvencelles et intimidées, avec des bises éclairs dans des couloirs de lycée et de métro. Il avait donné dans le semi-vieillard avec intrigues nostalgiques et regrets inexprimés (*Le Printemps de leur automne* : cent soixante-quinze mille exemplaires). Il avait fait des tournées d'épouvante dans les clubs du troisième âge où le bouquin se vendait comme des petits pains. Il avait décrit les amours compliquées d'une paysanne hindoue et d'un jeune lord (*Brahmapoutre* : deux cent quarante mille exemplaires). Il avait fait aussi des amours infirmes : une aveugle rencontrait un handicapé moteur et c'était le flash, ils se culbutaient à tâtons dans un imbroglio de canne blanche et de fauteuil roulant (*Malgré tout* : cent trente mille exemplaires). Il avait aussi joué de la différence d'âge : elle dix-huit ans, lui cinquante, elle pouvait être sa petite-fille, il résistait, elle jouait le suicide, il cédait pour qu'elle vive, ça pulsait dur dans le palais de Palerme où ils venaient cacher leur amour impossible (*Et la neige est venue...* titre symbolique : il avait les cheveux blancs et l'hiver serait la fin de leur liaison. Deux cent dix mille exemplaires). Bref, il était le spécialiste du cœur, le grand chef de gare du train des belles amours, et tout ça grâce au degré zéro de sa vie passionnelle. Il avait le cœur plat depuis de longues années.

Il avait dîné la veille avec Yann, chez Max évidemment. Laura était rentrée quelques jours chez elle au bord de la mer et il se retrouvait célibataire, avec, comme à quinze ans, une envie de tout raconter, de tout dire... Il avait tenu bon malgré le montrachet et l'alcool de poire...

Ils étaient revenus par l'avenue des Brouillards, les escaliers de clair de lune, son ami parlait d'une femme d'autrefois. Michel s'était demandé laquelle avait vraiment compté... Difficile à savoir, ce soir, bizarrement une seule surnageait, lointaine, du temps de la jeunesse et des banlieues. Il était rentré et avait écrit quelques lignes sur son journal.

« Parler de femmes m'a remonté au cœur mes amours compliquées avec A., danseuse lesbienne, l'une des plus jolies filles qui pût exister cette saison-là... Elle avait un visage d'Ile-de-France, calme et serein. J'eus avec elle d'étranges promenades en et hors Paris, je me souviens

qu'elle imitait Donald Duck à la perfection, ce qui n'avait pas peu contribué à me rendre fol esclave.

J'en écris aujourd'hui alertement, mais elle me trotta longtemps dans le sentiment, elle dut même y galoper à bride abattue, elle fut une femme qui compte, elle fut ma ballerine de pas mal d'étés et de certains hivers… La fin fut moche, comme toute fin… Je la présentai un soir à un copain et nous passâmes la nuit dans un bar, à Montparnasse, où ils ne cessèrent pas de se balancer de retentissantes gifles au-dessus des bières vides, je tentais de m'interposer… L'aube nous vit flageolants, eux les joues rouges, moi harassé, tenter de rejoindre les banlieues : elle habitait Malakoff, lui Courbevoie, moi Sarcelles… Je ne la revis jamais. J'ai vu son nom sur des affiches un certain temps : elle donnait des galas, écrivait des chorégraphies.

Je repense parfois à Donald Duck et aux entrechats et jetés battus dans les terrains vagues d'autrefois, là-bas sur les hauts de Vitry, à la limite des chantiers et des derniers lilas. Je songe combien je dus être longtemps économe de ma vie, cette fille me causa de grandes terreurs par cette façon abusive qu'elle avait de mordre dans l'existence…

Vivre me parut être un scandale : elle osait exister pleinement… Voilà de quoi faire réfléchir les avaricieux, les tempérés, les sournois… Elle dansa un soir autour des lampadaires de la place Fürstenberg, je la regardais le cul sur le trottoir, elle imitait Lifar et la Pavlova… Elle a toujours préféré la Pavlova… On a essayé pourtant, elle aurait bien voulu aimer un homme… Je n'ai pas dû être assez doué… Elle est retournée un beau matin aux petits rats aux reins cambrés… Après tout, pourquoi pas… Ciao, A. Tout s'envole : bises et bises. Je repense aux initiales. Il m'est arrivé de lire des journaux d'écrivains fourmillant d'initiales. "Je fus présenté à M. ce soir-là, j'ignorais alors que B. fût son amant et W. son cousin germain." Je trouve toujours que cela fait important, cela fait vicomte dans grand parc, cela fait Proust… Ces gens sont grands puisqu'ils se cachent, c'est le mystère, le masque par omission. Lisez cela : "Je rencontrai A. sous le pont de K." N'est-ce pas romantique ? N'est-ce pas quasi dostoïevskien ? Voyez-vous A. ? A comme Altesse sans doute, un grand personnage réduit à son initiale, car seules les altesses ont des initiales, les autres s'appellent par leur nom entier, Martin ou Duval. Quel intérêt auraient-ils à se cacher, ces rustres ? Alors que A. est là, incognito, c'est donc une star.

On chuchote chez les lecteurs, Blazier a rencontré une altesse sur le pont de K. et K., qu'est-ce que c'est ? Khartoum ? Kazan ? Kazan sans doute, cela fait russe, cela va bien avec l'altesse, Blazier n'a pas cessé de rencontrer des altesses dans la neige sur des ponts gris et gigantesques avec la Neva en dessous bourrée de glaces comme un Martini sur la Bérézina… Sacré Blazier, avec ses fourrures, ses traîneaux, ses vodkas, ses samovars, Tchekhov partout et Jivago en prime, et les grands vents, Volga, Oural, Amour et Karamazov… Quelle vie mirifique pleine de princes inconnus… Mais au fait, A. est-il bien prince ? Ne serait-ce pas plutôt une princesse ? Car nous allions oublier que l'initiale est asexuée, François est un homme, Françoise une femme, mais F ? François ou Françoise ? Mais revenons à Blazier. Ainsi donc il a connu une princesse russe ! Qui l'eût dit ! Supputons, mais voyons A. mais oui, bien sûr, Alexandra, la quasi-tsarine, si ce n'avait pas été elle, il n'aurait pas caché le nom ! Ah le sacré bonhomme ! Quelle existence, quel rêve, que de choses vécues ! À Kazan ! Sous le blizzard avec l'impératrice et sous un pont encore ! Que pouvaient-ils faire sous un pont ? Ils tringlaient sans doute, que voilà donc du scoop ! et du salé ! en plein blizzard, dans les fourrures, il s'envoyait la petite mère de toutes les Russies… Un cosaque je vous dis… Comme on le voit, les initiales font rêver… Si j'avais écrit tout bêtement : j'ai rencontré Anatole sous le pont du Kremlin-Bicêtre, on aurait moins voyagé ! Je vous promets donc désormais beaucoup d'initiales, j'en peuplerai les pages... En 75, je me retrouvais à B. avec E. A. était furieux, C. hors de lui et Y. s'en foutait pas mal. Voilà : vous en avez pour un bon moment. »

Un amuseur, on pouvait dire qu'il était cela... Il avait raconté des amours magnifiques, il était un fabricant de scénarios rosâtres à l'usage de jouvencelles émoustillées, juste la catégorie au-dessus du roman-photo, un illusionniste qui sortait des cœurs brisés de son chapeau ; lui était resté avec le sien intact, il racontait les passions des autres... Et puis Laura était venue.

Quarante-huit heures. Dans quarante-huit heures, il serait là-bas, dans cette maison... comment l'appelait-elle ? La maison aux Anciennes Colonnes... Les îles de la mer hollandaise. Il irait avec la nouvelle Honda. Car il avait acheté une nouvelle voiture et décidé le lendemain de s'habiller à neuf. Un long martyre en perspective, mais il fallait ça pour plaire.

Il savait pertinemment que ce n'était pas en renouvelant un stock de chemises ou de pantalons qu'il allait subjuguer une femme qui l'aimait déjà, mais il savait ne pas repousser totalement les décisions imbéciles.

C'était une sorte de force qu'il avait acquise en chassant au maximum en lui l'esprit d'analyse et de critique. C'est ainsi qu'il n'ignorait pas que la possession d'une veste sportive, dernier cri, compromis entre le week-end décontracté dans propriété solognote et le cinéphile distingué traînant dans des bars montparnassiens, ne changerait pas un atome de sa personne ni de sa personnalité, cela ne l'empêchait pas de traîner devant la vitrine et de penser que s'il revêtait une veste semblable tout serait changé : son âme, son visage, le monde, la vie. C'était la pensée magique : il entrait, payait, revêtait, et un autre homme sortait, élégant, affable, séduisant, tout se couvrait de couleurs, de charme, les rues tourbillonnaient sous la danse de piétons gambadant ; il écrivait sans forcer des choses jolies, poétiques et profondes, des romans faciles et réfléchis coulaient de ses manches neuves…

L'expérience lui avait appris que ces fringues désirées devaient rester des désirs ; au début, par manque de sagesse, il entrait, essayait, et la vérité éclatait dans la seconde : sur lui, les tissus cessaient de chatoyer, la soie passait à la rayonne, la fourrure du blouson devenait acrylique, le lait des couleurs tournait dans la casserole du réel… Il était celui sur qui les tissus devenaient aigres et les plis gracieux croulaient en lourdes gouttières… Il n'était pas fait pour les costumes neufs car ils ne faisaient que vêtir l'homme ancien sans faire éclore l'homme nouveau, ce qu'il pensait être le propre des vêtements vrais.

Il erra donc l'après-midi sur ces boulevards ombreux et particuliers où pullulent les marchands d'habits.

Un soleil terne cliquetait joliment contre les vitres… La mode lui parut être au flou.

Les mannequins avaient perdu leur sagesse d'autrefois, leurs sourires avenants et leurs cheveux plats, ils étaient devenus insolents dans leurs postures… Ils s'élançaient en grand écart, se vautraient en gymnastiques incongrues, leurs visages s'étaient effacés, ils étaient jeunes, abstraits et canailles. Comment pouvait-on s'habiller ainsi sans avoir vingt-cinq ans au grand maximum, le cheveu léger, la carrure déménageur, la taille guêpière et la tête abrutie ; c'étaient des hymnes au corps, au vent, à la jeunesse ; des écharpes fluides, des polos évanescents, des falzars romanesques, un côté Byron s'évanouissant… Un vieux type comme lui ne pouvait tout de même pas se retrouver en pantalon flanelle pistache et chemise Musset à couleur suave…

— Je vous assure, c'est très frais, très aéré, cela vous va parfaitement…

La vendeuse recula devant son air renfrogné. Il se regarda dans la glace. Le hibou dans la robe de Blanche-Neige. La chemise flottait autour de lui et les pantalons larges le clouaient au sol.

— Alors, comment vous trouvez-vous ?

— Le Radeau de la Méduse, murmura-t-il.

Elle le regarda étonnée. Il chercha à préciser sa pensée.

— Le Titanic, dit-il.

— Je ne crois pas que nous ayons cette marque.

Il se déshabilla, n'osa pas sortir sans rien emporter, acheta la chemise au milieu d'une foule de lycéens jacasseurs dont l'un essayait la même que lui. Elle prit une demi-heure pour faire le paquet, elle le lui remit, il sortit bien décidé à le jeter dans la première poubelle rencontrée, lorsqu'il fit demi-tour. Le lycéen hésitait encore entre le lilas tendre et la verveine non infusée. Blazier lui colla d'autorité son paquet dans les bras.

— Mais pourquoi ? balbutia l'autre.

Blazier sentit dans son dos l'œil sarcastique de la vendeuse.

— Je suis pédé et maso, dit-il, j'achète un truc qui me plaît et je le donne aussitôt à un petit jeune méritant. C'est une souffrance délicieuse. M'sieurs dames…

Il alla boire un demi à une terrasse, étendit ses jambes lasses et se rappela à cet instant précis que la vieille veste en jean qu'il avait achetée à Los Angeles il y avait cinq ans ferait parfaitement l'affaire. Il se demanda comment il avait pu l'oublier et perdre ainsi son temps dans les magasins alors qu'il avait tout ce qu'il lui fallait chez lui depuis toujours.

Il héla un taxi et s'écroula avec joie sur la banquette.

— Va y avoir de l'orage, dit le chauffeur.

Blazier baissa la vitre et flaira l'air. Il ne détestait pas l'éclatement des grosses gouttes sur l'asphalte, cette odeur qui montait sur la ville… Et puis dans quarante-huit heures, vêtu de neuf ou pas, il serait près de Laura Brams.

— Un sacré orage même…

Blazier croisa les yeux de l'homme dans le rétroviseur. Il lui fit un large sourire.

— Je m'en fous, dit-il.

Hildegarde Brams eut un regard d'oiseau, un sourire ravi monta à ses lèvres.

— Vous n'allez tout de même pas en prendre encore ?

Laura éclata de rire.

— Elles ne seront sans doute plus bonnes demain, protesta timidement Blazier.

— Prenez-les, dit Aaron, ma mère est la reine des moules d'Alsmeer à Zwijndrecht.

Avec remords Michel Blazier fixa la montagne de coquilles qui occupait le centre de la table.

— Vieille coutume, dit Aaron, le visiteur égaré dans ces rivages inhospitaliers n'échappe pas au piège, insidieusement le jus des moules se glisse dans ses veines, demain il ne pourra s'en passer, certains en sont réduits à s'inoculer des seringues entières d'extrait de moule pure. Peu de gens savent que la moule est l'héroïne de la mer, la cocaïne du marin, la schnouf aquatique, la drogue dure du monde des profondeurs salines.

Tout le monde devait aimer l'aveugle au bout de quelques secondes, il était beau, rieur, blond sur les boiseries sombres.

Une étrange maison, grise sur les dunes jaunes. Elle réalisait un incompréhensible tour de force, pleine de recoins, d'escaliers en spirale et de renfoncements, elle aurait pu être un décor de film d'épouvante et il se dégageait d'elle une impression de gaieté. D'où cela venait-il ?… La voix des deux enfants, des galopades éperdues, des années de jeunesse avaient collé aux murs des larges pièces une pellicule de joies sonores et fraîches… Laura et Télé étaient l'âme réelle de ces salles obscures aux fenêtres étroites… Des verres épais aux reflets de vitraux occultaient l'extérieur, les ondulations des longues herbes courbées par les vents incessants et la mer droit devant étaient invisibles, le navire continuait sa croisière immobile et aveugle.

Blazier se renversa sur le dossier de sa chaise. Des tableaux bitumeux se devinaient au-dessus des linteaux des portes. Il aimait les maisons où l'on pouvait fureter, les lieux qui se dévoilaient lentement et où il semblait toujours qu'une porte donnât sur une pièce inconnue, toujours close…

— Café ! La bibliothèque obligatoire, dit Télé. Comme nous sommes des hommes grands et forts, nous boirons du cognac et fumerons des cigares. Nous autres Hollandais adorons les cigares. Et puis Laura, après avoir desservi, viendra nous enchanter de quelques sonates.

Laura se débarrassa de sa chaussure et glissa son pied nu sous la jambe de pantalon de Blazier.

— Va te faire foutre, Télé…

— Ne les écoutez pas, dit Hildegarde, séparément ils sont mal élevés, mais ensemble c'est terrible.

La vieille dame se leva et emporta le plat de coquilles vides. Laura la suivit empilant les assiettes. Blazier regarda les deux femmes s'éloigner par l'enfilade des couloirs. La mer battait sans force, de la mousse sur du sable mou, un bruit de linge mouillé.

— C'est étrange comme elles se ressemblent, n'est-ce pas ?

Il se tourna vers l'aveugle. Ils étaient les seuls êtres humains que l'on ne voyait jamais comme tels, il n'y avait pas de réciprocité. Il doit se demander à quoi je ressemble, à partir de la voix il doit inventer des images : quel visage m'a-t-il conféré ? Quelle gueule peut-on tirer de ma voix ? Et ressemble-t-elle à celle que je possède ?

Laura lui avait raconté que contrairement à ce que l'on croyait, Aaron touchait très peu les gens et les choses. Il n'avait pas ce besoin de contact, cet effleurement magique et dévoilant des doigts frôlant les surfaces.

— J'ai lu trois de vos livres.

Blazier ramassa sur la nappe une fourchette oubliée.

— Disons que je les ai entendus... Des clubs bien intentionnés mais pleins de lecteurs maladroits les enregistrent sur cassettes à l'usage des non-voyants. Au bout d'un certain temps on peut faire abstraction du ton de la voix, des intonations, de tout ce qu'il est convenu d'appeler la lecture expressive.

Les quatre pointes d'argent étaient émoussées, la fourchette était lourde sur sa paume. De l'argent.

— Verdict ?

Aaron tordit une boucle sur son front.

— Vous n'êtes pas doué pour la vie et suffisamment déçu par elle pour pouvoir inventer des bonheurs parfaits.

Blazier hocha la tête. Redoutable Aaron.

— Il y a la technique. Je fabrique des produits huilés, je monte chaque rouage, je connais les dosages et les matériaux. Je n'ai rien à voir avec ce que je raconte.

— Vous savez bien que si.

Il laissa passer l'aveugle devant lui. Aaron passait au ras des cloisons et des meubles, un jeu ? Ou bien captait-il certaines ondes ? Aaron Brams, le radar vivant.

Le fumoir était à pans coupés, les boiseries semblaient plus sombres. Des livres s'entassaient jusqu'au plafond sur les planches des bibliothèques encastrées. Sur une table basse et laquée des flacons de vieux alcools. Les mains d'Aaron voltigeaient.

— Une chose me surprend, dit-il, je vous trouve peu curieux.

Blazier le regarda verser l'ambre du cognac dans les verres.

— Sur quel sujet ?

— Laura vous a affirmé dès le début que vous vous étiez rencontrés il y a quelques milliers d'années et vous ne lui avez jamais demandé comment elle était arrivée à cette conclusion.

L'alcool était lourd et parfumé, très vieux. Il n'avait pas vu la marque sur l'étiquette. C'était vrai. Il avait conscience d'avoir fait et de continuer à faire l'impasse sur cette question... Laura, au fil des jours qu'ils vivaient ensemble, racontait profitant des situations propices... Dévoilant peu à peu... mais elle n'avait pas tout dit et il n'avait rien fait pour qu'elle dise tout.

Il s'efforça de mettre une note joyeuse dans sa voix.

— J'ai été trop occupé à la séduire et, en toute franchise, je ne suis pas très persuadé de cette histoire. Je ne crois pas que Laura le soit en fait totalement non plus.

Aaron tendit la boîte de cigares.

— Merci. La cigarette uniquement.

— C'est une erreur de votre part : Laura a vécu autrefois, avec vous, une aventure dont on ne sait rien encore et...

Michel Blazier leva les yeux vers lui. Il s'était tu et souriait, le cognac oscillait doucement dans le verre que l'aveugle animait d'un invisible mouvement de rotation du poignet. Blazier se retourna. Laura était sur le seuil de la pièce.

Elle lui parut plus belle que d'ordinaire dans la lumière tamisée.

Elle portait un vieux pantalon de marin et un corsage de toile bleu délavé par les soleils et les pluies de la côte déserte. Il fut surpris de la longueur de ses cils... Laura était ainsi, elle se dévoilait par fragments lumineux, rapides comme des coups de torche dans les ténèbres. Il se demanda si un jour il la connaîtrait entièrement et si l'essentiel de cette femme n'était pas dans cette zone d'ombre qui jamais peut-être ne verrait le jour.

Elle s'approcha de la table, passa la main dans les cheveux de l'écrivain et se remplit un verre.

— Allons-y, dit-il, reprenons depuis le début : nous sommes sur un plateau de télévision, je viens vers toi fou d'amour et de bonheur et tu me dis...

— « Nous nous sommes déjà rencontrés il y a trois mille cinq cents ans. » Et tu as répondu...

— « Exact, le temps passe si vite. »

Malgré la profusion de bouteilles, de revues et de cendriers, Aaron posa son verre sans heurter le moindre objet.

— Parfait, dit-il, je crois que vous pouvez à présent continuer la conversation.

Blazier se rendait compte combien il avait craint cet instant. Il s'en était sorti une première fois mais il n'éviterait plus à présent d'entendre quelque chose que d'avance il n'aimait pas... Pendant les semaines qui avaient suivi leur rencontre, il avait retardé, ralenti le plus possible le long récit de Laura Brams pour ne pas connaître la raison véritable pour laquelle elle avait tenu à le rencontrer. Il ferma les yeux : sur le plateau de télévision inondé de lumières blanches, ce n'était pas le hasard qui avait mis cette femme sur son chemin, il ne fallait plus retarder l'échéance, le temps était venu de savoir pourquoi elle était venue le retrouver.

Le son inhabituel de sa voix le surprit lui-même.

— Allons-y, dit-il, on fait comme dans les films policiers : on reprend depuis le début.

Le cadre qui entourait Laura lui convenait parfaitement : vieux bois polis aux parfums de cire et le grand large dehors, le vent pouvait être un pays : il n'y avait personne dans le pays de Laura, cette maison, le frère, tout un univers qu'il avait tenu dans ses bras à travers elle...

— J'ai su que c'était toi pour une raison très simple : c'est écrit dans l'un de tes livres.

Blazier la regarda. Ils étaient beaux l'un et l'autre, différemment.

— C'est toujours comme ça, dit Aaron avec bonne humeur, on est toujours puni par où on pèche : rien ne vous serait arrivé si vous n'aviez pas pondu tous ces bouquins.

— Je ne comprends pas.

Laura se lova sur le fauteuil.

— Moi non plus, je n'ai toujours pas compris.

Le bruit des assiettes dans l'évier leur parvint, assourdi par la distance. La fumée du cigare d'Aaron Brams montait droite et bleue vers le plafond. Laura commença son récit.

— On s'arrête, Laura, vous n'êtes pas en forme.

Elle lâcha le crayon instantanément et émergea.

Van Starken prit le bloc-notes sur lequel elle venait d'écrire quelques lignes.

Ces séances d'écriture automatique étaient plus lassantes que fatigantes.

En plaisantant elle lui avait dit au cours des premières heures qu'elle n'avait pas de difficulté à penser à autre chose qu'à ce qu'elle traçait sur le papier, tous ses professeurs, de la maternelle à la dernière année d'université, le lui avaient justement reproché.

En fait, les choses s'étaient révélées moins simples, elle se contrôlait plus qu'elle ne l'avait cru et n'avait accouché pendant les premiers mois que de dessins étriqués aux géométries à peu près toujours identiques dans le coin droit de la page, puis quelques phrases étaient venues… Des alignements de mots certains jours et, à présent, elle pouvait remplir une page entière.

Van Starken les relevait comme un professeur qui ramasse les copies, il les datait, les rangeait scrupuleusement mais n'en parlait jamais. Laura l'accusait de vouloir les publier sans le lui dire, de s'attribuer la paternité de ses lignes et d'en faire un best-seller.

C'est vrai, aujourd'hui cela n'allait pas.

Difficile d'expliquer pourquoi.

Elle n'avait jamais aimé Ernst Wassenaar mais il était curieux de constater que l'on pouvait aimer de moins en moins quelqu'un que l'on n'aimait pas.

Ils faisaient de temps en temps l'amour ensemble, s'invitaient réciproquement au restaurant et se payaient de languissantes soirées de ciné-club.

Ernst avait le chic pour l'emmener voir de très vieux films inconnus, interminables et grisâtres où tous les acteurs avaient la même tête lugubre sous les rayures rageuses de la pellicule. C'était la seule chose qui l'amusât chez lui, cette facilité à ne pouvoir considérer le cinéma que sous l'angle de l'ennui le plus profond.

Elle lui demanda un soir plus attristant que les autres s'il savait que le cinéma était devenu sonore et en couleurs. Il eut un haut-le-corps et elle comprit que leurs relations ne dureraient plus guère.

La tristesse de cette journée venait du fait qu'elle avait décidé d'écrire à Wassenaar une lettre sympathique mais définitive : il s'assoirait sans elle désormais devant ces sempiternels écrans striés et silencieux où passaient des visages de farine aux bouches de charbon.

Sans amour d'habitude, elle se retrouvait ce soir avec encore moins d'amour et, qu'elle le voulût ou non, on ne retirait pas de plaisir à faire sortir quelqu'un de sa vie même s'il n'en avait jamais vraiment fait partie.

Elle serra la main du professeur. Van Starken l'arrêta comme elle franchissait la porte.

— Ça vous arrive de rendre les bouquins que l'on vous prête ?

Elle le regarda téter sa bouffarde antédiluvienne et se dit qu'elle lui offrirait bientôt une vraie pipe. Il souriait, affable.

— Rarement, mais je ferai un effort en votre faveur. Je vous rapporte les vôtres demain.

— Vous les avez tous lus ?

— Tous. J'en ai même emprunté d'autres à la bibliothèque.

C'était vrai. Elle avait un peu peiné sur *Le Livre des Morts* mais avait ingurgité les autres. Rien de ce qui était théorie de la réincarnation ne lui était étranger. Tous ces gens étaient cinglés.

— Je termine l'affaire Smith.

— Votre impression ?

Laura rit... C'était un classique, un cas connu. L'auteur prétendait avoir rencontré la réincarnation de Marie-Antoinette. La démonstration s'appuyait sur le fait que cette brave dame écrivait en ancien français et avait un port de reine.

— Une plaisanterie, dit Laura, cette femme est un imposteur pour une simple raison : la reine Marie-Antoinette, c'est moi. Je peux le prouver : je fais autant de fautes d'orthographe qu'elle et la robe à paniers me va bien.

Elle chercha les cigarettes dans son sac et, tout en fourrageant, ajouta :

— Vous avez remarqué que personne n'a jamais prétendu être la réincarnation de la femme de chambre de Marie-Antoinette mais toujours Marie-Antoinette elle-même ? Les marxistes ne se sont pas assez penchés sur ces problèmes.

— Sortez, dit Van Starken, vous avez trop mauvais esprit.

Une fois dehors, le ciel clair la réconcilia avec la vie.

Elle n'avait pas de rendez-vous, elle dînerait seule et terminerait les quelques lignes qui restaient et… Elle tourna soudain sur Marnixstraat, vérifia à sa montre qu'il n'était pas encore six heures et hâta le pas : il s'en fallait de sept minutes. Elle courut sur les cinquante derniers mètres, grimpa les escaliers quatre à quatre et pénétra dans le hall en dérapage contrôlé.

Thelma Cuyper ne leva pas le nez de son fichier.

— Laura Brams, annonça-t-elle.

— Présente.

La bibliothécaire eut un ricanement bref.

— Lorsque je vais fermer boutique et que ces parquets respectables sont ébranlés par un galop furieux, je sais que Laura Brams est dans les murs.

Laura se pencha et embrassa la joue froide de Thelma.

Elles avaient été à l'école ensemble autrefois et se détestaient alors avec une ferveur sans égale. Elles s'étaient battues souvent. Trente fois, prétendait Laura, Thelma disait quatre. Vingt-cinq ans plus tard, elles s'étaient retrouvées à Amsterdam autour d'un guéridon de Mac Donald.

— Tu as tout lu, dit Thelma, je n'ai plus un seul bouquin sur l'ésotérisme.

— Sors le genièvre, dit Laura, je m'en fous de l'ésotérisme.

Thelma eut un regard rapide autour d'elle et disparut sous son bureau. Elle en ressortit avec une Thermos. Elle remplit un demi-gobelet d'un liquide transparent. Elles burent l'une après l'autre avec lenteur et claquèrent de la langue.

— J'ai toujours su que tu serais une poivrote, dit Laura. À Kruiningen je m'en doutais déjà.

— Contre la grippe, dit Thelma. Qu'est-ce que tu veux lire, dépêche-toi, j'ai un mari, trois enfants, deux chats et un canari à faire manger.

Laura jeta un regard autour d'elle, sur les murs circulaires, sous le dôme de la verrière les livres s'étalaient.

— J'ai une soirée solitaire, une déprime à couper au couteau et une belle nuit sans doute blanche devant moi. Trouve-moi quelque chose de joyeux, de passionnant, d'émouvant, avec une pointe de nostalgie, soixante-dix pour cent d'espoir, du suspense et un happy end.

— Tu as l'ordonnance ?

Elles reburent. Laura lui offrit une cigarette.

— Viens plutôt manger à la maison, proposa Thelma, on se racontera nos peignées d'autrefois.

Laura refusa d'un signe de tête.

— Trop de monde chez toi... Non, j'ai envie d'être seule.

Thelma soupira, laissant flotter quelques instants un nuage parfumé au genièvre.

— Il y a ça, dit-elle, une traduction.

Laura prit le livre. Un roman français. Titre anodin. Un couple sur la couverture. Une photo retouchée sans doute. La fille avait quelque chose de parfaitement vide, inepte, dans le regard.

— Tu n'as vraiment pas autre chose ?

— Essaie, dit Thelma, tu passes les dix premières pages et après tu ne le lâches plus, je t'assure, tout le monde l'a lu à la maison...

Laura mit le livre sous son bras et embrassa son amie.

Arrivée chez elle, elle constata que le Frigidaire était vide mis à part une tranche de jambon cartonnée qu'elle mangea debout les yeux dans le vague. Elle arrosa d'un grand verre d'eau du robinet et sentit une mauvaise humeur grandissante l'envahir. Elle démarra brusquement en direction de la salle de bains, fit couler l'eau, glissa une cassette de Nino Rota dans la chaîne hi-fi et prit trois somnifères. Dans une demi-heure elle dormirait. Elle faillit s'endormir dans l'eau et se fourra au lit enveloppée dans son vieux peignoir de bain.

Ce n'est que quatre jours plus tard qu'elle redécouvrit le livre prêté par Thelma sur la petite table près de l'entrée où elle posait tout ce qui l'encombrait pour ouvrir ou fermer la porte.

Il disparaissait sous un fouillis de journaux et de magazines.

— Lequel ?

Laura replia à nouveau les jambes sous elle. Michel avait remarqué qu'elle aimait s'asseoir sur ses talons.

— *Le Jardin de l'aube.*

Blazier tira sur la Stuyvesant.

Il l'avait écrit deux ans auparavant, d'un jet.

Avant de le remettre à son éditeur il avait voulu le reprendre, le retravailler, polir un peu... Cela n'avait pas marché. Il se savait incapable d'accomplir ce lent travail de finition... On lui cassait les pieds avec cette idée depuis des décennies : applique-toi, corrige, sois plus méticuleux, reprends, il faut que tout soit propre, brillant, impeccable, un bel objet rutilant... Toujours revenaient ces images de polissage, de chiffon doux, de bon ouvrier. Il savait au fond de lui-même que ces expressions étaient idiotes, qu'un bouquin n'était pas une commode Louis XV, mais dans les belles lettres comme partout ailleurs, il y avait cette manie de croire que les choses devaient être sans aspérités, fignolées... Après trois jours de relecture où il dut en tout et pour tout changer trois virgules de place, il avait apporté son manuscrit en jurant ses grands dieux qu'il n'y avait plus rien à y reprendre. C'était vrai d'ailleurs, d'une certaine façon, faux d'une autre.

— Continue, dit Aaron, je sens Michel bouillir.

— Je l'ai ouvert un soir et je me suis aperçue très vite que Thelma n'avait pas menti... je l'ai fini très tard, il devait être trois heures du matin, je n'ai pas pu le lâcher.

— Je me demande si je dois roucouler ou me tenir en équilibre sur mes pattes de derrière, soupira Blazier.

Aaron lâcha deux ronds de fumée magnifiques, tracés au compas.

— Je ne me suis arrêtée qu'une seule fois dans ma lecture.

Trois nouveaux cercles s'agrandirent, se dissolvant dans l'air.

— Hallucinant suspense, murmura l'aveugle, nous voici arrivés au moment décisif, les spectateurs tiendront-ils jusqu'au bout ? Résisteront-ils à l'angoisse qui monte ?

Laura prit son verre, le cristal tinta contre l'un de ses ongles.

— À la page 217, au milieu du paragraphe, il y a une phrase. Lorsque je l'ai lue, cela a fait un écho en moi, je me suis dit : « Ce Blazier a pris ça quelque part. »

Michel avala sa salive.

— Grave accusation de plagiat, dit-il.

Laura posa son verre et se mit à le regarder fixement.

— J'étais certaine de l'avoir lue ou entendue déjà, ce ne pouvait pas être une illusion, j'avais eu l'impression en la lisant de la savoir par cœur... En fait, je me trompais.

— Nous y voilà, dit Aaron.

Blazier décolla légèrement son dos du siège.

— Je ne l'avais ni lue ni entendue, poursuivit Laura, je l'avais écrite.

Blazier respira doucement l'air lourd de fumée.

— Je l'avais écrite moi-même un mois auparavant au cours de l'une des séances d'écriture automatique effectuées chez Van Starken. À la ponctuation près, inexistante chez moi, les deux textes sont identiques.

Il n'eut pas à se pencher pour prendre la feuille qu'elle lui tendait, une feuille détachée d'un bloc-notes qui portait la date en haut à droite, annotée en rouge de la main du professeur. Il y avait des sortes de gribouillages dans le premier tiers de la feuille, puis des lettres apparaissaient, le texte, en langue française, était tracé très légèrement en biais, de grandes lettres fines et parfaitement lisibles : « Ils pourraient partir dès l'aube, ils trouveraient alors les premières pistes qui franchissent les déserts et mènent aux palais souterrains, là où dans la salle fraîche et colorée dort la princesse dans la pierre sacrée du grand sarcophage. »

Blazier la regarda. Elle lui sourit, gênée.

La mer semblait plus lointaine, le roulement s'espaçait comme si elle s'apprêtait à disparaître à jamais.

Il savait qu'il avait écrit ces mots deux ans auparavant, et Laura n'avait pas menti, si tout s'était bien passé comme elle l'avait dit. Cette fois il fallait mettre au clair le bon vieux rationalisme avec lequel il avait passé sa vie... Aucune psychanalyse, aucun hasard ne pouvait expliquer une chose semblable... si elle avait vraiment eu lieu.

Blazier empoigna la bouteille.

— Cognac ? dit-il.

Il perçut le rire agréable d'Aaron. Les idées tournaient dans sa tête.

— Cette feuille est datée du 14 mars. Et tu as lu mon livre...

— Le 8 mai, quatre jours après l'avoir emprunté, tu peux vérifier à la bibliothèque : Thelma Cuyper tient ses fiches à jour. Voici une photocopie.

C'était un rectangle de carton comportant trois colonnes : nom de l'emprunteur, date d'emprunt, date de remise. Le titre du livre et l'auteur étaient tapés à la machine, les noms et les dates étaient écrits à la main avec au moins trois stylos différents. Huit noms en tout. À la sixième ligne on pouvait lire : Laura Brams, 8 mai-22 mai.

— Évidemment, dit Laura, tu peux penser que tous ces documents ont été trafiqués.

Blazier se leva et fit quelques pas dans la pièce. Un nœud d'angoisse se formait à la hauteur du sternum. Pour la première fois depuis longtemps il pensa à Kadar. Il revit l'expression des yeux du jeune homme lorsqu'il s'était penché sur lui.

— La foule attend le jugement de la cour, dit Aaron.

L'écrivain redressa un tableau dont le cadre aux dorures noircies penchait sur la gauche, c'était une toile représentant un paysage au ciel bas, une peinture chargée, sans grand intérêt.

— Je crois que j'aimerais voir Van Starken, dit-il.

Laura leva son verre vers lui.

— Je crois que cette envie est réciproque.

— Écoutez, dit Aaron, c'est l'heure des mouettes. Il y a toujours un moment dans la nuit où elles font les folles.

Blazier pensa qu'il n'y avait pas que les mouettes.

Le reflet de la lampe cernait le profil de Laura et allumait une étincelle dans le regard. Elle était belle et il se dit que venue ou non du fond des temps, elle était à lui. Mais un danger menaçait, quelque chose d'imprécis rôdait autour d'eux, refluant, revenant comme les lames océanes, une mer noire et inconnue...

Jamais comme en cet instant il ne devait désirer autant la fin d'une nuit et l'arrivée éclatante de la lumière.

IX

... SANS CESSE QUI EN DESCENDS LE FLUX

Jérémie Van Starken crispa ses mains sur les avant-bras du fauteuil, ses poignets se raidirent et les semelles de ses pantoufles décollèrent du sol.

— Oui, dit-il, oui, oui, oui, oui, oui, oui.

La voix monta en flèche.

Michel, fasciné, vit l'ailier d'Eindhoven effacer un deuxième adversaire, un troisième, la balle semblait collée à son pied. Le goal démarra en formule 1 et plongea à la désespérée. L'ailier fit un crochet, évita le gardien le nez dans le gazon, et fut devant la cage.

Blazier et Van Starken hurlaient ensemble.

— Shoote !

Comme s'il venait de les entendre, le joueur frappa la balle en pleine course. Un tir violent mais trop croisé qui frôla le montant droit des buts de Benfica.

Van Starken retomba dans le fauteuil avec un hululement de sirène.

Blazier hocha la tête du connaisseur désappointé.

— La frappe n'était pas franche, il a trop donné d'effet.

Van Starken parut avoir vieilli de dix ans.

— Jamais ils ne retrouveront une occasion pareille !

Blazier regarda sa montre.

— Quatre minutes. Ça va être dur.

Sur l'écran, les joueurs rouges du Portugal remontaient le terrain en passes courtes.

— Ils vont garder la balle à présent, gémit Van Starken... C'est foutu...

Blazier alluma une cigarette.

Trois quarts d'heure auparavant, il avait frappé à la porte du professeur. L'homme lui avait paru en état d'extrême agitation.

— Coupe d'Europe, souffla-t-il. Mon équipe contre une bande de fauves altérés de sang. Vous aimez le foot ?

— Énormément.

— On causera après.

Ils avaient bondi dans une pièce pleine de tentures jaunissantes et de meubles en bois blanc. C'était l'intérieur d'un homme qui savait que ce que l'on appelle son intérieur est en fait ce qui lui est extérieur et n'a donc qu'une importance réduite... Les tentures devaient appartenir au propriétaire précédent, il avait, lui, apporté ces meubles laids et pratiques achetés en vrac dans l'un de ces hangars plats et immenses que l'on trouve en bordure des autoroutes, aux périphéries des villes industrielles. À terre, une énorme télévision. Sans quitter l'écran des yeux et ne cessant de jurer entre ses dents, Van Starken avait ouvert une bouteille de bière et après avoir répandu la moitié de la mousse sur la moquette, l'avait tendue à son invité. Depuis, les deux hommes alternaient les exclamations et les considérations techniques.

Blazier, avait, vers l'âge de douze ans, envisagé une carrière de footballeur international, après quelques prouesses le jeudi après-midi sur le terrain pelé et gravillonneux du stade de Saint-Ouen sous le maillot vert et blanc marqué de l'étoile rouge du Red Star, équipe au passé épique. Frappé à cette époque d'une myopie grandissante, il avait dû abandonner cet avenir glorieux et se réfugier dans la littérature faute de voir distinctement le ballon. Il était dur, après avoir rêvé de faire hurler les foules, d'en être réduit à les séduire au fil d'interminables pages. Il aimait se dire que l'écriture n'avait été qu'un substitut du football et que le destin inexorable avait broyé en lui à coups de dioptries trop faiblardes l'artiste véritable, Blazier l'homme aux pieds d'or.

Les deux hommes s'étaient donc découvert d'emblée une commune longueur d'ondes. Le match fini et perdu pour l'équipe hollandaise, ils eurent un débat tactique et se découvrirent avec émotion partisans du 4.2.4, disposition stratégique des joueurs ayant ses détracteurs. Il en vinrent au but réel de la visite au bout de la quatrième bière, il était alors près de onze heures.

— Ce que je ne comprends guère dans tout cela, dit Blazier, c'est ce que vous venez faire dans le supranormal vous, avec vos étudiants et vos laboratoires.

— Justement, nous ne faisons rien de spécial, nous prenons le problème à l'envers : nous enregistrons les faits qui nous sont racontés, vrais ou faux, et nous voyons s'il s'en dégage des tendances mesurables.

— Est-ce que cela vous permet de répondre au problème de Laura ?

Van Starken tira sur ses chaussettes. Il dévoila quelques centimètres de mollets imberbes et filiformes.

— Ainsi ce texte que j'ai écrit et qu'elle aurait écrit de son côté... Y a-t-il une possibilité qu'un tel phénomène puisse avoir lieu et quelle en serait l'explication ?

Van Starken tripota le fourneau de sa pipe et entreprit de la sucer avec force.

— Partons de l'hypothèse que le phénomène existe. Nous excluons le fait que le hasard puisse être une explication étant donné qu'il s'agit de l'alignement de trente-huit mots placés dans un ordre identique. Deux personnes ayant chacune un sac comportant deux cents numéros et puisant chacune dedans peuvent évidemment sortir à chaque fois le même pendant les trente-huit premiers coups, mais la probabilité en est tellement faible qu'il faut chercher une autre explication.

— Laquelle ?

Van Starken se mit à rire.

— Je n'en ai pas d'autre à vous proposer que la transmission de pensée. Phénomène curieux que nous commençons à peine à étudier et à considérer comme moins bizarre que ce que nous avions pu croire au début de ce siècle. Les chercheurs américains sont plus avancés que nous dans ce domaine.

Blazier se tortilla.

— Dans ce cas particulier, les deux pensées n'ont pas eu lieu en même temps : j'ai écrit ce texte il y a deux ans, Laura il y a quelques mois.

Van Starken reposa sa pipe sur la table, prit une enveloppe qui traînait et commença à fabriquer un chapeau de gendarme.

— C'est quelque chose que nous avons pu vérifier à plusieurs reprises : la transmission d'une pensée n'est pas liée à la simultanéité. Dans ce domaine, les termes de présent, de passé ou d'avenir ne signifient plus rien. En un mot, le temps ne joue plus aucun rôle. C'est une difficulté supplémentaire pour nous car il ne nous est pas possible d'en faire abstraction totalement.

Entre les doigts squelettiques, le chapeau était devenu bateau et s'apprêtait à se transformer en autre chose.

— Autrement dit, l'Occident a étudié le phénomène sous l'angle de la devinette. C'était au fond l'histoire des deux gosses face à face : « Devine à quoi je pense en ce moment et si je pense assez fort à ce que je pense, je vais t'y faire penser et tu penseras aussi à ce que je pense... » Ne rentrons pas dans les détails, mais bien avant que vous vous rencontriez il existait un lien entre Laura et vous.

Les doigts pliaient et repliaient. Michel Blazier, de

l'endroit où il se trouvait ne pouvait apercevoir ce qui allait résulter de son activité fébrile.

— Mais il y a autre chose que je voudrais vous dire, et c'est surtout pour cela que je vous ai demandé de venir.

Une cocotte. C'était une cocotte, assez maladroitement exécutée, mais reconnaissable.

— Toutes ces choses me passionnent plus que mon attitude ne le laisserait croire, monsieur Blazier... Je suis théologien, professeur, physicien...

— Amateur de football...

Van Starken laissa retomber ses mains sur ses genoux.

— Mais toutes mes forces, tout mon intérêt vont vers ce qu'il est convenu d'appeler le supranormal, et je crois être l'un de ceux qui dans ce domaine connaissent le moins mal, non pas les réponses aux problèmes, mais la façon de poser les questions. Je suis donc à même de vous dire que le cas de Laura Brams, qui est en même temps le vôtre, est sans aucun doute le plus riche qu'il m'ait jamais été donné d'étudier.

Blazier alluma sa cigarette. Il avait passé aujourd'hui le cap des deux paquets. L'intérieur de sa bouche lui semblait recouvert de plâtre chaud.

— Ravi, dit-il. Pourriez-vous m'expliquer en quoi il est si exceptionnel ?

Les paumes sèches se posèrent l'une contre l'autre et les doigts se croisèrent. La voix de Van Starken devint plus nette.

— Parce que nous nous trouvons, et par deux fois, en présence de ce que nous appelons le choc fondamental.

— Ce qui veut dire ?

Van Starken croisa les jambes. Ses pieds nageaient dans des vieilles mules aux semelles érodées.

— Laura et Kadar Sivas ont fait l'un et l'autre une rencontre rarissime que l'on ne trouve relatée que trois fois dans l'histoire de la paranormalité : ils se sont trouvés en contact avec le lieu de l'une de leurs anciennes morts.

Blazier écrasa la cigarette. Il sentait battre son cœur. Il n'y avait pas de raisons qu'il frappe aussi fort, Jérémie Van Starken avait le don de dédramatiser les choses. Le professeur arqua son dos maigre.

— En 1927, on trouve ce même phénomène relaté chez Pendington : un habitant des faubourgs d'Halifax tombe en ce que l'on appelle alors la catalepsie chaque fois qu'il passe devant la boutique d'un serrurier. Pendington examine le patient, examine l'endroit. L'endroit ne lui apprend rien, mais le patient prétend s'être vu dans ces lieux avec un étrange habit dont certains détails, un soulier à boucle et un vieux chapeau à galon, permettent de situer l'époque au XVIIe siècle environ. Pendington fait des recherches et découvre alors qu'à l'endroit où se dresse en 1927 la boutique, s'étendait un cimetière qui devait recueillir lors de la grande épidémie de peste de 1658 les corps de huit cent cinquante personnes.

— D'accord, dit Blazier. Je suppose que vous considérez cette histoire comme une preuve indubitable ?

— Évidemment non. Je passe sur le cas de Teresa Baccini qu'a étudié Campielli et qui, au cours d'un voyage dans la vallée d'Aoste, a indiqué à quel endroit précis on trouverait le corps d'un homme pris dans les glaces.

— On l'a trouvé ?

— Parfaitement conservé. Il y était depuis cent cinquante ans. Bryan Donne, au début de la Deuxième Guerre mondiale, a étudié un autre cas dans le Wisconsin. Un paysan de soixante-trois ans, en voyage dans le sud des États-Unis, éprouve le choc fondamental en longeant les bords d'une rivière entre Savannah et Jacksonville. Donne, qui le soigne, utilise l'hypnose. Le fermier donne dix-sept noms. Donne fait des recherches et s'aperçoit que ces dix-sept noms sont ceux des soldats d'une compagnie appartenant au 3e régiment commandé par le général Sherman et dont la quasi-totalité fut anéantie au cours d'une bataille qui eut lieu à l'endroit exact où le type avait eu son malaise. Un malaise dont les symptômes, comme ceux que décrivirent Teresa Baccini et l'homme d'Halifax, sont exactement ceux relatés par Laura Brams et Kadar Sivas. Vous pouvez bien sûr considérer tout cela comme une vaste fumisterie, personne ne vous en voudra, et nous n'aurez, en plus, peut-être pas tort.

Blazier eut une grimace.

— Vous n'auriez pas une autre bière par hasard ?

Van Starken se leva. Michel l'entendit fourrager dans la cuisine, la porte d'un réfrigérateur claqua. Le professeur revint. Ses mains étaient si petites qu'elles avaient du mal à retenir les bouteilles embuées.

— Résumons, dit Blazier : le sarcophage du musée d'Otterlo a été l'une des tombes de Laura ; Kadar Sivas, en plongeant dans la mer Noire a découvert aussi quelque chose ayant trait à l'une de ses morts. Le hasard les réunit un jour et Kadar reconnaît Laura qu'il a déjà vue dans une vie antérieure.

— Je vous aide, dit Van Starken, Kadar, lors du choc fondamental qu'il a éprouvé en plongeant a vu deux personnes : la deuxième, c'est vous.

Blazier trempa ses lèvres dans la bière, c'était froid et amer, le liquide faisait quelque chose de ferreux dans la bouche.

— Laura n'a pas eu un choc aussi violent que celui de Kadar, rappelez-vous qu'à chaque fois elle a tenté de résister par l'évanouissement et la fuite, cependant elle a d'une certaine façon reconnu Kadar lorsqu'il est entré dans la pharmacie, n'oubliez pas qu'elle s'est évanouie à nouveau. Quant à vous...

Blazier posa son verre.

— Il n'y a jamais rien eu de pareil : elle souriait et était en pleine forme, nous avons plaisanté ensemble dès la première seconde.

— Il n'y a rien d'étonnant à cela : elle savait déjà que vous étiez le troisième larron.

— Comment ?

Les mains du professeur s'écartèrent en un geste d'évidence.

— Elle n'avait pas besoin de vous rencontrer puisqu'elle était déjà entrée en communication avec vous par l'intermédiaire de l'une de vos phrases.

— Une phrase où il était question de l'Égypte ?

— Exactement.

Blazier hocha la tête et fit un effort sur lui-même pour ne pas attraper le gringalet par le revers de sa veste d'intérieur et le sortir de son siège.

— Regardez-moi dans les yeux, dit-il, et dites-moi : Laura et vous, vous vous êtes connus il y a trois mille cinq cents ans.

Van Starken haussa les épaules, parut fatigué soudain et se gratta la tête.

— Il y a encore quelques mois, j'aurais pris quelques précautions, je ne sais pas si c'est l'expérience plus grande ou le gâtisme qui m'entraîne à vous le dire, mais je vais être net : Laura, Kadar et vous, vous êtes connus il y a trois mille cinq cents ans.

Blazier se leva et tourna sur lui-même, les mains dans les poches, comme un homme désœuvré.

— Je crois que vous êtes vraiment un con, articula-t-il lentement.

Van Starken bourrait sa pipe.

— Je ne suis pas loin de partager cet avis, dit-il.

Brusquement Blazier se dirigea vers la porte. Arrivé près d'elle, il se retourna. Le professeur était resté assis, il avait l'air dans la lumière faible de la lampe basse d'un enfant malheureux.

— Et qu'est-ce qu'on fait à présent? demanda l'écrivain.

Les yeux de Van Starken brillèrent.

— Vous écrivez des bouquins, vous épousez Laura ou vous ne l'épousez pas, vous foutez le camp et vous ne vous occupez plus jamais de cette histoire. Comme vous le disiez vous-même, je crois bien que c'est en effet une histoire à la con. Vivez votre vie.

— Ça m'a toujours été très difficile, dit Blazier.

— Laura vous aidera.

Un instant Blazier éprouva de l'admiration pour le petit bonhomme fluet. Laura et lui étaient deux fantastiques objets d'étude et il n'hésitait pas à s'en emparer. Comme s'il avait suivi le cheminement de sa pensée, Van Starken reprit.

— Choisissez la vie, dit-il, les cobayes ne sont jamais heureux. Emmenez-la loin d'ici... Et pas de voyage en Égypte...

— Lorsque Eindhoven viendra jouer à Paris, dit Michel, je vous ferai signe.

Van Starken eut un geste rapide de la main.

Blazier fut frappé par la fraîcheur de l'air : aucune étoile ne manquait à l'appel mais les pavés étaient mouillés. Il avait plu.

Ce qu'il y avait de plus exceptionnel, c'était peut-être le silence.

Ordinairement il était lié à l'immobilité. Ce n'était pas le cas ici.

Les skis glissaient et Michel Blazier avait du mal à détacher le regard de la double avance des spatules sur l'immensité blanche. Quelque chose de magique se dégageait, peut-être le simple fait que, le mouvement ne produisant aucun bruit, il donnait à cette course un aspect fantomal.

Michel s'arrêta, plantant ses bâtons en dehors des traces. Laura s'était attardée pour resserrer ses fixations et il la regarda venir vers lui. Sa foulée était longue pour une femme, elle skiait bien, elle avait participé à des rallyes en Norvège il y avait plusieurs années.

Elle s'arrêta. Il tira la fermeture Éclair de la poche matelassée de son anorak et en sortit la gourde en métal pleine d'aquavit.

— Tu vas te couper les jambes.

— Il faut faire fondre les glaçons, dit-il, j'en ai plein l'estomac.

Elle sourit et se tourna vers le soleil — une assiette plombée suspendue à vingt centimètres au-dessus de l'horizon plan.

Il ne monterait pas plus.

Dans une quinzaine de jours il aurait disparu et ce serait la longue nuit, une nuit de deux mois. Déjà tout se bleutait, un bleu sans lumière comme si entre les choses et les gens était tendu un filtre coloré.

Il hocha la tête et rajusta la sangle de son sac à dos.

— En tout cas, dit-il, le père Van Starken ne se plaindra pas qu'on ne suive pas ses instructions…

Il montra le paysage qui les entourait : l'horizon était net et immobile, figé par l'étreinte mortelle du gel.

— J'ai rarement vu quelque chose qui ressemble moins à la vallée du Nil.

Laura rit et démarra avec un roulis de patineuse.

— Je passe devant, tu es un traînard.

Il la suivit, il se sentait bien, il y avait de nombreuses années qu'il n'avait pas senti ainsi son corps exister et se trouvait heureux des retrouvailles, étonné de voir ses bras et ses jambes lui obéir avec une facilité qu'il n'aurait pas espérée. Le soir, au sauna, il regardait ses membres avec une sympathie nouvelle, presque avec reconnaissance : Dieu sait s'il ne s'était guère occupé d'eux et ils n'hésitaient pourtant pas à lui rendre service.

— Vive la Laponie, hurla-t-il, vive la neige, vive le froid, vive le ski, vive moi, vive toi, vive tout, vive la réincarnation !

Elle se retourna et lui lança un défi. Il accéléra sa course, la neige était tombée au cours de la nuit et la pellicule était si uniforme qu'il eut l'impression de faire du surplace... Ils étaient seuls sur la grande plaine finlandaise.

Il n'arrivait pas à la rattraper. En dépit de tous ses efforts la distance qui les séparait s'agrandissait. Il serra les dents et malgré la douleur qui montait de ses cuisses il tenta d'aller plus vite, disciplinant son souffle, essayant d'introduire un peu d'ordre dans sa respiration. Sa bouche s'emplit de salive aigre : devant lui, l'anorak rouge de Laura diminuait de volume.

— Laura !

Elle ne l'entendit qu'au bout du troisième appel et s'arrêta. Hors d'haleine, il la rejoignit. Il sentit ses mollets trembler.

— Seigneur, murmura-t-il, où as-tu caché ton moteur ?

— C'est parce que je suis immensément plus jeune, plus jeune et plus sportive. Viens, j'ai pitié de toi.

— Je suis humilié, murmura-t-il.

Il l'embrassa. Leurs lèvres leur parurent dures et vaguement douloureuses. Elle ouvrit la marche et il suivit la trace parallèle des skis jusqu'à la cabane.

Cela faisait cinq jours qu'ils avaient franchi le cercle polaire. Après l'aéroport enneigé de Rovaniemi, un car les avait conduits deux cents kilomètres plus loin vers le nord. Dans la lueur des phares ils avaient découvert l'auberge, une ferme trapue construite en rondins. Une vieille dame souriante leur avait servi une soupe grasse, dans le bouillon flottait de la viande de renne... Leur chambre sentait le bois et la fourrure, par la fenêtre on voyait les sapins courbés sous le poids de la glace. Une idée folle que Laura avait eue un matin dans la maison aux Anciennes Colonnes... C'était après la visite que Michel avait rendue à Van Starken, il en était revenu avec la volonté bien arrêtée d'oublier cette histoire, de totalement laisser tomber ce qui ne pouvait les entraîner que dans une aventure étrange et peut-être dangereuse. Il lui avait proposé de partir à deux dans un pays qui serait le contraire de l'Égypte.

Elle avait proposé la Finlande.

Ils avaient pris l'avion deux jours plus tard. Leur vie ressemblait de plus en plus à une fuite à travers l'Europe mais chacun d'eux pensait que cela leur était peut-être nécessaire ; dans quelque temps il leur faudrait à nouveau s'installer... Ils en parleraient plus tard.

Michel posa la casserole pleine de neige fondue sur le réchaud et ôta son anorak.

Il lui fallait marcher courbé à l'intérieur de la cabane. Des couvertures s'entassaient sur un bat-flanc, Laura avait allumé le feu dans le poêle avec une dextérité déconcertante.

— À mon avis, dit-il, tu as également été une princesse esquimaude. Il faudrait que tu arrêtes un peu de te réincarner toutes les dix minutes.

Tandis que l'eau chauffait, il déballa les sandwiches et se massa les orteils à travers les chaussettes épaisses. Il leur restait quinze kilomètres pour rentrer, cela serait facile, sauf si le blizzard se levait, mais il n'y avait pas un souffle de vent, dans l'air glacé, la fumée montait droite et grise de la cheminée du refuge. Elle leva ses chaussures. La neige prise entre les lacets se mit à fondre mouillant le bois du plancher.

— Il va faire bientôt chaud, dit-elle, en frottant ses mains l'une contre l'autre.

— J'espère bien, dit-il, j'ai horreur d'avoir froid quand je suis nu.

— Pourquoi serais-tu nu ?

— Parce que je fais rarement l'amour habillé.

Elle fourragea dans ses boucles et croisa les bras.

— Tu veux faire l'amour ici ?

Une inquiétude passa dans le regard de Michel Blazier. En général, leurs désirs étaient synchrones, peut-être cette fois était-ce différent.

— Absolument, dit-il, et tu n'y échapperas pas.

Elle mit deux sachets de thé dans la casserole et d'un placard sortit deux vieilles tasses dépareillées.

— Tu est un vieil écrivain libidineux.

Blazier prit un air pincé de femme coquette.

— Je suis beaucoup plus libidineux qu'écrivain.

Il bourra le poêle à bois de rondins, lorsqu'il se retourna, tous ses vêtements étaient éparpillés autour d'elle et elle disparaissait sous un amas de couvertures.

— On va voir si tu fais toujours trente-sept degrés, dit-elle.

Ils passèrent l'après-midi dans la cabane.

Par instants, le bois sec explosait dans le poêle... Ils s'arrêtèrent ruisselants de sueur comme tombaient les premiers flocons.

— La forme olympique, murmura-t-elle, la Laponie te réussit.

— Non, c'est toi qui me réussis.

— Tu peux refaire du thé ?

Il se rhabilla. Les pull-overs suspendus sous le plafond bas étaient agréablement tièdes, ils sentaient la fumée, la sueur et le bois, le tout n'était pas déplaisant.

— Je viens de penser à quelque chose, dit-elle, s'il est vrai que nous nous soyons rencontrés autrefois, est-ce que cela veut automatiquement dire que nous nous sommes aimés ?

Il enfila ses chaussettes. Il s'était déjà posé la question. Est-ce que les rapports qui étaient les leurs aujourd'hui reproduisaient ceux qui les avaient liés autrefois ? Il aurait dû interroger Van Starken là-dessus.

Peut-être qu'après tout les poètes avaient eu raison : ceux qui avaient connu une grande passion étaient appelés à la revivre ; les grandes amours étaient immortelles, le temps passait et les amants une nouvelle fois se trouvaient réunis. Un vrai délire, pensa Blazier, l'idéal pour les romans à midinettes. « Et jusqu'à la fin des siècles, bien au-delà de la mort, Tartempion a retrouvé Tartempionne… »

Il leva les yeux et vit les flocons danser, presque invisibles sur le ciel laiteux. Le soleil n'avait pas eu la force de monter davantage, le cercle pâle stagnait toujours au bord de l'horizon.

— Il neige.

Laura se dressa et regarda par la fenêtre.

— Ça n'a pas l'air méchant mais il vaut mieux partir tout de suite.

Il étouffa le feu sous les braises, frotta les deux tasses dans la neige et les remit à leur place. Ils s'équipèrent rapidement, raclèrent la semelle des skis et les frottèrent avec le bloc de paraffine pour empêcher le tassement de la neige molle.

Le retour fut agréable. La neige tombait mais paresseusement et elle ne gênait pas leur avance. À présent, les muscles de Blazier étaient suffisamment entraînés pour lui procurer pendant l'effort une chaleur heureuse qui était comme un appel de bien-être du corps.

Laura skiait devant lui.

Il regardait cette femme glisser sur la neige et avait du mal à se persuader qu'il venait de la posséder. Une drôle d'expression d'ailleurs, est-ce que l'on possédait quelqu'un parce que l'on faisait l'amour avec lui ? Rien n'était moins sûr, peut-être existait-il d'autres activités où les gens se possédaient davantage ?... Il se demanda si elle avait l'impression, lorsqu'ils étaient au lit, d'être possédée ou de le posséder elle-même, ou les deux ensemble, ou bien est-ce que le vocabulaire était inadéquat et s'agissait-il de tout autre chose ?... Ils retraversaient le lac et ses pensées prirent une autre direction. À présent qu'il était habitué, il pouvait abattre des kilomètres en oubliant totalement l'activité qu'il était en train d'accomplir.

Les flocons s'épaissirent, voilant le paysage. Cela n'avait aucune importance, ils n'étaient plus très loin. La couche nouvelle qui s'était formée freinait à présent leur avance. Laura s'arrêta et avec le bâton de son ski frappa sur chacune de ses spatules levées pour en faire tomber les blocs qui s'étaient formés.

Ils firent encore deux cents mètres et entendirent un martèlement tout proche... Un renne fuyait devant eux. Presque au même instant, un chien aboya : ils étaient arrivés à l'auberge. Les murs surgirent, si proches qu'ils furent surpris. Il eut un soupir de bonheur et se laissa glisser dans la descente qui amenait au hangar à skis. Laura avait déjà déchaussé. Il l'embrassa sur le nez.

— Allons manger, dit-il, je ne tiens plus. Le sandwich est loin.

Il était près de cinq heures. À cette heure, les gens de l'auberge tenaient à la disposition des voyageurs du thé et des gâteaux épais, une pâte grasse farcie de cannelle.

— Je te rejoins, mes souliers me font mal.

Il la laissa regagner la chambre et prit le chemin de la salle à manger.

Il n'y avait presque personne en cette saison. L'hiver était venu et les derniers touristes avaient fui depuis longtemps, quelques skieurs montaient d'Helsinki durant les week-ends, mais la maison était vide durant la semaine.

Avec la longue nuit qui s'installerait bientôt, toute

activité cesserait. Dans les maisons de bois, les hommes hiberneraient... Blazier savait que l'aquavit coulait à flots au cours des veillées qui réunissaient les habitants des villages, il y avait un taux élevé de suicides...

Le printemps ferait sortir les chasseurs.

Michel pénétra dans la salle. Les tables étaient vides.

Contre la cheminée, les deux hommes étaient là. Ils étaient les uniques touristes...

Laura les appelait les « employés des postes ». Ils ne devaient pas avoir loin de soixante ans et, curieusement, se ressemblaient : le même crâne chauve et le nez de fouine. Un vieux couple d'homosexuels français qui passait ses soirées à se goinfrer de tisanes bouillantes et à jouer aux échecs dans un silence ininterrompu. Ils skiaient tout le jour sur leurs jambes grêles, engoncés dans un vieil équipement qu'ils avaient traîné dans tous les pays nordiques... Ils pratiquaient le ski de fond depuis la fin de la Deuxième Guerre mondiale, une époque où personne ne savait qu'une chose pareille pouvait exister.

Blazier salua les deux hommes et alla se servir dans les cuisines une tasse de thé et des gâteaux.

— Bonne promenade ?

Michel alluma une Stuyvesant et exhala la fumée avec bonheur.

— Excellente.

Il n'ajouta rien. Lorsqu'ils étaient penchés tous les deux sur leur échiquier, ce n'était pas le moment d'entamer une conversation, la question formulée avait été de pure politesse.

Michel examina son paquet de cigarettes et au toucher évalua le nombre d'absentes. Dix. Même moins. Il fumait moins depuis qu'il était ici. Excellente chose.

Dans la pièce voisine, la vieille dame parlait en finnois. La chute verticale de la lourde neige semblait accentuer le silence de l'extérieur. Si cela continuait, il serait difficile de sortir dans les jours à venir. Ou alors ils prendraient le traîneau avec les chiens.

Il ferma les yeux. Le thé brûlait agréablement. Il étendit ses jambes devant lui. Dieu que c'était bon. Il était merveilleux que la vie pût offrir de pareils instants... Un vieil imbécile déjà aigri croupissait dans son quartier parisien, et une femme avait suffi. Elle était passée et il se retrouvait devant un feu de bois au cœur du monde de la neige en pleine forêt finlandaise...

— Échec au roi.

Ce n'avait été qu'un murmure, mais suffisant pour faire sortir le romancier de sa rêverie. Une fatigue envahissait ses membres. Il bâilla, fut incapable de dire s'il était là depuis trois minutes ou une demi-heure et rechercha dans le fauteuil une position confortable. Dehors, la chute des flocons était devenue si serrée que tout avait disparu.

Lorsqu'il s'éveilla la nuit était totale.

Quelque chose mijotait dans la cuisine, des bulles crevaient sur la surface d'une marmite avec un clappement humide.

Il était seul dans la salle. Les deux vieux bonshommes avaient terminé leur partie, l'échiquier était rangé en bout de table près de deux serviettes roulées.

Il se leva et regarda sa montre. Il était sept heures.

Il sortit et rencontra sur le pas de la porte l'un des deux vieux, il s'ébrouait et de son parka des plaques de neige tombaient déjà gelées.

— Moins vingt-sept, dit-il, si le vent vient de l'est, ça peut tomber pendant une semaine...

Blazier hocha la tête, rendant hommage à l'expérience du vieil homme.

— Vous n'avez pas vu ma femme ?

— Non.

Blazier traversa le hall et monta à l'étage. Les marches en rondins étaient maculées de taches humides.

Il ouvrit la porte, Laura ne s'y trouvait pas.

C'était le désordre habituel des valises à demi défaites et des vêtements amoncelés.

Il redescendit et frappa à la porte du sauna.

— Laura !

Il entra. Dans les vestiaires, l'odeur de résine était presque suffocante. Il faisait très chaud. Le premier soir, dans la petite pièce où chauffaient les pierres plates, la température était montée à quatre-vingt-dix degrés. Il avait mis un point d'honneur à rester, tentant de se persuader que cette suée lui ferait perdre l'empâtement léger qui menaçait ses hanches.

Laura n'était pas au sauna.

Sans qu'il s'en aperçût, le pas de Blazier devint plus rapide.

Il revint dans la salle à manger.

Une des deux servantes mettait la table pour le repas du soir. Une fille aux chevilles lourdes, une frange couleur de paille mouillée masquant ses yeux. Il savait qu'elle ne parlait que le finnois, mais il l'arrêta et lui posa la question décrivant des gestes dans l'air.

— Ma femme… Laura…

La deuxième servante apparut et il s'adressa à elle en anglais.

Il fut surpris de la rapidité des réactions des gens de l'auberge. En un instant ils furent là.

Il comprit dans les minutes qui suivirent les raisons de cette rapidité. Dans ces régions, au moment des chutes de neige, à la nuit noire, tout le monde devait être sous un toit, près d'une source de chaleur… Celui qui n'y était pas était fou ou mort.

— Elle ne vous a pas dit si…

Michel bouscula le joueur d'échecs et se rua dans le

hangar à skis. Il courut pour parcourir les trente mètres et sentit à travers le pull-over les poignards glacés du gel. Il eut du mal à ouvrir la porte, la neige s'entassant déjà contre le battant.

Toujours cette odeur de résine... À tâtons il chercha l'interrupteur et éclaira.

Il n'aurait su dire pourquoi, mais avant que la lumière ne jaillisse, il savait qu'il ne trouverait pas ce qu'il cherchait, pourtant la constatation le frappa avec la violence d'un marteau en plein front : les skis de Laura Brams n'étaient plus là.

Il rebroussa chemin, aveuglé par la neige et monta les escaliers en trombe. Dans la chambre il heurta une valise du genou et étouffa un cri de douleur. Il baissa la tête pour éviter les poutres du toit et chercha frénétiquement le sac de Laura. Il l'ouvrit et le vida sur la table de nuit. Tout se répandit : clés, poudrier, pièces, boîtes d'allumettes, rouge à lèvres, une photo de Télé tourbillonna, Michel vérifia si le sac était vide et se redressa lentement.

À la porte, les deux petits vieux le regardaient. L'entrée était si étroite qu'ils se tenaient serrés l'un contre l'autre comme des écoliers pris en faute.

— Elle est partie, murmura Michel.

Ils se reculèrent. Celui qui avait secoué son parka eut un mouvement de glotte.

— Ce n'est pas possible de partir, dit-il, pas avec la tempête.

Michel ne répondit pas et redescendit. L'aubergiste l'attendait au bas des marches.

— Il faut téléphoner, dit Michel, prévenir les gendarmes, enfin il faut faire des recherches...

— Vous êtes sûr qu'elle est partie ? Vous vous êtes disputés ?

L'homme le regardait, ses yeux tiraient sur le jaune, le blanc strié de veinules.

— Elle a pris son passeport, dit Blazier, son passeport et son billet d'avion.

Tous prirent la direction du hall de réception. L'homme aux yeux jaunes décrocha le téléphone. Michel vérifia sa montre. Il avait dormi quatre-vingts minutes. Si Laura était partie tout de suite après qu'ils se furent séparés, cela devait faire plus de deux heures qu'elle avait quitté l'auberge.

Michel introduisit le filtre d'une cigarette entre ses lèvres. Il avait de la peine à empêcher ses mains de trembler.

— Cela lui arrive de s'en aller ainsi ?

Il regarda le petit joueur d'échecs qui venait de lui poser la question. Il était évident qu'elle était sans malice, sa méconnaissance totale de la psychologie féminine l'amenait seule à la poser.

— Non… Écoutez, je n'en sais pas plus que vous…

Il se dirigea vers le patron de l'auberge et attendit qu'il ait terminé une longue phrase.

— Dites-leur qu'il est possible qu'elle soit à l'aéroport le plus proche, sans doute à Rovaniemi. Si elle veut prendre l'avion qu'elle le prenne, qu'elle me passe simplement un coup de fil…

Il revint vers les deux Français aux mines catastrophées.

— On va la retrouver, dit-il, j'en suis sûr.

Une des cuisinières lui tendit une assiette de soupe, qu'il refusa. Sans un mot il revint à la chambre, prit sa gourde dans son anorak, avala quatre gorgées brûlantes d'aquavit et se laissa tomber sur le lit.

Qu'est-ce qui s'était passé ? Entre le moment où elle l'avait quitté et celui où elle était partie, qu'est-ce qui pouvait avoir eu lieu ?… De toute manière, cela avait dû se passer ici, dans cette chambre… Quelque chose avait-il changé ?

Il se dressa et examina les lieux.

Apparemment ils étaient semblables à ce qu'ils avaient toujours été depuis leur arrivée. Il vérifia la serrure : elle n'était pas forcée... Les doubles fenêtres étaient fermées hermétiquement... Il regarda sous le lit, dans le placard, souleva les couvertures. Dans le cabinet de toilette, rien n'avait bougé. Il sortit, revint pour vérifier la pomme de douche et posa son front contre le carrelage.

« Reviens, Laura, pas de folie, je ne me passerai pas de toi facilement, je crains même que ce ne soit devenu impossible. Je ne retournerai pas à la solitude, fût-elle dorée. »

Il chassa les larmes d'un revers de poignet, d'un geste d'enfant.

C'était cette stupidité d'histoire qui l'avait poursuivie jusqu'ici, quelque chose s'était produit ayant trait à l'Égypte.

Il regarda autour de lui et se traita d'imbécile : il n'allait tout de même pas trouver la momie de Ramsès II assise sur l'un des fauteuils. Sa main se referma sur le drap du lit et tout son poids dans l'épaule, il tira violemment.

Rien, c'était stupide. Il devenait fou. C'était d'ailleurs la folie la seule explication. Laura solide, Laura amoureuse, Laura campée sur ses skis, dévalant en sportive, Laura que rien ne semblait pouvoir déraciner... Projetée dans la nuit par un vent intérieur venu du fond des siècles, il n'était plus temps à présent de se boucher les yeux, de fuir dans la neige du Grand Nord pour fuir les sables de l'Afrique, elle était une malade et il n'aurait rien résolu tant qu'il ne l'aurait pas guérie...

Il se leva et ouvrit la fenêtre. La main du froid surgit et l'attrapa au visage écrasant les chairs... Elle ne résisterait pas une nuit... Il fallait partir avec les torches, il devait y avoir un traîneau avec des projecteurs... Il referma avec difficulté... Le blizzard était venu.

D'un bond il fut à la porte et dévala les marches... Il fallait faire quelque chose, il n'était plus possible d'attendre.

À travers la tourmente, il vit un des deux petits hommes courir vers lui. Dans le faisceau de la lampe électrique, les flocons passaient, horizontaux.

— Le téléphone... C'est pour vous... Une femme.

Il le laissa sur place, un reflet jaune strié de blanc joua sur le crâne chauve. Il sprinta dans la couche blanche, s'enfonçant jusqu'aux chevilles... Les lumières dansèrent, il heurta le comptoir de bois avec violence et colla à son oreille le cercle d'ébonite.

— Laura...

Il entendait la respiration lointaine mais précise. À quelques mètres de lui, tous s'étaient figés.

— Laura, c'est toi ?...

La neige fondait, il sentit une goutte lui couler dans le cou.

— Oui, je suis à l'aéroport.

Le cercle se desserra... Quelqu'un relâchait les sangles qui comprimaient sa poitrine.

— Mais qu'est-ce qui s'est passé ? Qu'est-ce que...

Elle lui semblait étonnamment calme, ne se pressait pas pour répondre.

— J'ai rejoint la route par la piste, une voiture s'est arrêtée et m'a prise. Je viens d'arriver. Il y a un avion demain matin...

— Mais pourquoi ? Qu'est-ce qui s'est passé ?

Le grand hall était désert... Derrière les baies illuminées, le Boeing de la Finnair pivota, dévoilant un à un les cercles lumineux des hublots... Par les haut-parleurs la voix d'une hôtesse percuta contre les vitres étincelantes.

Les phalanges de Laura blanchirent sur le combiné.

— C'est dans ton sac, chuchota-t-elle, je l'ai vu...

La voix de Michel lui parvenait mal, la tempête de neige

devait perturber les circuits… les larmes qu'elle refrénait depuis des heures se mirent à couler.

— C'est toi, dit-elle, je le sais à présent, c'est toi qui l'as tué.

Dans la cabine voisine un homme entra, chacune des gouttes sur son col de fourrure reflétait les lumières de l'aéroport. Tout en composant le numéro il sourit à Laura.

Là-bas, à l'autre bout du fil, la voix s'était tue.

— Tu l'as tué, dit-elle. Et il était mon fils.

Blazier entendit le déclic. Lentement il raccrocha à son tour.

Tous le regardaient.

Il fit un immense effort pour parler, pour les rassurer, mais il n'y parvint pas… Les visages se délayèrent et il crut un instant qu'eux aussi allaient se mettre à danser dans le vent et dans la nuit, dans la grande sarabande qui semblait entraîner l'univers dans l'enfer de la tempête et de la folie.

X

LE SECRET EST GARDÉ

Montmartre était un nom pour touristes... Des rues s'enchevêtraient dans une nuit froide et quelconque. Rue des Saules, un baryton usé attendait au Lapin Agile les cars des Japonais... Depuis vingt-cinq ans il leur chantait Bruant, l'anarchie et la liberté. Lorsque Blazier passait devant lui il pensait qu'il avait utilisé sa liberté à la chanter, ce qui lui paraissait être en cette seconde la chose la plus pénible et la moins libre qui soit. Michel le voyait parfois rue Caulaincourt, ils avaient le même charcutier. Ils ne se saluaient pas.

Yann était déjà là. Max, silencieux comme une tombe, apporta la saucisse aux lentilles. Yann reposa sa fourchette. Elle tinta si clairement contre le rebord de l'assiette que derrière son comptoir, Max se retourna.

— Et qu'est-ce qu'il y avait dans ton sac ?

Blazier porta la main à la poche intérieure de son veston.

— Ceci.

Yann prit le poignard. C'était un couteau de scout dans une gaine de cuir... Il avait quelque chose de démodé.

— J'ai cassé les pieds six mois à ma mère pour qu'elle m'en fasse cadeau. Je l'ai obtenu pour mon douzième anniversaire. J'ai compris que ça ne lui plaisait guère de me l'offrir, mais c'était tout de même elle qui m'avait fourré chez les Louveteaux, le couteau faisait partie de l'équipement, avec le foulard, les chaussettes à gland et le fanion... Je ne m'en suis jamais servi d'ailleurs...

Yann continua à manger lentement.

— Mais pourquoi l'as-tu pris pour ce voyage ?

Blazier écarta les bras.

— Pourquoi... pourquoi... La raison me paraît simple : tu me connais, je ne suis pas un trappeur mais j'ai pensé qu'en Laponie on ferait des balades, du feu, qu'il faudrait couper des branches, du pain... enfin je ne sais pas moi, c'est utile un couteau, ce n'est pas pour rien qu'on s'est donné la peine de l'inventer...

— Mais tu ne t'en es en fait pas servi.

Michel piqua sans enthousiasme dans son restant de saucisse.

— Non, avoua-t-il, je ne dois pas avoir assez l'habitude de la vie au grand air, je l'avais pris en partant et chaque fois que nous sommes allés en excursion je l'ai oublié...

Yann sortit la lame de la gaine de cuir. Elle était courte. Il passa le doigt sur le tranchant, il était évident qu'il ne coupait pas. Si un seul couteau au monde pouvait avoir l'air innocent, c'était bien celui-là.

— Et c'est ce poignard qui a tout déclenché ?

Michel repoussa son assiette.

— Disons qu'il y est pour quelque chose.

Yann regarda son ami. Il semblait avoir maigri légèrement... Ou alors il existait différentes sortes de vieillissement, certains hommes devaient avoir une évolution imperceptible, sans à-coups, d'autres devaient franchir des paliers plus ou moins accusés... Pour descendre, il y avait le plan incliné ou l'escalier... Blazier avait descendu une marche... Elle n'était pas très haute sans doute, mais un pas avait été franchi.

— Et tu l'as retrouvée le lendemain à l'aéroport ?

Michel hocha la tête. Le parcours avait été interminable

à trente kilomètres à l'heure derrière le chasse-neige qui ouvrait la route... Elle s'était jetée dans ses bras ; ils avaient pris l'avion du matin pour Helsinki et Paris... Elle avait un calme inquiétant. Elle avait décrit ce qui s'était passé avec une précision et une sobriété qui avaient fait de son récit un modèle de compte rendu, c'était dans une absence totale d'exaltation un procès-verbal méticuleux qu'il avait écouté dans l'avion qui les emportait vers la France.

Elle était entrée dans la chambre, s'était assise sur le lit pour défaire ses chaussures et en promenant ses yeux autour d'elle avait été frappée par le désordre des lieux... Elle n'était pas très ordonnée, et Michel pas davantage qu'elle. Elle entreprit cependant de ranger un peu et souleva le sac de voyage qui occupait tout un fauteuil. Dans l'effort fait, le sac se renversa à demi et le poignard glissa sur le tapis.

Alors la chambre avait disparu et Kadar avait surgi de la nuit. Il ne la voyait pas mais avançait dans sa direction. Derrière lui se tenait Michel Blazier. Elle ne l'avait pas vu le frapper, mais avait senti et entendu le coup, un bruit de boucherie, le choc mat et mouillé à la fois de l'acier entrant dans les chairs. Kadar était tombé et il y avait eu un bruit d'eau, mais de cela elle n'était pas sûre. Blazier était resté immobile. Il ne l'avait pas vue.

Elle n'avait éprouvé aucune panique. Elle n'était certaine que d'une chose à cet instant, c'est qu'il fallait fuir et fuir vite, que c'était le comportement le plus raisonnable qui soit... Ne pas hurler, ne pas pleurer, ne prévenir personne : fuir sans se retourner.

Elle s'était reculée doucement et était sortie de la pièce. Sans un regard en arrière, elle avait rechaussé ses skis et filé en direction de la route.

Dans les semaines qui avaient suivi, ils avaient eu peu de temps pour parler des détails de cette scène. Il savait seulement que les personnages y étaient parfaitement nets, identifiables... Une seule chose avait échappé à Laura, la façon dont Kadar et lui étaient vêtus... Elle n'en avait gardé aucun souvenir, peut-être avaient-ils l'un et l'autre le torse nu mais rien n'était moins sûr. Laura ne voulait pas qu'il la ramène à Amsterdam mais il n'avait pas cédé. Il l'avait même accompagnée jusqu'au seuil de la clinique.

Cela avait été peut-être le moment le plus difficile de la vie de Michel Blazier. Au-dessus des grilles les cimes des peupliers oscillaient contre le ciel. Il avait pris dans ses bras cette femme qu'il aimait plus que tout, elle lui avait paru en cet instant parfaitement solide et plus réelle que jamais. Les yeux bruns tentaient encore de lui sourire. Elle avait eu un geste vers la porte de la clinique.

— C'est par là qu'on aurait dû commencer...

Il n'en était pas encore persuadé en cet instant... Ce qu'il voulait c'était la garder, l'avoir près de lui, entendre sa voix et sentir crisser ses cheveux entre ses doigts.

— Je m'évanouis, j'ai des hallucinations et si je commence à faire des fugues à mon âge, c'est que j'ai besoin de calme et de soins. Je les aurai ici. N'en profite pas pour mener une vie de garçon. Je reviendrai et je lirai en toi les stigmates laissés par tes excès et tes dépravations.

Il mit le bras autour de ses épaules et poussa le lourd portail.

— Tu ne peux pas t'imaginer la fête que je vais faire.

Le gravier des allées était mouillé... La villa était en retrait, dissimulée sous les arbres.

— Je te téléphone dès demain.

Elle lui avait remonté le col de son imperméable.

— Travaille, écris un roman d'amour avec moi dedans.

— Je n'ai pas envie de perdre tous mes lecteurs.

Elle l'avait embrassé et il avait compris qu'il fallait en finir vite, elle ne resterait pas des années en ces lieux, dans quelque temps il viendrait la chercher, ils repartiraient ensemble et c'en serait terminé des sarcophages, d'Akhenaton, des courses sous la neige et de tout ce fatras imbécile... Oh, Laura, reviens-moi vite.

Après qu'elle eut disparu, il était resté quelques instants devant la clinique... Des pierres meulières, cela lui avait toujours produit un étrange effet, une impression de froid, de rugosité, presque de méchanceté dans le contact... Il y avait une brouette abandonnée au pied d'un arbre... Des traces d'un feu... On disait que c'était l'un des meilleurs établissements psychiatriques d'Europe..., malgré tout, il n'arrivait pas à trouver cela rassurant.

— Et depuis ?

Les arbres disparurent, la brouette et les feuilles entassées si imbibées d'eau qu'il pouvait en décrire l'odeur de terre et de mort s'effacèrent, tout un monde spongieux et humide... Yann le regardait, les mâchoires bougeaient. Blazier enregistra que son ami se rasait mal : des poils oubliés sous les maxillaires...

— Disons que la cure est plus longue que nous l'avions pensé l'un et l'autre...

Michel coupa la saucisse en deux et reposa les couverts. Il but et prit conscience qu'il avait oublié le nom du vin, cela ne lui serait jamais arrivé avant Laura.

— Je crois que ce qui gêne le plus les médecins, c'est son parfait équilibre et la netteté des hallucinations éprouvées... Les psychiatres sont des gens qui ont l'habitude de naviguer en eaux troubles, il y a du flou, des voiles partout, ils les écartent pour atteindre quelque chose de net et de précis... Là, ils l'ont dès le départ.

Yann hocha la tête. Il donnait des cours d'histoire et de géographie dans la boîte privée dont il avait été l'élève vingt-cinq ans auparavant. Il avait été incapable d'imaginer, autant que de vivre, sa vie en dehors de ces murs verdâtres d'aquarium dont il n'avait aucun bon souvenir, qu'il trouvait laids et angoissants et dont il ne pouvait se passer, au point de trouver longs les deux mois de vacances qui le séparaient de ces locaux sinistres où stagnaient des générations de cancres que les années et la force de l'habitude lui rendaient totalement indiscernables les uns des autres... Il donnait en fait des leçons à un élève unique et monstrueux dont les têtes multiples oscillaient mollement dans une brume d'indifférence. Il était pour Blazier l'ami de toujours, horripilant et nécessaire.

Yann se renversa contre le dossier de sa chaise et lissa la serviette sur ses genoux.

— Et maintenant, tu crois aussi que cette fille est cinglée ?

— J'aime la suavité et les nuances infinies de tes expressions.

Le professeur Yann Belley ne broncha pas.

— Je connais bien ton histoire, tu me l'as racontée dans tous ses détails, mais il y a une chose dont tu ne t'es peut-être pas aperçu parce que tu as le nez dessus et qui me paraît absolument essentielle.

Blazier eut un regard rapide vers son ami. Il ne l'avait jamais considéré comme étant particulièrement futé mais avait été étonné à maintes reprises par des fulgurances clairvoyantes, des instantanés de bon sens qui trouaient le tissu ordinairement terne de son discours traditionnel.

— Je t'écoute.

Yann frotta son nez luisant de séborrhée.

— Vous êtes trois dans votre histoire de pharaon, Laura, le Turc et toi. Les deux premiers n'arrêtent pas de s'évanouir, d'avoir des visions, de se voir sur fond de pyramides, très bien. Alors je pose la question : et toi ?

— Comment ça, moi ?

— Toi, est-ce que tu as eu des impressions semblables ? Tu t'es baladé dans des musées tout de même, tu es passé devant des statues, des sarcophages... Qu'est-ce qui t'est arrivé ?

Michel sourit.

C'était étrange que son ami lui dise cela.

Il y avait une semaine, jour pour jour, il était allé au Louvre. Il était seul ou presque, il avait rôdé dans le département d'égyptologie toute une après-midi, effleurant le granit des statues et des tombeaux, fixant les princes et les princesses au fond des yeux, un gardien avait commencé à le suivre de loin, inquiet de son manège... C'est vrai qu'il devait y avoir des maniaques, des obsédés de pharaons, les amants fous de Néfertiti, les travaillés de la Haute- et Basse-Égypte... Ils avaient parlé ensemble d'ailleurs... Le garde en avait vu dans ces salles géantes... Des vandales, des fétichistes, des graffitomanes, des exhibitionnistes, une année le même type venait tous les jours et tombait la culotte devant Arsinoé Philadelphe, reine de noir balsate. Il donnait des pourboires royaux pour qu'on le laisse faire, il ne faisait rien d'ailleurs. Au bout de quelques minutes il se rhabillait et rentrait chez lui en sifflotant *La Traviata.* Il y avait eu aussi une athlétique visiteuse luxembourgeoise qui avait tenté de fuir en emportant le buste de Merneptah, pharaon de la 19e dynastie et de marbre rose dont elle parvint à soulever les quarante kilos. Elle prétendit en être amoureuse depuis quinze ans, rien ne l'intéressait d'autre dans la vie que Merneptah dont personne ne savait rien et qui la fixait d'un œil en amande douloureusement étonné tandis qu'elle s'expliquait devant le gardien-chef.

— On y est même allé ensemble, au Louvre, on était en sixième, avec le père Lesourd, tu t'en rappelles ? Tu n'as jamais rien ressenti ?

— Rien.

C'était vrai, pas un frisson, pas la moindre émotion... Et puis c'était tellement ridicule...

— En fait, poursuivit Yann, je me demande si, dans tout cela, le principal responsable n'a pas été Van Starken.

Max observa avec reproche la cigarette que Blazier allumait. Il n'aimait pas que ses clients fument pendant les repas, le goût s'en ressentait… L'écrivain changeait depuis quelque temps, il prenait moins de plaisir aux plats qu'on lui servait…

— Explique-toi.

— Ce type vous en a imposé par son sérieux. Il vous a fait croire que ce n'était pas un farfelu et il s'y est pris de telle manière qu'il est arrivé à vous faire admettre que la réincarnation n'était pas une chose impossible, que bien sûr on ne pouvait rien affirmer mais que la science aujourd'hui était beaucoup moins opposée à certaines interprétations apparemment bizarres et patati et patata… Je l'entends d'ici, il a fait tout ce qu'il fallait pour vous entretenir dans l'ambiguïté. Ces types sont les pires de tous.

Blazier écrasa sa cigarette, il en avait tiré trois bouffées de plus en plus amères.

— Et d'après toi, qu'est-ce qu'il aurait dû faire ?

Yann Belley écarta les coudes, les mains posées de chaque côté de son assiette.

— Il aurait dû vous dire que cela n'était qu'une gigantesque connerie, que ce genre de chose se soignait parfaitement, qu'il ne fallait pas prendre des coïncidences pour une preuve, et tout serait terminé depuis longtemps.

— Un dessert, Max !

Max opina et disparut dans les profondeurs du placard qui lui servait de cuisine.

Blazier leva son verre.

— Tu es un vieux con de prof, dit-il, je ne sais pas ce que je fous avec toi.

— C'est parce que je ressemble à un scribe, tu ne te rappelles pas ? Celui à qui tu foutais ton pied au cul chaque fois que tu descendais de ton trône…

Ils burent en silence. Max arrivait avec les tartes fermières.

Blazier lui sourit. Laura sortirait bientôt à présent... Une question de jours... tout alors serait réglé. Tout.

Ils avaient toujours prétendu ne pas avoir utilisé de narcotiques, elle n'en était plus très sûre à présent, il y avait eu quelques jours vaporeux... Tout alors prenait la consistance du coton et il lui paraissait étonnant qu'elle ait pu fournir certaines réponses en ayant gardé tout son contrôle.

— Bonjour Sylva...

La jeune femme lui sourit et grimpa allégrement les escaliers. Laura eut l'impression que les os des chevilles allaient percer la peau. Avec ses trente-cinq kilos, Sylva offrait un splendide cas d'anorexie mentale. Papa gagnait des millions de lires avec trois usines milanaises et fifille n'arrivait pas à avaler un quart de spaghetti par jour. Drame de la bourgeoisie.

Elle avait plus d'une heure devant elle.

Loudart lui annoncerait sans doute la nouvelle avec son exaspérante bienveillance coutumière : elle allait sortir.

Elle foncerait au téléphone prévenir Michel et Télé et tout serait réglé, une bonne fois pour toutes. Son incursion dans le paranormal était achevée.

Laura traversa le salon. L'une des femmes de ménage achevait de dépoussiérer les bronzes qui garnissaient la cheminée monumentale.

Comment voulait-on que des gens guérissent en leur fourrant devant les yeux tout ce tarabiscotage de tigres bondissants, d'amazones bandant des arcs sans corde et de chiens policiers à la langue pendante. Elle n'avait jamais pensé à demander à Loudart la raison de la présence d'un tel capharnaüm pseudo-artistique dans le grand salon de la clinique Winterwoor.

Elle se planta devant la fenêtre et oscilla sur ses talons.

Il était temps de partir. L'ennui pointait au fond des heures son museau de triste musaraigne… L'ennui était une bête grisâtre tapie au fond des cliniques, des moustaches longues et répugnantes, l'œil était mort mais les incisives brillaient dans l'ombre, rongeuses de vie…

Quelques jours et ce serait Michel. Jamais un homme ne lui avait manqué autant… à part Télé, mais c'était autre chose.

Karl Loudart avait beaucoup parlé de Télé, plus exactement, ils en avaient beaucoup parlé ensemble au cours des entretiens de l'après-midi.

Il faisait froid durant toutes ces journées, le radiateur émettait un curieux sifflement qu'elle entendait durant les retombées de la conversation.

À travers la fenêtre, le paysage qu'elle pouvait voir l'hypnotisait : sur le ciel blanc s'entremêlaient les branches grises des arbres noirs — les rouges, les bleus, les verts avaient fui, c'était le pays sans couleur…

8 décembre. 19e séance. 15 h 30. Extraits

Lui *Lorsque vous savez que vous serez punie le dimanche suivant, quelle est alors votre première pensée ?*

Elle *Ce n'est pas vraiment une pensée… Je crois qu'il y a de la colère et quelque chose de… enfin, disons quelque chose de plus fort que de la tristesse.*

Lui *Quel est l'objet de cette grande tristesse ?*

Elle *Eh bien… Télé ne me verrait pas.*

Lui *Êtes-vous alors malheureuse que Télé ne vous voie pas ou de ne pas voir Télé ?*

Elle *Que Télé ne me voie pas.*

Lui *Vous rendez-vous compte que vous venez d'employer deux fois de suite le verbe « voir » à propos de votre frère ?*

Elle *C'est… c'est une question de vocabulaire.*
Lui *Vous êtes trop intelligente pour vous contenter d'une telle réponse. Si nous revenons à cette journée de visite au musée, êtes-vous d'accord pour dire que la pensée de votre frère ne vous quitte guère ?*
Elle *Non, elle est présente dès que je sais que je ne le verrai pas le…*
Lui *Mais lorsque la visite est finie vous savez que vous allez le voir ?*
Elle *Oui.*
Lui *Grâce à votre évanouissement ?*
Elle *D'une certaine façon, oui.*
Lui *Ne trouvez-vous pas étrange que plus de dix ans plus tard il soit à vos côtés pour votre deuxième malaise à Londres ?*
Elle *Je n'y avais… je n'avais jamais fait le rapprochement.*
Lui *Vous avez parlé de ce voyage déjà. Votre frère Aaron collectionnait les succès féminins…*
Elle *Oui…*
Lui *Votre réponse me paraît hésitante.*
Elle *Non… il avait en effet des succès féminins… Nombreux.*
Lui *Vous aviez plus de vingt ans, votre frère avait des maîtresses et…*
Elle *Vous ne comprenez rien à notre relation, ces voyages étaient une sorte de rite, nous nous amusions de ses aventures, cela m'était totalement égal qu'il tombe des filles, j'avais moi-même des amants et…*
Lui *Avez-vous eu des amants au cours de ces voyages avec lui ?*
Elle *Non, mais…*
Lui *S'il avait des maîtresses, pourquoi n'aviez-vous pas d'amants ?*
Elle *Je n'ai pas dû en avoir envie ou l'occasion ne s'est pas présentée.*

Lui *Ne pensez-vous pas que l'occasion ou l'envie ne sont pas venues parce que justement Télé était là ?*

Elle *Je ne sais pas quoi répondre. Personne ne peut le faire.*

Lui *Nous terminerons là-dessus : avant votre visite au British Museum durant ces vacances, je dis bien avant — la veille ou l'avant-veille — ? Aaron a-t-il eu des contacts avec une jeune fille ?*

Elle *Oui, je crois.*

Lui *Vous croyez ou vous en êtes sûre ?*

Elle *Oui, il en avait eu, comme à chaque fois.*

Lui *Et après l'épisode du musée, il a continué à en avoir ?*

Elle *…*

Lui *Voulez-vous que je vous repose la question ?*

Elle *Non, il n'a plus eu de contact avec cette fille.*

Lui *Pourquoi ?*

Elle *Je suppose qu'il a été inquiet de mon malaise et que… enfin, il faisait ce qu'il voulait, ces filles ne comptaient pas pour lui…*

Lui *Êtes-vous consciente du fait que par deux fois et à dix ans d'intervalle, le même malaise a pour effet d'arriver au même résultat, vous retrouver seule avec votre frère ?…*

La séance se termine à 17 h 10.

Laura Brams fouilla dans sa poche de poitrine et extirpa une cigarette tordue de son paquet. Elle la redressa avec délicatesse et l'alluma.

Elle n'avait pas envie de faire le bilan. D'ailleurs, toutes ces séances lui avaient appris qu'en psychiatrie les bilans étaient illusoires…

Il était possible qu'en utilisant la logique qui était celle de Loudart, tout soit venu de Télé… Il était possible que l'amour qu'elle avait eu et qu'elle avait toujours pour l'aveugle ait eu des racines inconnues… Deux enfants jouaient dans des sables d'or, ils étaient seuls devant la mer de jade et couraient, verticales minuscules et mouvantes dans l'infini des horizontales… Tout éclatait dans ces jours de printemps de Hollande, leurs rires et l'espace… Et en eux, en elle, s'agitaient de noires marées, des boues insondables et grouillantes.

Au cours des jours qui avaient suivi la séance de l'après-midi du 8 décembre, Loudart s'était engouffré dans la brèche et de grands pans obscurs étaient tombés… Cette galerie d'amants dont aucun n'avait compté, choisis pour leur personnalité falote au contraire de la sienne… Ne pas s'attacher surtout, ne pas être infidèle au seul qui comptât : faire de l'amour un objet d'hygiène et d'humour pour préserver l'essentiel… L'essentiel, Télé, l'enfant des dunes et du soleil qu'elle jetait vers le dragon du ciel. Tout l'équilibre qu'elle offrait, tout cet édifice solide et joyeux qui répondait au nom de Laura Brams, était une construction artificielle reposant sur l'inceste.

La démonstration en avait été faite avec l'épisode de Kadar Sivas.

Cela s'était passé quelques jours après, trois peut-être. Elle était à cran cette après-midi-là, elle se souvenait que Loudart n'était pas rasé, qu'il avait l'air, plus que d'ordinaire, de traîner dans ce bureau comme dans une salle de bains, mal réveillé, fourrageant dans ses cheveux.

12 décembre. 23e séance. Extraits

Lui *L'impression que vous ressentez dans votre pharmacie lorsque le jeune homme vous regarde est bien la même que lors de vos deux autres évanouissements.*

Elle *Oui, seule l'intensité a pu varier.*

Lui *Et vous mettez automatiquement cette impression sur le compte d'une vie antérieure ?*

Elle *Eh bien…*

Lui *C'est votre système d'interprétation à ce moment-là ?*
Elle *Oui... Enfin, je n'en étais pas certaine mais...*
Lui *En voyez-vous un autre aujourd'hui ?*
Elle *Je suis venue vous voir pour que vous m'en proposiez un.*
Lui *Il est très simple. Encore une fois la cause de votre trouble porte un nom, toujours le même, celui de votre frère.*
Elle *Je serais ravie que vous m'expliquiez ça.*
Lui *L'apparition de Kadar crée en vous un trouble profond parce qu'elle menace votre relation avec Aaron. Voyez-vous pourquoi ?*
Elle *Non.*
Lui *Kadar Sivas exerce sur vous un attrait immédiat. Vous êtes attirée violemment vers lui. Vous censurez cette impulsion de façon à préserver votre rapport privilégié avec Aaron Brams, la force de la révolte amène votre évanouissement, mais elle ne sera cependant pas assez forte pour refuser de revoir le jeune homme et d'entretenir avec lui un jeu qui vous permette à la fois de vous l'attacher et de conserver vos distances. L'histoire abracadabrante qu'il vous raconte vous arrange, elle est un prétexte pour vous, vous allez pouvoir l'inclure à votre existence tout en lui conférant une dimension magique qui la désamorce.*
Elle *Il m'a le premier parlé de l'Égypte.*
Lui *Vous êtes absolument sûre ? Essayez de vous rappeler les paroles exactes.*
Elle *... Il a parlé de la troisième personne à trouver et... non, je ne crois pas qu'il ait parlé de l'Égypte.*
Lui *Vous étiez pour Kadar Sivas une femme jeune, riche et belle, ne pensez-vous pas qu'étant donné son statut de travailleur immigré, sexuellement frustré, il avait des raisons de rentrer dans votre jeu, consciemment ou non, de façon à ne pas vous perdre de vue.*

Elle *Kadar était un garçon timide et... je ne sais plus... Il est possible que nous nous soyons suggestionnés l'un l'autre... Il disait avoir des impressions d'un temps très lointain.*

Lui *Pouvez-vous affirmer aujourd'hui qu'elles étaient totalement sincères.*

Elle *Personne ne pourrait affirmer une chose pareille... Ah oui, la première des choses qu'il m'ait dites c'est : « C'était avant le Christ. » Oui, ce sont ses propres mots. « Nous étions trois, c'était avant le Christ. »*

Lui *En êtes-vous certaine ?*

Elle *Oui.*

Lui *Vous savez que Kadar était musulman ?*

Elle *Oui.*

Lui *Ne trouvez-vous pas étonnant, compte tenu de son appartenance religieuse, qu'il ait pu avoir une telle référence ?*

Elle *C'est en effet étrange.*

Lui *Pour un musulman pratiquement inculte comme l'était Kadar Sivas, le Christ ne représente rien. Comment expliquez-vous qu'il ait alors employé une telle formule ?*

Elle *Je n'en sais rien.*

Lui *Je vous repose ma question : êtes-vous certaine qu'il ait bien parlé du Christ ? Tenez compte de ses difficultés à s'exprimer dans notre langue et de son accent.*

Elle *Allez au diable, docteur !*

Lui *Autre chose : il a prétendu qu'en plongeant dans la mer il avait découvert encastré dans les rochers un crâne d'enfant, c'est bien exact ?*

Elle *Oui.*

Lui *Ce crâne était évidemment le sien. C'est cette rencontre soudaine qui l'a amené à une vision d'une vie antérieure dans laquelle vous vous trouviez ?*

Elle *Oui.*

Lui *Cette histoire achoppe sur un tout petit détail : aucun ossement humain séjournant dans l'eau salée ne peut être conservé ; si vous ajoutez à cela le ressac, les tempêtes, les bactéries, les crustacés, la flore et la faune marines, je peux vous affirmer qu'en trois mille ans pas un atome d'os ne subsiste.*

Elle *Pourquoi a-t-il prétendu que...*

Lui *Pour deux raisons : ou bien ce type était réellement malade, ou bien il a parfaitement réussi son coup : retenir votre attention.*

Elle *Allez vraiment au diable cette fois...*

Tout avait été mis a plat... Ces semaines avaient été une lente démolition : un chantier de construction à l'envers. L'édifice bâti par Laura Brams avait résisté, des pans entiers avaient tenu bon puis, peu à peu, s'étaient effondrés... Lorsqu'elle regardait les ruines, elle avait du mal à comprendre comment tout cela avait pu exister.

Loudart s'y connaissait, avec son air veule et cette façon de toujours avoir l'air de penser à autre chose, il l'avait bien eue au fond... Le feu d'artifice avait été tiré, il y avait quatre jours... La dernière résistance, l'ultime fortin où elle s'était retranchée. Elle avait tenté une sortie : comment expliquer sa fugue finlandaise, cette course sur ses skis dans le froid et la nuit qui venait, les flocons tourbillonnant dans les phares, les lumières de l'aéroport...

Là aussi elle avait été battue, Loudart avait mis toute chose à sa place.

Oui, c'était vrai, Michel Blazier avait tué Kadar Sivas.

C'était l'exemple le plus parfait de meurtre symbolique qui soit. La particularité et l'intérêt qu'offrait l'écrivain sur la vie inconsciente de Laura étaient évidents : il n'avait aucun point commun avec Aaron.

Plus âgé, plus terrestre, n'offrant pas le spectacle d'une sensibilité à la fois cynique et exacerbée, il avait permis à Laura de se débarrasser de l'emprise fraternelle... Avec Michel Blazier, Laura avait enfin abordé aux rivages des amours autorisées.

17 décembre. 28ᵉ séance. Extraits

Elle *Pourquoi le couteau?*

Lui *Il est sur le plan symbolique la représentation de la sexualité virile. La suite de l'hallucination est claire : Blazier tue Kadar en utilisant le poignard-phallus : le nouvel amour, libre et total, tue l'ancien, trouble et incestueux. C'est le crime libératoire, vous en prenez conscience avec une insupportable violence, si insupportable qu'il vous faut fuir, mais c'est une Laura Brams libérée qui fuit, pas assez forte encore pour vivre sans l'appui de toujours, son amour pour son propre frère vient de disparaître.*

Elle *Pourquoi dans cette vision n'est-ce pas mon frère lui-même qui m'apparaît et qui meurt?*

Lui *Comme le rêve, l'hallucination emploie la technique du masque, c'est Aaron qui est présent sous l'apparence de Kadar... Vous ne pardonneriez pas à l'homme que vous aimez un meurtre direct, vous préservez ainsi son image tout en lui faisant jouer le rôle que vous désirez qu'il exerce : celui de l'assassin.*

Elle *Mon hallucination est due à un choc causé par une libération brutale d'avec mon frère, c'est bien cela?*

Lui *Vous rompez en cet instant le cordon qui vous reliait à lui. Vous l'aurez toujours mais les éléments sexuels ont disparu. Vous êtes libre mais le choc psychique est tel qu'il crée une hallucination et un comportement qui vous terrifieront vous-même sur votre état mental lorsque vous en serez dégagée.*

Elle *En un mot, j'ai toujours utilisé « l'explication » — je mets des guillemets à ce mot — de la réincarnation pour m'empêcher de penser à mes problèmes réels ?*

Lui *C'est exactement cela.*

Elle *Alors j'aimerais poser une dernière question : tout est parfaitement éclairci et cohérent, je l'admets, sauf une chose : ce texte que j'ai retracé automatiquement et que Michel avait écrit plusieurs années auparavant, comment expliquez-vous cela ?*

La dernière et ultime cartouche. Après, elle aurait les mains vides, elle serait vaincue. La réponse n'avait pas tardé, Loudart avait hoché la tête : si cette phrase avait été vraiment écrite sous la seule emprise de l'inconscient, si elle avait véritablement été une phrase automatique, elle n'en aurait jamais gardé le moindre souvenir. Le seul fait qu'elle s'en rappelât, même vaguement, même comme une impression fugitive, prouvait s'il en était besoin qu'il y avait eu un trucage quelque part, une erreur, volontaire ou non, mais Loudart n'avait dirigé aucune accusation contre Van Starken, il n'avait pour ce faire aucun moyen de contrôle, aucune preuve d'une supercherie quelconque. Simplement il était certain que, sans y prêter attention, Laura avait déjà lu cette phrase.

Elle jura que non mais le soir même une idée la frappa.

Elle téléphona à Blazier et lui demanda si des extraits de son livre, ou un simple article restituant certains passages, étaient sortis dans la presse.

Blazier fouilla ses dossiers, il ne possédait pas toutes les critiques, ayant trait à son bouquin, parues cette année-là dans la presse française et étrangère, mais il relut toutes celles qu'il retrouva.

À la quatrième il décrocha le téléphone et annonça la nouvelle à Laura Brams.

Un passage où la phrase incriminée se trouvait avait été reproduit dans le supplément littéraire du *Times Magazine* du mois de mars 1981.

Laura fronça les sourcils : elle ne lisait jamais le *Times*.

L'exclamation qu'elle poussa fit sursauter Michel. Elle venait de se souvenir qu'en mars 1981 elle avait participé à un congrès européen de pharmacie à Bournemouth. Elle s'était ennuyée souvent et se souvenait de l'odeur particulière du vieil hôtel : embruns salés et vieux velours... Elle vit le ciel froid et rose, les mouettes planant et la pile de magazines sur la table basse du salon... Elle les avait feuilletés... Le *Times* était parmi eux. Elle savait à présent où et quand cette phrase s'était gravée en elle... Elle l'avait simplement réécrite quelques années plus tard... elle l'avait enregistrée et restituée de la même façon, sans y prêter attention, tout à présent s'expliquait. Elle avait tiré sa dernière cartouche et elle avait fait long feu.

— Laura ?

Elle tourna sur elle-même et sourit à Loudart.

Il paraissait encore plus mal rasé que d'habitude, il s'obstinait à porter des cravates d'une laideur exceptionnelle dont le nœud glissait toujours vers la droite. Elle n'avait pas pu s'empêcher un jour de lui demander pourquoi il portait toujours la même chemise. Il lui avait expliqué qu'il y avait déjà quelques années il en avait acheté deux douzaines strictement identiques et qu'il pensait ainsi être paré pour les cinq années à venir. Elle lui avait dit trouver étrange qu'il n'en ait pas pris de différents coloris ; il avait répondu que ce n'était pas plus étrange de prendre vingt-quatre chemises semblables que vingt-quatre chemises différentes. Il avait précisé que, de toute façon, dès qu'ils sortaient de leur bureau, tous les psychiatres étaient plus ou moins fêlés. Elle était tombée sur ce point particulier d'accord avec lui et c'est à partir de cet instant que leurs rapports changèrent, cessant d'être totalement conflictuels.

Ils se rejoignirent devant la cheminée des horreurs.

— Si vous ne me dites pas que vous me lâchez, dit Laura, je me réfugie dans le délire paranoïaque le plus aigu que je puisse trouver.

Il soupira, tenta de redresser sa cravate et mit les mains dans ses poches, ses pantalons trop longs tire-bouchonnant sur ses chaussures. Il les regarda d'un air navré.

— Essayez des bretelles.

Il haussa les épaules.

— J'ai déjà des bretelles, mademoiselle Brams.

Il les fit claquer pour attester la véracité de son affirmation et précisa :

— J'ai des bretelles mais elles me sont inutiles : je n'ai pas d'épaules.

— Vivez assis.

— C'est la raison pour laquelle je me suis fait psychiatre. Avec des épaules, j'aurais sans doute tenté une carrière de docker. J'ai toujours aimé l'odeur des cales et des ports. Vous pouvez partir quand vous voulez. Vous êtes aussi normale que la moyenne des gens qui passent derrière ce mur, c'est dire s'il n'y a pas de quoi crier au miracle, mais vos problèmes avec l'antiquité égyptienne sont terminés.

Les yeux de Laura brillèrent. Elle dut se retenir pour ne pas lui prendre le bras.

— Je vous enverrai des chemises, des vraies, de toutes les couleurs.

Il leva un bras apaisant.

— Un petit tour dans le parc... Nous l'avons bien mérité.

Ils sortirent. Il faisait beau cette après-midi-là. Le parc était plein de petits bruits cassants : brindilles, feuilles sèches, écorces, tout semblait se rétracter et se fendiller sous un soleil jaune. Laura serra contre elle sa veste de laine et leurs semelles s'enfoncèrent dans un univers de sons brisés, de détonations minimes, de tiges rompues. Elle aspira l'air froid et pensa que cet oxygène qui brûlait ses poumons appartenait à une femme saine et heureuse.

— Une question de coquetterie, docteur Loudart : est-ce que je fus un cas intéressant ?

Il semblait ne jamais éprouver de surprise quelle que fût la remarque ou la question que l'on fît.

— Pittoresque, dit-il, peut-être pas vraiment intéressant, mais pittoresque.

Elle rit. Les arbres au-dessus d'eux mêlaient leurs branches comme un réseau régulier de poutrelles. La nature, ici, ne connaissait pas la folie...

— Le monde qui nous entoure offre à tout un chacun non seulement une infinité de sujets de névrose mais encore la possibilité d'y échapper par une infinité de moyens. Le paranormal en est un. Vous l'avez choisi comme beaucoup d'autres.

« N'ayant pas d'attrait particulier pour ce domaine, et ayant rencontré pas mal de cas semblables au vôtre, je ne vous classerai donc pas — même si votre fierté en souffre — dans les cas exceptionnels qui bouleversent la vie d'un psychiatre.

— Vous avez eu beaucoup de patients pour qui la réincarnation...

— La mort est tout de même une grande et insupportable affaire... On peut penser que ceux qui tentent d'en percer le secret, même s'ils s'y prennent de façon apparemment bizarre, ne sont pas si insensés qu'il y paraît... Ce n'était pas votre cas d'ailleurs : la mort ne vous hante pas.

Laura sentait le froid percer ses défenses.

— Je n'ai rien contre les médiums, astrologues, cartomanciennes et autres joyeux devins, tous ceux qui s'adonnent à ce genre de sports y trouvent d'une certaine façon leur équilibre, voire leur bonheur. De toute façon, que l'on pratique le basket-ball, la théologie, la voile ou la chiromancie, il s'agit toujours d'échapper au néant.

Derrière la villa, le parc s'enfonçait dans les fourrés, les chemins se diversifiaient et aboutissaient à un bassin de rocailles, l'eau coulait sur une pellicule de vase verdâtre, silencieuse contre la mousse. C'est vers cet endroit qu'ils se dirigèrent.

— La difficulté en ce qui vous concerne, poursuivait Loudart, c'est que vous êtes encore plus rationnelle et solide que vous ne le croyez. Lorsque vous rencontrez un phénomène contre lequel votre sérénité bute, la rencontre est violente : vous êtes un coffre-fort, un coffre-fort de certitude, le doute ne peut pas s'infiltrer, il doit faire sauter la porte. Le résultat c'est qu'au lieu de vous poser des questions tout tranquillement, vous vous retrouvez en pleine nuit en train de patauger dans la neige et les pharaons.

— Mais le professeur Loudart arriva et remit les choses en place.

À deux mains il remonta son pantalon.

— J'aime bien les bouquins de votre ami, ma femme plus que moi, mais j'avoue que, dans un genre que je ne supporte pas, c'est ce qui se fait de plus supportable. Puis-je jouer les voyants ?

— Je vous en prie.

— Ne vous considérant ni comme Balance, Gémeaux ou Bélier, mais comme coffre-fort, vous allez tout faire pour l'épouser.

Elle frissonna.

— Je crains qu'il soit un peu réticent, mais je peux en effet tenter le coup. Est-ce qu'attraper une pneumonie parachèverait ma guérison mentale ?

— J'ai pensé quelquefois que pour toute une catégorie de schizoïdes un avatar physique relativement sérieux pouvait aboutir à une concentration de l'esprit sur le corps tout à fait bénéfique...

Ils rebroussèrent chemin. Elle pensa qu'à cette heure Michel devait être chez lui. Elle eut envie qu'il fît là-bas aussi beau que dans ce jardin et que par sa fenêtre le ciel fût dégagé, qu'il pût voir les toits de Paris descendre vers les hautes tours des banlieues lointaines... Un homme l'attendait là-bas, c'était simple, bébête comme un roman-photo ou un film de dimanche soir à la télé. Elle savait qu'avec lui elle pourrait faire un bout de chemin de vie...

Loudart lui tendit la main.

— Adieu, Laura Brams, je ne peux plus rien pour vous : vous êtes désespérément saine d'esprit.

La main était chaude dans la sienne. Peut-être avait-elle été un court moment le seul foyer d'un univers froid.

— Je vous souhaite des malades plus spectaculaires que moi.

Elle se sentit émue. Elle l'avait détesté une longue semaine, il n'y avait plus à présent qu'un homme sous les arbres, un homme plein de savoir, de patience, il connaissait tout d'elle, l'avait aidée et elle ne le reverrait plus.

Elle se détourna brusquement et prit la direction de la villa. Son pas était ferme, elle soulevait à chaque enjambée des myriades de crissements, broyant les nervures des feuilles mortes craquantes comme de légers et imperceptibles squelettes.

C'est dans cette même après-midi, vers quinze heures trente, que Laura prit le car qui l'emportait pour toujours loin de la clinique Winterwoor.

Son visage décharné plaqué à la grille, Sylva agita longtemps ses doigts diaphanes, bien après que la voiture eut disparu.

XI

... DANS L'ÂME DU GRAND TEMPLE

— Un palace désert et glacé, dit-il, avec des vérandas en fer forgé donnant sur les plages désertes... On arrive, on est seul... Un maître d'hôtel chenu et vacillant s'avance... Il est né avec le siècle, les couloirs sont vides, nous avançons, enlacés dans cet univers d'autrefois...

— Ce qui est marrant, remarqua Yann, c'est que tes envies ressemblent aux navets qu'on passe à la télé.

— C'est exact, dit Michel, je rêve au ras des navets, c'est la force des grands écrivains populaires, en plus, c'est reposant. Je suis un adepte forcené du navet.

Laura donna deux tours supplémentaires de moulin à poivre, battit la sauce à la spatule et eut un coup d'œil sur sa montre. Il restait trois minutes. Elle prit le verre de scotch qu'elle avait posé sur la cuisinière et revint au salon.

— Ce qui me semble plus curieux, c'est que tu es incapable d'imaginer le bonheur autrement qu'à travers un voyage. Cela m'a frappée dès le début. C'est très net chez toi : la liberté, l'amour et le bonheur ne se conçoivent que dans un déplacement.

Michel se versa une nouvelle rasade de Southern Comfort. Depuis qu'il avait découvert le whisky sudiste, il lui restait fidèlement attaché. Il faudrait qu'il place une phrase sur le Southern Comfort dans un roman, peut-être lui en expédierait-on une caisse.

— L'ennui avec les femmes vraiment intelligentes, c'est que les complications plus ou moins retorses de leur entendement ne les empêchent pas de faire des constatations d'évidence. Ce que tu viens de proférer est parfaitement exact et j'en reste comme deux ronds de flan, car je ne m'en étais jamais aperçu : mes grands moments de joie se déroulent en effet dans l'exception du voyage, état intermédiaire et passager.

Yann Belley croisa les doigts derrière sa tête.

— Et tu expliques cela comment ?

— J'appellerai cela le réveil du nomade... Sédentarisé depuis des millénaires, du citoyen domestiqué et lamentable, amolli par le miel du confort, voici que l'aventurier jaillit, Hercule s'évade du jupon d'Omphale, il délaisse le canevas pour retirer du porte-parapluie où il se rouillait le glaive triomphant. Il entraîne alors sa bien-aimée sur les chemins poudreux et ensoleillés de la vraie vie.

Yann eut un sifflement bref.

— Grande forme, dit-il, j'en ai oublié le début de la conversation... D'où tout cela est-il parti ?

— Venise, dit Laura. Un palais vénitien sur une île avec gondole funèbre sortant de la brume.

Blazier alluma une cigarette et la pointa avec force vers son interlocutrice.

— Cette femme refuse Venise, les pigeons de la place Saint-Marc au matin, les coïts éclairs dans le dernier vaporetto, le chianti glacé devant les vagues du Lido, le whisky du Harry's Bar... La nostalgie des balcons désertés... L'Europe se mourant dans une mer languide, Venise l'épuisée... Les mandolines expirantes de la nuit des doges... Le tout avec un écrivain de talent... Je serai Hemingway, tu seras ma comtesse, viens Laura, nous tirerons dans les soirs incendiés toute l'Italie après nous.

— Raviolis ! dit-elle.

Elle courut à la cuisine, coupa le gaz sous la marmite bouillante…

Yann rit. Depuis longtemps il n'avait pas trouvé son ami en une telle forme.

— Elle a raison, dit-il, pourquoi tiens-tu tellement à partir en voyage ? Elle a l'air ravie d'être ici, pourquoi compliques-tu à plaisir ?

Blazier haussa les épaules.

— Je suppose qu'on ne peut pas appeler Venise une complication…

Ils se levèrent ensemble et gagnèrent la table. Avant de s'y asseoir, l'écrivain rajouta une bûche à la cheminée d'angle. Il faisait chaud mais il aimait la vision des flammes.

Dans un plat de faïence, les raviolis fumaient, nappés de sauce.

— Bon sang, dit Yann, j'en salive.

— Seules les Hollandaises savent faire la cuisine italienne, dit-elle.

Avec enthousiasme, Blazier plongea sa fourchette dans son assiette. C'était parfait. Il avala, fermant les yeux de volupté. Sa main cercla le poignet de Laura.

— Maintenant je sais que ne je peux pas te laisser partir… Yann, sers le vin.

Ils terminèrent le plat sans un mot, à une vitesse record.

— Une minute trente-sept, dit Michel, record battu.

Laura poussa un soupir d'aise et étendit ses jambes sous la table. Ils burent en savourant le bourgogne épais et soyeux que Yann avait apporté avec des soins de mère pour son nourrisson.

— Pourquoi cherches-tu à partir, dit Laura : tu as ici une femme, un ami, du vin, du feu, et je peux te préparer des raviolis quand tu veux. Que cherches-tu d'autre ?

— Un écrivain est un être tourmenté, dit-il, imprévisible et infiniment fragile, la moindre contrariété et son œuvre si longtemps mûrie et méditée n'est plus qu'un fatras de mots en dérive dans le maelström de son désespoir.

— Il y a des fraises, annonça Laura, et aussi du fromage.

— Les deux, dit Michel. Je vais les chercher.

Laura Brams regarda le professeur. Elle pensa qu'il devait se faire chahuter.

— Yann, aidez-moi à lui faire comprendre que j'ai envie de passer ici quelques jours calmes, que j'aime cette maison, ce quartier et cette ville...

Yann battit des paupières. La chaleur monta dans son dos avec la flamme. Michel revint, les bras chargés.

— Je parie que tu ne l'as même pas emmenée au cinéma voir une de tes spécialités.

Elle le regarda d'un œil interrogateur.

— Méfiez-vous, dit Yann, il a quelques coups dangereux qu'il faut savoir déjouer : il m'a traîné un jour dans un cinéma du bas dix-huitième. Je voulais voir un Bergman, il a fait semblant de s'être trompé de salle et nous avons vu, pour une somme infiniment modique je dois le reconnaître, *Kung-Tsé le justicier des montagnes jaunes*.

— *Rouges. Des montages rouges*.

Yann fit tourner le vin sombre dans son verre.

— Ça ne change pas grand-chose au film.

— Tu dis *La Chevauchée fantastique,* tu ne dis pas *La Chevauchée extraordinaire,* pourquoi dis-tu *Le Justicier des montagnes jaunes,* alors que c'est le justicier *des rouges ?*

— J'ai dû être influencé par la couleur des acteurs.

— Argument totalement raciste. On ne doit jamais écorcher le titre d'une œuvre. J'ai écrit un jour un bouquin qui s'intitulait *Les Aubépines d'Hautecombe* et ma voisine de palier n'a pas cessé de me dire pendant plus de six mois à chaque fois qu'elle me rencontrait : « J'aime beaucoup votre dernier... *Les Églantines de Belletour,* c'est votre meilleur... » Depuis je suis attentif et respectueux, même avec des œuvres que les non-initiés peuvent juger mineures.

— Emmène-moi dans un cinéma du dix-huitième, dit Laura, je crois que j'aimerai.

Blazier coupa dans le parmesan une tranche épaisse.

— Je ne me battrai pas contre vous deux, le chevalier range à l'écurie son destrier fougueux et retourne au foyer chaleureux, une fois de plus le nomade s'efface sous la pantoufle écrasante du domicilié.

Elle l'embrassa légèrement sur l'aile du nez.

— Allons au cinéma, dit-elle, dès demain, des trucs de Hong Kong, avec des sabres...

Blazier soupira et leva son verre.

— Honneur au vaincu, dit-il, ce soir j'ai échangé Venise contre un karaté.

Les deux autres s'unirent à ce toast et vidèrent leur verre.

Laura Brams était à Paris depuis quatre jours et Michel l'avait emportée dans un tourbillon touristique dont il était le spécialiste. Dès les premiers jours ils se retrouvaient au fin fond du quinzième arrondissement dans les locaux désaffectés de l'ancienne manufacture des tabacs et allumettes. Après un pourboire au gardien, les grilles avaient grincé. Ils étaient au cœur d'un décor lépreux de machines à roues dentées, poulies rouillées, escaliers vertigineux et ferraillant, poutrelles surplombant des salles géantes.

— Terrible, non ?

Elle avait regardé autour d'elle, cela tenait de la prison, de l'usine du début du siècle industriel et inhumain. Difficile de croire que derrière les hauts murs de brique noire Paris était là, le grand cœur battant et lumineux de la ville...

Michel rayonnait, ils avaient marché longtemps à travers l'entrelacs des hangars, montant les escaliers, pénétrant dans les vestiaires déserts, les cuisines géantes et mortes… Tout un univers oublié… Des hommes avaient vécu et sué ici…

— En plein Paris, jubilait Michel, tu te rends compte !

Elle avait ri de son enthousiasme et il lui avait annoncé la couleur : si elle n'était pas sage il l'emmènerait le long des quais de la Seine dans les banlieues grises : Ivry, Vitry, Choisy-le-Roi… Ils finiraient en beauté par une lente balade le dimanche après-midi le long des rideaux de fer des boulevards du nord de la ville, les quartiers aux immigrés transis, traînant leur solitude derrière les ponts des gares sombres, sous les passerelles des métros aériens, dans l'odeur des chiens perdus et des vieilles salades…

— Je ne te montre pas le Paris de tout le monde…

Elle aimait sa folie, cette fantaisie joyeuse, souvent absurde qui le prenait surtout lorsqu'il était heureux. Il lui avait fait tout de même une concession pour se faire pardonner la visite de la manufacture : l'Opéra le soir même.

On jouait *Tosca.*

Laura aimait la musique italienne… Elle avait voulu se changer, mettre une robe, des chaussures… Il avait refusé, cela faisait partie du jeu, elle s'était retrouvée en jean et blouson au milieu des robes du soir.

— Ils ne me laisseront pas entrer.

— Dans ce cas, je fais fermer l'établissement.

Tout s'était bien passé. Dans l'escalier d'honneur on avait reconnu Michel, deux vieilles dames à poudre de riz et fond de teint format mortier ; elles faisaient partie du décor comme les torchères, les statues et les tapis rouges. Hors de ces lieux de marbre et d'or, elles devaient s'effriter, vieillardes de plâtre conservées dans le double formol de l'argent et de la musique.

— Regarde…, deux admiratrices, elles ne te quittent pas des yeux.

Elle s'était moquée de lui sur ses succès auprès du troisième âge, elle se cramponnait à son bras, elle était vannée, soûlée de paroles, heureuse. Elle constatait avec une satisfaction sans bornes qu'elle était amoureuse et fonçait tête baissée dans ce bonheur.

Elle avait eu, lorsque le lourd rideau s'était levé, une émotion qui lui avait mis les larmes aux yeux : dans le doux vibrato des cordes, des prêtres passaient en lente procession sous les voûtes d'une église italienne, les chœurs, la gloire triomphante du ténor... Depuis très longtemps elle n'avait plus écouté de musique.

Sa vie allait changer sans doute... Si elle s'installait près de Michel elle aurait plus de temps, Inge tiendrait la pharmacie, ils voyageraient, ils iraient à la Scala, dans ces lieux de velours et de luxe dont elle savourait en cet instant le charme...

Anton Brams aimait Puccini... Elle se rappelait les airs le matin dans la vieille maison, la voix de soprano montait, courait le ressac, son père écoutait sur le divan de repos dans la salle du bas ; la tête du pick-up étant trop légère, il y déposait une piécette pour la lester davantage...

Dernier acte. Sur le devant de la scène vide, Cavaradossi attend dans l'aube romaine la mort proche... De la haute tour du château Saint-Ange, le gardien se penche... Dans la campagne, le long du Tibre, les bergers rentrent les troupeaux, la voix lointaine du pâtre s'élève, bientôt la montée du jour noiera les étoiles dans un azur irrémédiable... Ce sont les derniers remparts de la nuit, le ténor chante le *Lamento,* la vie envolée, l'amour fou pour Floria Tosca... Les yeux de Laura s'embuent. « *Che lucevan le stelle* »...

Elle partira dans trois jours pour Amsterdam, réglera tout. Une nouvelle vie, Laura, il était temps... Elle reviendra souvent voir Télé mais elle le sait, les visites s'espaceront, l'enfance est bien morte, il n'est pas vrai que l'on aide quelqu'un en lui sacrifiant sa vie, elle ne peut plus rien pour son frère à présent, il est un homme, un aveugle — je t'aime toujours, petit frangin, mais je ne suis plus le monde pour toi, on ne peut pas vivre en étant les yeux d'un autre.

La voix du ténor gonfle, monte, éclate… Le contre-ut, la note lancée, la haute plainte, la douleur la plus aiguë, l'instant où la musique et la souffrance se confondent dans le tonnerre de l'orchestre et le déchirement de la voix torturée…

Fracas des applaudissements, Laura se tourna vers Michel, elle le sent troublé en cette seconde, secoué par cette force, par cet art de sanglots et de tempête… Elle cherche sa main, la serre… D'autres émois viendront… Ils ont pris la vie ensemble, un peu tard peut-être mais quelle importance… Le chemin est encore long…

Les jours qui suivirent furent sans doute les plus rapides qu'ils vécurent… Ils faisaient terriblement l'amour, marchaient et s'écroulaient dans l'arrière-salle de cafés sombres qu'il choisissait avec un instinct très sûr : on y trouvait de vieux hommes en casquette, belotant sur des toiles cirées… La patronne tricotait dans le lent sifflement du percolateur, des chats rôdaient sur les banquettes crevées. Ils s'ingéniaient à voler un cendrier dans chacun d'eux et eurent bientôt une collection imposante.

Finalement, ils ne virent pas de karaté, mais une après-midi de pluie, Michel remonta le col de son imperméable et prit Laura par le bras, ils coururent évitant les flaques, soulevant des gerbes d'eau glacée, ils finirent par s'aplatir devant la caisse d'un cinéma porno.

— Deux places.

La caissière leva un œil torve derrière son *France-Soir*.

— Quel « film » ?

Ils regardèrent les affiches avec perplexité. C'était un complexe de six salles. Laura se décida la première :

— *Lycéennes en chaleur,* dit-elle. Ça me rappellera ma jeunesse.

Le long regard écœuré de la caissière n'entama pas sa résolution.

Blazier soupira.

— J'eusse préféré *Tout dans la culotte,* dit-il.

Derrière la vitre le journal battit des feuilles.

— Faut vous décider, quel « film » ?

— Remarque, dit Laura, *Gamines expertes,* ça n'a pas l'air mal.

— Je l'ai vu trois fois, dit Michel, c'est surfait. On pourrait essayer *Je suis vicieuse.*

Ils optèrent en fin de compte pour *Les Minettes en folie.* La caissière leur tendit les billets dans le silence qui précède les tremblements de terre.

Dans la salle, sorte de long placard étroit aux fauteuils crissants, trois spectateurs disséminés fixaient l'écran dans une atmosphère de cathédrale.

Sur l'écran, deux starlettes se chatouillaient en technicolor avec des gloussements à la post-synchronisation tardive. Laura sentit le fou rire amer... La salle empestait la cacahuète et le vieux mégot.

— On aurait dû choisir *Pénétrations lentes,* chuchota Michel, j'ai horreur des histoires de lesbiennes.

Sur l'écran la porte s'ouvrit. On l'entendit s'ouvrir après qu'on l'eut vu se refermer et un homme apparut, il ouvrit la bouche, remua les lèvres dans le vide et sourit. Dix secondes plus tard on entendit : « Salut les filles. »

— Étonnante modernité des dialogues, souffla Michel.

Un des spectateurs se retourna ; éclairé par l'écran, son profil de tortue se découpa. Il lança un « chut » furieux.

L'action se déroulait, passionnante.

Une fille agita la bouche en silence et le visage de l'homme apparut à nouveau en gros plan tandis qu'une voix flûtée sortait de ses lèvres. « Vous pourriez quand même frapper avant d'entrer, monsieur Édouard ! » dit-il.

Laura laissa fuser un rire inextinguible. Blazier l'entraîna dans les exclamations rageuses des trois spectateurs.

Ils se retrouvèrent sur le boulevard.

— Je n'ai jamais vu quelqu'un de moins fait pour le porno que toi, dit Michel.

Elle se colla contre lui. Leur haleine montait dans l'air froid.

— Tu sais très bien que tu viens de faire un gros mensonge, ou alors c'est que tu n'as vraiment aucune mémoire.

Il l'embrassa tout en marchant. Il tombait une neige fondue qui rayait le ciel comme la mauvaise pellicule d'un vieux film.

— Offre-moi un verre, dit-elle, pas dans un de tes cafés pourris habituels, quelque chose de majestueux où je puisse faire sécher mes vieux os.

Il héla un taxi et donna l'adresse du Crillon.

Il la regarda se prélasser dans le cuir des vieux fauteuils... Un piano invisible enchaînait les airs de jazz. Ils imaginèrent un pianiste noir aux doigts courts égrenant les notes lentes et détachées au fond d'un bar désert d'un vieil hôtel de la Nouvelle-Angleterre. Michel avait aimé cet endroit : le bois ancien des meubles brillait dans la lumière tamisée...

Ils prirent chacun un cocktail différent, au nom compliqué et aux couleurs tendres.

— Je ne viens plus guère ici, dit-il, j'ai toujours peur de tomber sur un écrivain.

— C'est vrai que tu ne risques guère d'en trouver dans les bistrots que tu fréquentes d'ordinaire.

Ils burent ensemble. Michel fit tourner le liquide dans sa bouche, claqua de la langue, huma le breuvage, mira la couleur dans la lumière, but une deuxième gorgée et se renversa sur son siège avec un sourire béat.

— Infect, conclut-il.

Elle prenait quelquefois un air profondément maternel qui le bouleversait.

— On est très bien ici, constata-t-elle. Il y a des endroits d'où l'on ne peut sortir qu'avec des palans. Il en faudra plusieurs pour me tirer d'ici.

Il poussa un gémissement qui la fit sursauter.

— Yann, dit-il, j'ai oublié Yann !

Il l'avait invité pour le soir même. Laura aimait bien l'éternel professeur, ses bredouillages, cette amitié qui reliait les deux hommes.

Ils finirent leur verre, filèrent à toute allure, firent arrêter le taxi devant une épicerie et elle jetait les raviolis dans l'eau bouillante lorsque Yann avait sonné.

À deux heures du matin ils parlaient toujours... Lentement, elle succombait au charme de ces nuits bavardes... Les hommes buvaient des alcools blancs et parfumés, elle entretenait le feu en gardienne attentive ; les livres, les tableaux autour d'elle exerçaient une curieuse impression d'apaisement, il devait exister un mystère des lieux, elle savait que ceux-ci lui étaient bénéfiques, ici elle serait heureuse, elle l'était déjà.

Elle se réveilla lorsque le jour filtrait par les rideaux. Elle était étendue sur le canapé, encore habillée. Michel avait glissé un coussin sous sa tête et l'avait bordée dans une couverture. Il dormait sur le fauteuil à quelques mètres d'elle, les jambes étendues, les pieds dans le grand cendrier au milieu des verres sales et des bouteilles vides.

Elle pénétra dans la cuisine et confectionna un café sévère, d'un noir d'enfer, qu'elle but debout en regardant au-delà de la longue coulée de la ville le ciel s'éclaircir derrière les zones pâles des premières banlieues. Elle resta longtemps ainsi, immobile, tandis que les fenêtres s'éclairaient dans les maisons voisines. Elle alluma sa première cigarette et mit la radio en sourdine. Il était six heures.

Le premier flash d'information.

C'était étrange. Il y avait des voix faites pour n'annoncer que des absences de nouvelles. L'homme qui parlait semblait être fait pour ne relater qu'une activité tiède. C'était le cas ce matin-là. Le Sénat américain faisait des misères à Reagan. Andropov raidissait la position vis-à-vis de Pékin... Au Conseil des ministres on parlerait de la Sécurité sociale.

Elle se versa une nouvelle tasse.

La voix morne débitait les habituelles et banales dépêches d'agence dans toute leur fadeur.

« Une découverte archéologique d'importance vient d'avoir lieu sur les bords de la mer Noire, le long des côtes turques, près du petit village d'Ineboul. Différents objets enfouis dans le sable et sous les algues qui recouvrent les récifs ont été découverts, en particulier des statues funéraires de grès datant du début du Nouvel Empire égyptien. La pierre dure a résisté à... »

L'explosion réveilla Michel.

Cela venait de la cuisine. Il s'ébroua, chassant la migraine qui serrait ses tempes. Debout, il oscilla sur ses jambes et traversa le salon.

Elle était à genoux devant des fragments de faïence.

— Une tasse en pur Limoges, gémit-il.

Il s'interrompit lorsqu'elle tourna son visage vers lui.

— Non !

Ce dont il devait se souvenir fut d'abord ce refus total de tout son être que quelque chose ait pu survenir qui avait d'un coup ramené les terreurs passées. Rien ne pouvait avoir eu lieu, ils se trouvaient à Paris, dans cette cuisine, un monde familier, chaud, ils étaient ensemble, le bruit des premiers autobus montait jusqu'à eux... Pas une seule fois depuis le retour de Laura le moindre sous-entendu, la moindre allusion n'avaient surgi concernant cette histoire folle, tout étant réglé depuis son retour de Winterwoor.

Il s'accroupit à ses côtés et releva la mèche qui cachait son œil droit.

— La radio, dit-elle.

Il se tourna vers le poste. Une chanson, une voix de femme, brésilienne, une musique molle, balancée, avec des cordes mouillées, un rythme lent et opiniâtre, le genre de chose qu'il exécrait.

— Kadar s'était trompé, dit-elle... Mais il n'a pas menti.

Il sentit le frémissement des épaules et la serra contre lui.

Les mains de Laura se crispèrent sur les morceaux brisés de la tasse.

— Qu'est-ce qui s'est passé ?

— On a retrouvé les statues à l'endroit où il plongeait, c'est cela qu'il a vu.

Il se releva, ouvrit la porte du réfrigérateur et chercha quelque chose de glacé à boire pour dissoudre le restant de nuit intérieure... Seul le froid avait ce pouvoir... Il ne trouva que de la bière, ce devait être répugnant si tôt, mais il n'y avait pas le choix. Il décapsula et but à même la bouteille, avalant la mousse brûlante et ferreuse... Des milliers de particules explosèrent dans sa tête, dégageant des brumes.

— Kadar a cru voir un squelette et c'était une statue. Tu veux m'expliquer ce que cela change ? Ça ne remet pas une seconde debout toute cette connerie qui commence à me sortir par les oreilles...

Il continua à parler tout en entendant sa voix monter et vibrer d'une colère qui le submergeait... Il s'arrêta et constata que ses mains tremblaient contre la bouteille. Il parvint à se maîtriser. Elle vint à lui et posa ses doigts sur sa bouche.

— Tu as raison, cela ne change rien, mais comprends que cela ait pu me faire un choc.

Il s'en voulut de cette perte de contrôle, tout était si parfait depuis son retour.

Il descendit acheter des journaux mais ne trouva rien concernant la découverte.

Laura sortit seule cette après-midi-là, elle avait décidé de courir les magasins et préférait le faire sans lui. Cela arrangeait Michel qui détestait ces endroits houleux et factices et dont les vendeuses lui semblaient toujours osciller dangereusement entre l'obséquiosité dégradante et le je-m'en-foutisme cavalier... Il déjeuna seul d'un quart de pizza sur un comptoir près de la gare Saint-Lazare et traîna dans le quartier, surveillant les kiosques à journaux.

C'est à l'angle de l'avenue de l'Opéra, devant le Café de la Paix, qu'il trouva ce qu'il cherchait. Parmi les magazines bariolés, la colonne blanche à découpe rectangulaire des exemplaires du *Monde* tranchait par son austère sobriété. Il acheta le premier numéro. L'article était en vingt-septième page, quinze lignes à peine... Il était difficile de connaître l'importance de la découverte, les plongeurs avaient ramené des pièces assez nombreuses dont un couvercle de sarcophage... L'endroit difficilement accessible et sableux nécessitait l'emploi de moyens techniques que le gouvernement turc ne possédait pas... Les experts présents sur place dataient la découverte d'environ 1550 avant J.-C. Il s'agissait d'un bateau en provenance d'Égypte, qui était venu couler là, surpris sans doute par une tempête ou victime d'une voie d'eau. Le département des antiquités du musée d'Istanbul avait envoyé des spécialistes.

Blazier relut deux fois l'article. Il serait étonnant qu'on en parle davantage, peut-être un magazine s'y intéresserait-il, enverrait des photographes, un reporter... Par acquit de conscience il acheta *France-Soir,* mais ne trouva pas trace de l'événement.

Il s'installa dans le café de la place où il devait retrouver Laura. Il avait encore une heure devant lui. Il commanda un vin blanc et alluma une cigarette.

Il avait du mal à faire le point, à se rendre compte en quoi cette nouvelle bouleversait l'interprétation du professeur Loudart. En fait, elle ne la bouleversait en aucune façon, simplement Kadar avait déliré à propos d'une réalité aujourd'hui constatée comme certaine, mais cela restait toujours un délire. Un point nouveau demeurait troublant : Kadar s'était réellement trouvé en face d'objets appartenant à la 18e dynastie.

Au musée de Hollande, au British Museum, dans les flots tièdes des rivages méditerranéens, par trois fois la même époque surgissait... Le hasard peut-être, ou alors c'est sous Akhenaton et ses proches prédécesseurs et descendants que la production avait été la plus importante : plus d'artistes, plus de richesses, plus de commandes... Cela aussi devait pouvoir s'expliquer.

Il souffla la fumée par les narines. Le bar était presque vide. À l'opposé de lui un couple très jeune, aux faciès douloureux et contractés : une explication tendue. Pardessus la table de marbre, le garçon avait voulu prendre la main de la jeune fille, elle l'avait retirée... Autrefois il aurait tendu l'oreille, tenté de saisir une réplique pour la replacer dans un de ses propres dialogues. Cela ne l'intéressait plus : il avait à vivre aussi ses problèmes, il n'était plus simplement un spectateur, il avait cessé de n'être qu'écrivain et ne s'en était même pas aperçu.

Le vin était bon. Un vin de Loire, pâle et fruité. Il y avait un contraste entre la couleur sans vie et la violence du parfum.

Le couple paya et disparut... À la ligne de leurs bouches il comprit que rien n'avait été dit ni réglé... Rien, jamais, n'apaiserait rien, ils n'avaient pas dû comprendre encore que leurs voies s'étaient depuis longtemps séparées et que tout s'était passé à leur insu. Il commanda un deuxième verre et vit à travers le double jeu de glaces le taxi s'arrêter devant la porte. Elle en sortit avec un imperméable de coupe militaire, l'uniforme des gangsters et des policiers dans les séries B américaines de l'après-guerre, elle portait un feutre de voyou et cinq paquets de grandeur différente sous chaque bras.

Il ouvrit la porte et aida au déchargement. Il y en avait encore sur le siège arrière. Elle s'installa avec un soupir heureux, fouilla dans l'amoncellement, en sortit une boîte grande comme un carton à chapeaux recouverte de papier doré et la posa sur les genoux de Blazier.

— C'est pour toi.

Il se mit à rire. Elle avait la manie des cadeaux énormes et encombrants. Quelques semaines avant de partir pour Winterwoor elle lui avait offert un fauteuil tournant pour son bureau, des bandages de cuir tendus sur des bras d'acier, le tout avait un air d'hôpital de grand luxe, elle lui avait expliqué que les écrivains finissaient en général paraplégiques et qu'il valait mieux prendre ses précautions. En fait, c'était un siège magnifique dans lequel il se sentait bien, il avait mis au rancart le vieux voltaire qui lui brisait les reins.

— Je déballe ?

— Tu déballes.

C'était très lourd, le ruban résistait, il n'avait jamais su défaire les nœuds, une malédiction depuis l'enfance : il tirait toujours sur le mauvais côté.

— Donne-moi ça !

Il la laissa opérer en ayant l'impression d'être un écolier fébrile et maladroit laissant les besognes compliquées aux doigts expérimentés des grandes personnes.

— Voilà.

Il ouvrit le couvercle et ses paumes se refermèrent sur la pierre froide. Il souleva l'objet. Le visage entre ses mains le fixait d'un œil las. Le sourire semblait sans force, le cylindre de la barbe tressée prolongeait le menton faible.

— Akhenaton, dit Laura. Michel Blazier-Akhenaton, Akhenaton Michel Blazier.

Il regarda le buste stupéfait. Les pommettes hautes, les yeux étirés presque asiatiques filant sur les tempes, le cobra lové sur le front : le masque du pharaon.

Laura sourit.

— Il te plaît ?

Il avala sa salive, c'était une superbe reproduction. C'était étrange de voir sur une table de café, entre les verres, les cendriers, les réclames d'apéritifs, avec un fond sonore de juke-box, la face maladive et hiératique d'un souverain de l'ancienne Égypte.

— Je t'ai tellement cassé les pieds avec cette histoire, dit-elle, que je te devais bien une très faible compensation.

Insensiblement, le poids qui était sur sa poitrine depuis le matin se déplaça.

— J'ai hésité entre lui et un moulage de Néfertiti mais j'ai pensé que vous pouviez devenir assez rapidement copains tous les deux.

Il se pencha par-dessus la table et l'embrassa.

— Tu es cinglé, dit-il, encore plus que je n'aurais osé souhaiter l'espérer.

La paix montait en lui, elle avait splendidement réagi, ce cadeau désamorçait le drame qu'il avait senti poindre avec l'annonce de la découverte à la radio, tout retrouvait sa juste place. Il lui tendit le journal.

— On en parle, quelques lignes à peine, page vingt-sept.

Elle parcourut l'article rapidement, il ne put déceler le moindre changement sur son visage durant le temps qu'elle mit à lire, sa bonne humeur semblait inaltérable. Elle lui rendit le journal.

— Évidemment, dit-elle, maintenant que tu as ton cadeau, tu te moques totalement de savoir ce qu'il y a dans tout cela...

L'absence de commentaire sur la découverte annoncée

ne le surprit pas, c'était elle qui avait raison, cela n'avait aucune importance, elle ne renforçait ni n'infirmait aucune thèse, c'était si peu important qu'il valait mieux parler d'autre chose.

— J'ai crevé tous les plafonds de mon budget... comme chaque année en période de soldes. Comment tu trouves le chapeau ?

Il se laissa emporter dans le fleuve volubile de son exaltation. Rapidement, la banquette se couvrit de papiers dépliés et de boîtes ouvertes. Trois paires de chaussures, robes, tailleurs, disques pour Télé... Le garçon lui apporta un verre de blanc tandis qu'elle extirpait la basilique du Sacré-Cœur en métal doré de son emballage de papier flou.

— Hideux, dit-elle, c'est ce qui se fait de plus laid dans le genre, mais la commande était précise, Inge voulait son Sacré-Cœur.

Il la regardait, émergeant de la mer de ses achats.

Peut-être avait-il toujours rêvé d'avoir une femme semblable, dépensière, joyeuse, avec en fond de prunelle cette malice chatoyante que possèdent ceux qui ne sont pas dupes de ces petits bonheurs que procurent ces passagères démences de dépenses soudaines, mais demeurent suffisamment sages pour ne pas se les interdire sous prétexte qu'elles font partie du monde de la futilité... Il avait pour elle en cette minute tant d'amour qu'il sentit venir les larmes. Triste crétin quadragénaire, fou de cette fille pleine de rires et de vie, Laura des fins de terre, la femme claire aux yeux sombres où dormaient les diamants tendres...

— Ne pars pas demain.

Elle interrompit net son bavardage. Il n'avait pas prévu de lui demander cela, c'était sorti... Il prit la tête de pharaon et le fit tourner de façon qu'elle fît face à Laura.

— Akhenaton et moi te le demandons... Il y a encore

plein de choses à faire ici... Tu ne peux pas nous laisser.

Elle enleva son chapeau et secoua ses boucles.

— La pharmacie marche sans toi, ni Télé ni ta mère n'ont besoin de ta présence, prolonge d'une semaine...

Il la sentit troublée, étonnée de cette demande... Cela lui ressemblait peu, c'est vrai qu'il était d'ordinaire l'élément raisonnable du duo en tout ce qui concernait les décisions d'importance, et voici qu'il se mettait à faire des caprices, à lui demander de retarder un départ prévu depuis son arrivée.

— Mais enfin, pourquoi ?...

Il écarta les bras, maladroit et content.

— Je n'ai pas envie de te voir partir... Ça me paraît une raison suffisante pour te demander de rester.

Il se rappellerait le sourire qu'elle lui adressa alors... D'un geste précis elle recouvrit la couronne du pharaon de son feutre de gangster.

— D'accord, je téléphone pour les prévenir. Akhenaton est content ?

— Il en sourit d'aise.

Ils rassemblèrent les paquets et s'entassèrent avec eux dans une Peugeot dont le chauffeur tentait par tous les moyens possibles d'écraser le maximum de piétons en jurant entre ses dents chaque fois que l'un d'eux lui échappait. Les pneus gémissaient dans les tournants.

— Il va se mettre à poursuivre les gens sur le trottoir, murmura Michel.

Après une tentative avortée sur un garçon en jean dont les fesses frôlèrent l'aile gauche de la voiture, Laura se mit à l'insulter avec énergie.

Blazier paya la course et refusa de lui donner un pourboire, lui expliquant avec regret que n'ayant fait aucune victime il n'avait droit à aucune prime. Ils faillirent en venir aux mains. Le taxi s'éloigna en hurlant des imprécations.

Ils montèrent l'escalier en ahanant sous la charge.

Ils s'écroulèrent sur le lit parmi les paquets et entreprirent de faire l'amour.

— La charge de la brigade légère, haleta Michel... Quand je pense que tu as failli manquer ça...

Une demi-heure plus tard, enveloppée dans une toge drap de lit, elle composa le numéro de la maison aux Anciennes Colonnes. C'était occupé. Michel vérifia les messages au répondeur : il y en avait un de Sylvio lui demandant de rappeler, un autre de la maison d'édition, on le sollicitait pour participer à une signature de livres au profit des enfants handicapés.

Il fut tout d'abord incapable de savoir qui était l'auteur du troisième appel.

— Je suppose que vous visitez en ce moment la Sainte Chapelle ou l'Arc de Triomphe, et je m'en veux de vous déranger dans ces tâches absorbantes mais...

Il reconnut à cet instant la voix d'Aaron et monta le son pour que Laura puisse entendre de l'autre bout de la pièce.

— Je crois qu'Hildegarde est en train de faire des siennes, non pas Hildegarde elle-même qui en est bien incapable, mais le cœur d'Hildegarde dont on sait qu'il est assez farceur depuis quelques années... Si Laura peut rappeler, qu'elle le fasse, rien de grave pour l'instant mais j'aurai ce soir des nouvelles après dix-neuf heures.

Laura vint lentement vers l'appareil.

— Ta mère a déjà eu des ennuis cardiaques ?

— À plusieurs reprises.

Elle eut Aaron immédiatement.

— Laura. Qu'est-ce qui se passe ?

— Ils l'ont emportée tout à l'heure à la clinique. Ne t'affole pas. C'est sérieux mais on se sort très bien d'un infarctus même sévère. Et elle n'a après tout que soixante ans.

— C'est un infarctus ?

— C'est un infarctus.

Blazier derrière elle cherchait ses chaussures.

— J'arrive le plus vite possible.

— Désolé, Laura, mais je crois qu'il vaut mieux.

Elle sentit sa gorge se serrer.

Télé tout seul, au bord de l'océan, au cœur de la maison vide.

— J'arrive. Tu as de quoi manger ?

— Une fille va venir.

— Parfait.

Elle raccrocha. En se retournant elle vit que Blazier enfilait sa veste.

— Six heures, dit-il, si on ne s'amuse pas en route, en six heures on y est.

Ils restèrent face à face, immobiles dans la chambre sombre.

— Elle va s'en sortir, dit-elle, je le sens... Elle s'en est déjà sortie.

— Habille-toi, dans trois minutes je suis en bas avec la voiture.

La porte se referma derrière lui.

Hildegarde... Une présence dans la maison, le frôlement imperceptible des pantoufles sur les marches, son chapeau d'été sur la patère près de l'entrée... Peu de souvenirs de rires depuis la mort d'Anton... elle avait eu ce garçon aveugle... Laura et lui avaient résumé sa vie.

Elle chassa les larmes d'un revers de poignet comme un garçon mal élevé, jeta dans un sac un pull-over, une paire de bottes, une brosse à dents et enfila un pantalon... Elle jaillit dans la rue au moment précis où la Honda de Blazier pilait au ras du trottoir.

Il relança le moteur et ils filèrent sur Amsterdam.

XII

SEULES LES PIERRES S'EN SOUVIENNENT...

Hildegarde Brams mourut quatre jours plus tard, à l'aube d'un jour de neige.

Aaron était auprès d'elle, Laura dormait après quarante-huit heures de veille ininterrompue. Pendant son sommeil elle voyait encore le tracé lumineux, le mouvant graphique du monitoring qui traduisait chaque battement du cœur malade et dont elle ne pouvait détacher les yeux.

Aaron entendit mourir sa mère écrasée sous les drogues : un arrêt d'un infime son de respiration dans le silence général. Sur la moquette du couloir les roues des premiers chariots tournaient. À travers les portes, les plateaux des petits déjeuners tintaient imperceptiblement. Elle avait été une femme de silence, elle disparaissait dans un univers de ouate où ne parvenaient que des sons lointains, tamisés et familiers, le tintement d'une petite cuiller sur une tasse presque effacé par la distance était une musique qui convenait à cette femme douce et efficacement méticuleuse.

Michel Blazier dut rejoindre Paris le lendemain de la mort de la mère de Laura, il ne pouvait pas remettre un rendez-vous déjà plusieurs fois reporté et ayant trait à la signature d'un contrat d'adaptation au cinéma de l'un de ses anciens livres. L'enterrement devait avoir lieu deux jours plus tard et il remonterait en avion.

Laura régla les formalités, la vieille dame serait enterrée au cimetière de Bergelen dans le caveau familial aux côtés d'Anton Brams son époux ; quant aux problèmes d'héritage ils étaient d'une limpidité exemplaire, tous les biens mobiliers et immobiliers d'Hildegarde seraient partagés entre Aaron et Laura, les deux héritiers testamentaires. La maison aux Anciennes Colonnes leur appartenait et Aaron continuerait à y vivre.

Le deuxième jour après le décès, Laura entreprit de faire un ourlet à une de ses anciennes jupes noires. Elle s'en était servie quelques années auparavant pour les funérailles de la marraine d'Aaron, elle était seule dans la maison, on était venu chercher Télé en voiture comme chaque matin pour son travail.

Elle eut envie de thé, pénétra dans la cuisine. La mer était ce matin une plaque de marbre vert aux veines frémissantes et bleues... À l'horizon, un cœur géant devait pulser un sang violet sous cette peau liquide... Un jour on ouvrirait la mer et on découvrirait sa profondeur rouge.

Malgré le froid elle but du thé brûlant sur la terrasse... La balustrade de bois brillait de givre... Sur les dunes, les mouettes immobiles fixaient le large, hypnotisées.

Laura soupira et d'un coup de talon mit le rocking-chair en mouvement. Il lui restait à faire quelque chose qu'elle appréhendait et dont elle avait jusqu'à présent reculé l'exécution, mais à présent, le temps était venu.

Elle s'arracha avec peine du fauteuil et pénétra dans le hall.

Elle prit l'escalier et tourna la poignée de la première porte qui se trouvait sur sa gauche. Elle avait très souvent pénétré dans cette chambre. C'était celle qu'avait toujours occupée Hildegarde Brams.

Elle entra.

La pièce lui était familière mais comme sont familières les choses que l'on a connues très bien autrefois, elle se souvint d'y avoir pénétré en hurlant de terreur, de rage, de douleur ou de rire... Ces lieux avaient été le grand refuge de son enfance, ici elle s'effondrait, poursuivie par Télé, pincée par un crabe de marée basse, les bras chargés de fleurs des longs genêts qui poussent au printemps dans les replis des dunes... La chambre des sanglots, des peines et des jeux... Laura s'appuya au chambranle et, fermant les yeux, chercha de ses narines l'odeur de sa mère, une senteur de tablier repassé, de légumes, d'anciens savons.

Jamais Hildegarde n'avait modifié la disposition des meubles. Sur tout un mur les panneaux de la boiserie coulissaient, dévoilant un placard.

Elle s'y était cachée souvent avec Télé. Là, Mme Brams entreposait tout le linge de la maison, les draps, les couvertures, jusqu'aux vieux torchons qu'elle gardait et qui servaient de chiffons pour les vitres et plus tard pour Anton lorsqu'il avait acheté la première auto. Sur la partie droite les manteaux, les robes, les vêtements de la disparue.

Laura savait qu'avec chaque corsage, chaque chapeau, les souvenirs surgiraient, la robe violette des Noëls successifs, les blouses de cretonne, éternelles comme une deuxième peau.

Une douceur viendrait de ce surgissement d'images, une douleur aussi qu'il faudrait assourdir... Elle pensa qu'elle n'était plus une enfant, que la mort passait sur toute chose et qu'il y avait un moment où il ne restait plus d'une vie que des tissus flottant sur des portemanteaux. Après tout, peut-être qu'un jour une femme viendrait et ferait de même pour elle, une fille triste et jolie qui serait son enfant et celui de Michel et qui verrait, des robes déplacées et mortes, naître des souvenirs.

« Mardi 18.

Dîner d'affaires. Ce qui me gêne dans les dîners d'affaires c'est qu'en en sortant je ne sais jamais exactement si oui ou non l'affaire a été faite. Je suppose que ça doit faire partie du jeu. Je suis sorti de là plein de vin lourd et de phrases vides, incapable de savoir ce qu'il adviendrait du projet. Il est trop tard pour que je téléphone à Laura. Elle doit dormir. Je termine le bouquin de Calet.

La Fièvre des polders. *Un des plus terribles romans de sombre atmosphère qui aient été écrits... Rien à voir avec le* Tout sur le tout, *désespoir gentil et naïvement caustique, ici dans les vents humides de cette fin de monde, les rafales soulèvent les cornettes des béguines, les grand-mères semi-sorcières pissent debout en écartant les jambes sous les jupes lourdes de crasse et de tissus... Des hommes boivent sans fin des bières épaisses dans des bistrots ensablés... La mer plus haute que les terres pèse ses tonnes de mort liquide. Le pas des chevaux sonne sur la digue le tam-tam des malheurs, d'étranges maladies rôdent dans le sang vicié des familles indues qui fixent le froid derrière les canaux flamands, le cri des mouettes la nuit rebrousse les poils des ivrognes effondrés... Voici un pays que nous ne reverrons plus, mais qui aurait dit que Calet c'était aussi Jean Ray et Simenon. Lu aussi de lui* Le Grand Voyage... *un dadais plein de fric se perd dans l'Amérique du Sud des annnées 30, révolutionnaires en mie de pain, femmes jamais bandantes, sordide pédérastie, la drogue alors s'appelait la « coco », sur le pont-promenade des paquebots glissaient les jeunes friqués de l'ancien monde, ils étaient minces et pâles, fumaient des anglaises et portaient de longues écharpes flottantes, leurs pantalons trop larges leur grimpaient aux aisselles, ils cherchaient un sens à leur vie appuyés à des bastingages, les mers australes défilaient, des ports d'ennuis, ils avaient le chic pour éviter les endroits sympathiques, la malédiction dans les veines pour se trouver toujours dans des décors languissants et fluides... Roland-Garros ou les transatlantiques de la Compagnie Paquet... Cela finissait avec un mouchoir à l'éther tandis que les alizés jouaient dans leurs cheveux trop fins ou avec le portefeuille en moins et un coup de lame en plus dans une ruelle de Valparaiso, de toute façon il y aurait un drame, on ne peut être si fragile et si angelot dans ce monde à vapeur et moteur frénétiques... Calet nous dit tout cela, dans le détail, il a dû le vivre... Je ne sais rien de lui, il fut flamand dans ce rebord du monde ensablé des polders d'autrefois, jeune richissime frelaté accoudé aux rambardes des mers océanes, il fut ce gros petit bonhomme à autobus et à square du quatorzième qui devait mourir d'un infarctus, bourré de gros chagrins, si dérisoire, si malheureux... Le plus grand de tous. »*

Il posa le stylo.

Il avait froid aux pieds et c'était un réflexe. Dans ce cas-là, il arrêtait d'écrire. Un prétexte de plus, ou alors peut-être l'inspiration se situait-elle dans les orteils. Pas d'écrivains chez les Esquimaux. Il avait appelé Sylvio en début de soirée et lui avait expliqué la situation... Il fallait qu'il lui présente Laura, cela se ferait. Son fils lui avait amené une brunette en Bretagne durant huit jours d'été, une catastrophe vivante, un visage rond et buté. Lorsqu'il la rencontrait dans la maison il s'arrêtait net d'avancer, elle lui faisait penser à un stop, une face comme un panneau de signalisation. Sylvio était tombé d'accord avec lui, c'était une authentique emmerdeuse. Victime de la double fraternité virile et paterno-filiale, la malheureuse avait fui.

— Dommage, avait murmuré Michel à son fils en voyant s'ébranler le train qui l'emportait, quatre jours de plus avec nous et on en aurait fait une lesbienne.

Ils avaient le soir même fait la fête au restaurant du port, conscients d'être deux immondes salauds.

Sylvio n'était pas au courant de toutes les femmes qui avaient traversé la vie de son père, mais Michel lui avait parlé de Laura.

Il avait toujours eu la manie de présenter les uns aux autres les gens qu'il aimait. Il s'étonnait au début que l'accord ne se fît pas toujours, il était surpris à présent qu'il se fît quelquefois.

Qu'ils s'aiment ou se détestent, Laura et Sylvio se rencontreraient, c'était inévitable, ils étaient trop imbriqués à sa vie pour ne pas s'y interférer.

Presque minuit. Il eut envie de cognac, résista vingt secondes et se dirigea vers le recoin des bouteilles.

Peut-être pourrait-elle récupérer le col de fourrure.

Du renard, cela valait tout de même le coup. Sa mère avait peu porté ce manteau. Elle ne se souvenait pas de l'avoir vue avec, peut-être une fois à La Haye lorsque Anton les avait menés tous les quatre à l'exposition. Elle remit le pardessus sur le cintre. Elle ne se sentait pas le courage de toucher aux vêtements que la défunte avait portés... Hildegarde avait si peu voyagé, était si peu sortie, donc avait si peu usé... Tout était neuf ou presque, simplement les choses étaient démodées : les coupes, les couleurs, la longueur des jupes...

Dans la corbeille d'osier qu'elle avait été chercher au grenier, Laura avait mis ce dont elle voulait se débarrasser. Il faudrait donner tout cela, le brûler plutôt, il y avait quelques vieux sacs à main, des pièces de toile de coton inemployées. Pour atteindre les étagères du haut elle dut déplacer un lourd fauteuil et grimper sur les bras. Des boîtes de rubans, de dentelles, de boutons. Comme tout cela faisait vieux, comme les années opéraient sur toute chose une cristallisation particulière... elles désarmorçaient leur utilité et leur conféraient une dimension surannée... un mélange de douceur plaintive et de tendre ridicule... Il faudrait que...

Le choc rejeta Laura en arrière.

Son pied dérapa sur le bras du fauteuil et elle vrilla dans l'air. Son genou sonna sur le parquet. La douleur irradia.

C'était en haut, sous les draps. Elle avait touché quelque chose... Une boîte.

Cela venait, partant de très loin, d'un endroit qu'elle pouvait situer très exactement, c'était de l'autre côté du mur, une force qui allait la remplir, la faire gonfler jusqu'à ce que le cœur éclate... La même chose encore une fois... La cinquième fois... Elle serra les jambes comme si cette folie allait la pénétrer. Des ondes... Elle les voyait presque, tant elles étaient palpables. Cela sortait du placard... Il y avait quelque chose là-haut...

La sueur ruissela sur ses tempes. Elle serra les dents. Ne pas pleurer. Ne pas s'évanouir surtout... penser à Loudart, à Winterwoor, au parc, au bureau où elle entrait chaque jour.

Elle se massa le genou et recula sur ses fesses de l'autre côté du lit.

Je suis guérie. Je sais pourquoi tout cela a eu lieu... Je suis totalement guérie. Quelque chose se passe, d'extérieur à moi. Je veux Michel, il pourrait m'aider si...

Elle roula sur elle-même en direction de la porte. Il ne fallait pas attaquer de front mais ruser. Son cœur sonnait une charge folle.

Une femme à plat ventre dans la vieille maison au bord des vagues... Ce silence soudain... Était-il possible que la mer se soit tue... Téléphoner, aller jusqu'au téléphone et téléphoner à Télé qu'il revienne...

Malgré son genou douloureux, elle se mit à quatre pattes et franchit la porte.

Elle s'effondra sur le palier... Les ondes étaient moins intenses mais elle se sentait soûle de fatigue, la même impression qu'aux musées, que devant Kadar, qu'en Finlande, moins forte peut-être.

Tout contre son œil son poing se ferma et elle l'abattit violemment contre le sol, ébranlant le plancher.

— Merde !

Le juron résonna dans la maison vide. Elle sentit la rage venir : elle allait se battre, elle s'était trop fait avoir avec cette histoire... Réagir, avant toute chose, réagir.

Elle se leva, se dirigea en boîtant vers la salle de bains et tenta de relever la jambe de son jean. La toile était trop serrée. Elle dut défaire la ceinture et le baisser. Les chevilles entravées, elle trottina jusqu'à la baignoire, s'assit sur le rebord, faillit basculer, se traita d'imbécile et se fit une compresse d'eau froide avec un gant de toilette. Il y aurait un hématome et ce serait tout. Elle acheva de se débarrasser du pantalon en deux coups de talon, se déshabilla et prit une douche brûlante. Après quelques minutes sous l'averse serrée qui inondait son corps, elle se mit à rire, elle venait de s'apercevoir qu'elle n'avait pas arrêté depuis son arrivée dans la pièce de jurer entre ses dents.

Elle s'enveloppa d'un peignoir, et d'un pas de chasseur pénétra dans la cuisine. Droit vers le placard à balais. Elle choisit la tête-de-loup et de sa main libre s'empara du tabouret. Sifflotant entre ses dents ce qu'elle espéra être un refrain guerrier, elle remonta à l'étage.

De l'extrémité de son instrument elle poussa la porte de la chambre.

Elle retint sa respiration et se mit à avancer centimètre par centimètre.

Rien.

Son sifflotement s'accentua. Elle se sentit totalement idiote. Elle tenait la tête-de-loup comme saint Georges sa lance. Elle allait pourfendre le dragon du placard.

Sans cesser de fixer le haut de l'étagère, elle avança droit sur l'armoire et posa le tabouret. C'est alors qu'elle se souvint de ce qu'avait dit Van Starken. « Une pile, elle se décharge d'un coup, après c'est terminé. C'est ce qui explique que vous ayez pu parler à Kadar quelques instants après votre évanouissement. Vous pourriez aujourd'hui vous trouver devant le sarcophage du musée hollandais, vous n'éprouveriez plus rien... Le principe est celui du court-circuit : les plombs sautent et tout s'arrête : le courant ne passe plus. »

Elle grimpa. Elle souleva le balai, fit passer l'extrémité derrière la pile de linge et ramena vers elle.

La prise était mauvaise, elle dut bander ses muscles. La pile oscilla, bascula, elle s'arc-bouta et tout tomba à terre.

Au-dessus du tas de draps dépliés en partie dans la chute, elle vit la boîte.

Le couvercle était maintenu par un élastique.

Elle descendit, posa son balai et s'assit sur le plancher.

Une pile déchargée. Il n'y avait plus rien à craindre à présent.

Comme si l'objet eût été brûlant, elle s'en empara. Le caoutchouc desséché claqua au premier contact.

Elle ouvrit. Des papiers, d'anciennes factures. Des faire-part de décès des oncles, des grands-parents... elle n'en avait connu aucun. De baptêmes. Un mariage aussi : deux noms inconnus... 1948... Des amis de ses parents... Une carte postale de Dresde, une de... Elle reconnut soudain son écriture : « Télé a tenté de faucher les diamants de la Couronne, rien de notable à part cela, il pleut mais nous sommes à Londres, la bise avant le départ prévu pour samedi. Laura. »

Une carte de Suisse. Un lac bernois, des baisers encore, une signature illisible.

Elle découvrit la carte suivante.

De loin, à la couleur bistre, c'était la plus ancienne.

Les Pyramides. Une camarade au pied de Chéops.

Un tremblement comme un dernier spasme. C'était cela.

Les vagues grasses d'un tampon oblitéraient le timbre, la date était cependant visible : Le Caire. 6 octobre 1937. Laura retourna la carte. L'écriture courait empiétant sur l'adresse, des pattes de mouche.

« Mon cher Anton,

« Encore un mois, moins sans doute. La chaleur est tombée depuis quelques jours. Malgré un éboulement ayant nécessité remblayage, le "mur du malheur" est presque terminé. J'ai les personnages, pas encore la solution. Reçois mes amitiés. Van Cornley. »

Elle se redressa. La douleur du genou s'apaisait.

Qui était-il ? Jamais elle n'en avait entendu parler. Son père recevait peu... Si pourtant, elle se souvenait de soirées lointaines, des gens dans la pièce du bas... Toute cette animation avait cessé à la naissance de Télé... Il travaillait à des fouilles, un ami d'Anton, ils devaient s'être connus au lycée ou à l'université.

Elle chercha des cigarettes, se rappela qu'elle était en peignoir et qu'elle les avait laissées dans son pantalon.

Quelque chose ne collait pas.

« Les personnages, mais pas la solution... » Cela ne voulait rien dire.

Brusquement, elle oublia son envie de fumer et se dirigea vers le téléphone.

En finir. Et cette fois pour toujours.

Dans la cheminée, la bûche s'écroula.

Blazier sursauta mais le ton de sa voix resta uniforme.

— Et tu as fini par retrouver sa trace ?

— J'ai passé les trois quarts de l'après-midi au téléphone mais j'y suis arrivée.

Il coinça l'appareil entre son menton et son épaule et versa le cognac dans le verre à whisky. Ses craintes s'éloignaient... La voix de Laura était posée, le ton décidé, en aucun cas on ne devait pouvoir parler de rechute, d'un nouvel accès ou de quoi que ce soit de semblable, jamais elle n'avait raisonné de façon si équilibrée.

— Et qui est ce Van Cornley ?

— Il est mort en 1977. Il a tenu la chaire d'archéologie à Berkeley. Il a passé les quinze dernières années de sa vie en Amérique et a fait publier deux études sur les techniques électromagnétiques appliquées aux champs de fouilles. Il a dirigé trois expéditions, deux dans le Sinaï, à Wodi Megara, l'autre à Chalfak en Haute-Nubie.

— Comment a-t-il pu connaître ton père ?

— Il a été professeur à Hilversum où mon père a achevé ses études.

— Tu n'avais jamais entendu parler de lui auparavant ?

— Jamais. Si tu avais connu mon père tu aurais compris pourquoi. Je ne me souviens pas qu'il m'ait personnellement adressé la parole. Brave homme mais peu bavard.

Blazier fit tournoyer le liquide devant ses yeux. Il n'arrivait pas à décider si ce voyage était ou non une bonne idée.

— Et tu es vraiment décidée à partir ?

Il sentit au ton de plus en plus calme et serein de sa voix que rien ne pourrait l'empêcher d'accomplir cette expédition.

— Écoute, Michel, je ne sais pas ce que sont ces ondes que je reçois, la seule chose certaine c'est que je les reçois et que je sais depuis cette après-midi quel est leur lieu d'origine.

— Je ne vois pas du tout ce que...

— Mais si, je le sens, je ne peux pas l'expliquer

facilement, tu l'admettras, mais il y avait une charge dans cette carte, je ne peux pas dire autrement... Cornley a découvert quelque chose, j'en suis sûre.

Il y eut un silence. Au moment où il allait parler, la voix de Laura résonna à nouveau.

— À ce propos une idée m'est venue et j'ai téléphoné à Van Starken.

Le romancier se redressa doucement et posa son verre sur la table de marbre. Il revit le petit homme au sourire gris perdu dans ses classeurs métalliques.

— Allô ?

— J'ai l'impression que tu as passé ton après-midi au téléphone, articula-t-il.

Ainsi Van Starken reparaissait. Il l'avait bien cru définitivement sorti de l'histoire... Il était peut-être plus difficile d'évacuer le surnaturel qu'il n'y paraissait.

— Allô, Michel, tu m'entends ?

Il se secoua. Ne pas se laisser aller à cet énervement, un frisson aigrelet courait qu'il fallait refréner.

— Et que t'a raconté ce brave Van Starken ?

Elle perçut l'irritation mais ne la releva pas.

— Une chose me troublait dans cette histoire de trio. Je lui ai posé une question. Écoute-moi bien, ne dévore pas ton téléphone, assieds-toi commodément et reste calme.

Malgré lui, il sentit son irritation disparaître, il aurait presque voulu la conserver un peu mais elle avait ce don de faire fondre toutes les mauvaises humeurs.

— En cas de réincarnation, la différence d'âge se conserve, dit-elle. Kadar avait un peu moins de quinze ans que moi.

Blazier fronça les sourcils.

— Et alors ?

— Il pouvait être mon fils.

Il prit le verre et avala une gorgée rapide.

— Tu l'as eu jeune.

— À quinze ans. C'est un âge courant pour une fille à cette époque.

Il hocha la tête.

— Et je suppose que je n'ai qu'à me regarder dans la glace pour savoir qui est le père ?

Le rire lointain lui fit du bien.

— Tu voulais aller à Venise, dit-elle, partons en Égypte. On doit pouvoir retrouver l'endroit que ce Van Cornley a mis au jour en 1937, ça vaut le coup d'y aller voir, non ?

Il réfléchit. Une belle tentation pour un romancier. Dans une ruine antique, parmi les figures d'un bas-relief, un homme se retrouvait face à celui qu'il avait été... Un beau sujet de bouquin peut-être, ou de nouvelle. Et puis Laura avait l'air soudain si joyeuse, si enthousiaste... Il fallait savoir composer avec les histoires de fou.

— Si Loudart est au courant, dit-il, il va t'envoyer des infirmiers baraqués avec camisole de force et seringues géantes.

Elle rit à nouveau.

— Partons, Michel, j'en ai marre de recevoir du courant haute tension chaque fois que j'entre dans une pièce ; je ne crois pas plus que toi à toute cette histoire, mais cette après-midi une porte s'est ouverte, je ne veux pas la négliger.

— Qu'en dit Van Starken ?

— De quoi ?

— De ce projet de voyage...

— Je ne lui en ai pas parlé.

... Il fallait prendre une décision. Il y aurait l'avion, Le Caire, les touristes, le désert l'hiver, le déploiement des temples... Il y était allé quelques années auparavant pour un congrès bidon sur le langage et l'écriture... Il s'était octroyé de longues récréations dans les cafés bariolés qui cernent les souks, il avait traîné dans l'odeur des loukoums et des narghilés sur des bancs de bois tandis que se noyait le glapissement des marchands et des porteurs sous le tintamarre des taxis ferraillants… Il conduirait Laura dans la fraîcheur des mosquées… Il connaissait des restaurants obscurs aux lampes de couleur où l'on mangeait des ragoûts violents et sucrés dont les recettes s'étaient perdues…

— On y va, dit-il, et que le diable t'emporte.

— Il m'emporte et c'est vers toi, Blazier effendi.

— On ne dit pas effendi en Égypte.

— Que dit-on alors ?

— On ne dit rien, on dit je me couche et je m'endors car il est près de minuit.

— Juste le temps de t'embrasser avant de sombrer. Je viendrai te chercher à l'aéroport…

Il raccrocha et se rendit compte que pendant toute la durée de la communication il avait oublié la mort de la vieille dame et l'enterrement auquel il assisterait le surlendemain.

Il termina le cognac et se sentit la nuque lourde. Le signe traditionnel de la fatigue.

Le sort en était jeté. Ils allaient partir.

Machinalement il se dirigea vers la bibliothèque. Les grands bouquins étaient dans le bas, aux étagères inférieures. Presque à tâtons il trouva ce qu'il cherchait… Un livre sur l'Égypte comme un énorme dépliant publicitaire : papier glacé, photos léchées… La maison d'édition le lui avait envoyé pour qu'il en parle sans doute… Cela remontait à quelques années, à ce moment-là il tenait une rubrique de critique littéraire dans un magazine, il recevait des tonnes de livres, il avait dû arrêter pour stopper l'envahissement, et puis cela l'ennuyait… Il avait au fond horreur de lire les œuvres des autres. Il feuilleta l'épais volume… L'iconographie prenait toute la place. C'était sans intérêt, un exemple parfait du livre-cadeau… Il devait se vendre aux environs de la Noël pour les gens en panne d'imagination. Le Sphinx sur toutes les coutures, les colonnes en contre-plongée filant vers un ciel bleu Kodachrome... Il s'arrêta quelques instants à contempler un bas-relief fourmillant de guerriers aux perruques sombres et aux corps vermillon.

— Je me demande si je me reconnaîtrais, bâilla-t-il.

Il se leva dans un geste d'étirement et éteignit la lumière.

Il se sentait heureux soudain, oui, après tout, ce voyage était peut-être une bonne idée.

XIII

ET TOI QUI NE CESSES D'APPARTENIR À CHAQUE AUBE...

Les néons explosèrent sur les vitres des portes tournantes.

Les silhouettes de Dobert et d'Amar Fayid se reflétèrent dans le marbre lisse des colonnes. Ils portaient le même manteau sombre de coupe européenne, l'uniforme des diplomates et des attachés d'ambassade et autres membres du corps consulaire.

Michel écrasa le mégot de la Néfertiti dans le cendrier.

— Ne te goinfre pas de cacahuètes.

Elle sourit et croisa les jambes. Il pensa que, juchée sur ce haut tabouret de bar, dans cette robe ajustée, elle avait l'exacte position d'une pute de haut vol.

— Tu dégages un érotisme inqualifiable, dit-il. À mon avis, on devrait t'interdire.

Elle porta la main à ses oreilles. Elle avait acheté les boucles à Roissy, deux triangles de cuivre roux.

— Comment tu les trouves ?

— De circonstance : Chéops à droite, Chéphren à gauche...

Son index effleura le ventre de la jeune femme.

— Mykérinos au milieu.

Elle sourit. Pas de gêne entre eux, jamais. Elle eut envie de lui.

— On n'a vraiment pas le temps de remonter avant l'arrivée de tes copains ?

Il leva la main droite.

— Pouce, dit-il, je dois reconstituer mes réserves. Et ce ne sont pas mes copains.

Elle replongea dans ses cacahuètes et soupira.

— Dommage.

Elle leva les yeux, les deux hommes attendaient à la porte du bar.

Michel Blazier se retourna et s'avança vers les nouveaux venus. Elle les regarda se serrer la main, l'Égyptien lui sembla plus distant. Dobert avait nettement forcé sur l'eau de toilette, il était rasé de si près qu'elle chercha des traces de savon à barbe dans ses oreilles.

— Je vous présente Laura Brams, Jacques Dobert, Amar Fayid.

Elle tenta le shake-hand mais n'en eut pas le temps. Dobert plongea comme au rugby et elle sentit ses lèvres sur le dos de sa main... La moustache de l'Égyptien la chatouilla agréablement. L'homme avait l'œil charbonneux et cultivait le style Omar Sharif, cela l'obligeait à rentrer son ventre, effort considérable et permanent.

— Vous désirez prendre un verre ?

Dobert refusa d'une paume négligente. Fayid ne répondit pas, la question ne s'adressait pas à lui, il était trop musulman pour avoir pu l'entendre.

Jacques Dobert confia au bras du serveur son manteau de coupe anglaise. Le veston et la chemise révélaient le grand tailleur. Les rayures de la cravate étaient discrètement tricolores. Ils pénétrèrent dans la salle de restaurant.

— Le Caire l'hiver est une ville froide, dit-il, il faudra revenir nous voir au printemps, mademoiselle Brams.

Ils s'installèrent à la table qui leur était réservée.

Plus nombreux qu'en Europe, des serviteurs attendaient, groupés en demi-cercle.

Laura regarda autour d'elle, c'était le même son étouffé provenant des haut-parleurs qui devait engourdir doucement les hôtes de tous les établissements de la même chaîne de palaces de par le monde : Hong Kong, New Delhi, Las Palmas, Honolulu, Marrakech, tous bercés du même jazz aseptique, un fond sonore que l'on pouvait oublier et retrouver à son gré, des notes qui n'imposaient pas leur présence, un tempo pour smoking et robe du soir.

Difficile de croire que le désert commençait à quatre cents mètres, la nuit tombée depuis longtemps déjà avait transformé les baies en miroir et renvoyait le jeu des lumières.

Le modernisme de la décoration avait quelque chose de fascinant... À deux pas des plus grands tombeaux que construisirent jamais les hommes, s'élevait le cube de béton du Memphis Hôtel... Sur une soucoupe près de son assiette, Laura découvrit le petit rectangle de beurre qu'elle eût trouvé à Amsterdam ou Paris.

— Vous êtes hollandaise, je crois...

Fayid avait posé la question comme si sa vie en avait dépendu.

Michel alluma une cigarette. Laura répondait avec une affabilité amusée... Les longues stalactites des lustres se reflétaient dans ses prunelles sombres.

— Vous avez un peu visité la ville ?

Ils avaient parcouru les ruelles épicées, recroquevillées sous un ciel d'hiver et de safran... C'était étrange de marcher dans ce pays fait pour l'été torride, Le Caire tout le jour avait offert ses tentures aux ombres inutiles, la ville surprise vacillait comme un boxeur déconcerté par une attaque imprévue. Dans les sables de Gizeh, les troupeaux de chameaux transis mâchaient sans appétit un fourrage froid et insipide... Devant les pyramides quelques rares guides erraient, emmitouflés dans le trop faible rempart des caftans. Laura s'amusait de ce contraste entre l'imagerie d'azur et d'or des cartes postales et cette réalité frissonnante et grisâtre... Le Sphinx sous un ciel de Baltique n'était plus qu'une carcasse de pierre couleur de vieil os échouée sur la grève triste d'un rivage nordique... Le vent dans les rues des vieux quartiers fouettait les murs épais, les palmes noires s'ébouriffaient, balais fous contre des nuages pansus aux teintes de vieux papier journal. Ils buvaïent dans des cafés arabes des thés brûlants servis par des hommes lourds pleins de compassion. Quelle tristesse ! Et pourquoi avoir choisi ces jours de glace pour visiter le monde du soleil ? Car ici était l'empire de l'astre-dieu.

Ils promettaient de revenir aux belles saisons et repartaient, s'enfonçaient dans l'univers des terrasses livides, battues par des vents inusités... Une Égypte inconnue... Les mendiants grelottaient, s'abritant sous les porches. La nuit tombait vite et le froid s'accentuait. Le bulletin météorologique faisait la une des journaux. Alexandrie avait connu un matin de givre et tous deux avaient l'impression de gambader, touristes uniques, dans un royaume vide... Au hasard des places et des rafales, ils croisaient de temps en temps un groupe emmitouflé, les doigts gourds serraient les carcasses froides des caméras et des appareils photo mais le cœur n'y était pas... Laura et Michel s'amusaient de ces silhouettes navrées et rapides.

Ils n'étaient pas allés au musée du Caire.

Ils l'avaient décidé tacitement. Cela n'aurait pas servi à grand-chose. Pour l'instant, le but portait un nom précis : Kôm-el-Ahmar.

Laura fit un effort pour accommoder son regard sur les lettres. Elles s'organisèrent pour former des mots : côte de veau au gingembre et citron vert... Fricassée de homard au poivre... Elle sursauta lorsqu'elle lut : steack de la mer sauce hollandaise. La cuisine des grands hôtels, une uniformisation stérilisante...

Amar Fayid coulait vers elle des regards de braise

incandescente... Il devait jouer dans les palaces d'Europe de ses boutons de manchettes et de son profil de prince du désert pour se faire passer pour un empereur du pétrole...

Blazier et Dobert parlaient du choix des livres dans la bibliothèque du Lycée français et des programmes d'auteur... Cela amusait Laura qui savait à quel point Michel pouvait s'en moquer... Il soutenait pour l'instant, avec une conviction d'autant plus grande qu'il n'y croyait pas une seule seconde, qu'il fallait inclure dans les textes à étudier de très mauvais auteurs, qu'il fallait faire des recherches approfondies de façon à détecter les ouvrages les plus exécrables, tant sur le plan de l'histoire que sur celui de l'écriture, donner à analyser les œuvres les plus prétentieuses, les plus enflées, les plus imbéciles, les personnages les plus flous, traquer la phrase creuse, repérer le faux mot comme on ressent une fausse note, dresser des répertoires de sentences boursouflées, d'écrits nullissimes, proposer enfin aux étudiants comme examen de sortie un sujet du style : en choisissant un thème d'un inintérêt absolu, écrivez dix pages lamentables en prenant soin de ne jamais éveiller l'attention du lecteur si ce n'est par la stupidité la plus criarde et la plus révoltante vulgarité.

Dobert et Fayid rirent. Laura savait que Michel réussissait son propre examen en cette minute même : un romancier français en visite dans un pays étranger accomplissait un numéro de fantaisie et de désinvolture sur un sujet culturel.

Dobert buvait sec et prit prétexte de la température particulièrement inclémente pour commander une troisième bouteille de saint-julien.

Il fallut attendre la fin des entrées pour que l'on abordât le vrai sujet de la conversation.

— Vous allez donc nous faire la joie d'écrire un livre sur notre pays...

Blazier eut un sourire d'excuse.

— Un de plus...

Dobert, d'un coup de poignet éclair, répartit du poivre gris sur son entrecôte Bercy.

— Un roman, je suppose ?

— En effet, et qui se déroulera dans... — je n'ai pas encore choisi la période de façon très précise — mais ce sera sans doute au moment le plus brillant de... enfin, disons le Nouvel Empire.

Les longs cils d'Amar Fayid battirent. C'était à lui de jouer à présent. Dobert l'avait invité à double titre, à la fois comme fonctionnaire égyptien et comme documentaliste. Les bouttons de manchettes scintillèrent.

— Si je puis vous être de quelque utilité...

— Voilà, dit Michel, en fait, ce qui m'intéresse n'est pas de remonter aux pharaons ni aux personnages importants de votre histoire, mais de décrire à travers un scénario la vie d'un couple de... disons de la bourgeoisie... Le premier point qui s'impose consiste à les situer.

Amar Fayid acquiesça. Il chipotait de la fourchette sans quitter son interlocuteur de ses yeux mouillés.

— J'ai choisi Kôm-el-Ahmar.

Blazier s'adossa contre sa chaise. Il lui sembla que l'Égyptien avait eu un imperceptible mouvement d'étonnement.

— Vous avez l'air surpris...

Fayid se tourna vers Laura.

— Pas du tout, je pense que l'idée est excellente... Cela nous change des splendeurs de Louksor et du complexe thébain qui bien qu'inépuisables, ont été, c'est vrai, souvent utilisés.

Les lumières de l'hôtel pétillèrent dans le bourgogne de Dobert.

— C'est donc Kôm-el-Ahmar que vous aimeriez visiter ?

Blazier sourit au diplomate.

— En priorité. Si cela ne vous pose pas de problèmes.

Les regards de Dobert et de Fayid se croisèrent.

— Absolument aucun, dit Fayid. Le site se trouve à quelques kilomètres d'Edfou. Je le connais assez bien, je vous ferai porter une documentation demain matin.

Ils furent interrompus, les garçons aux gestes furtifs retirèrent les couverts : leurs mains jaillissaient brunes des manches immaculées.

— Les fouilles ont été faites dans les années 30 je crois ? questionna Laura.

— La découverte de l'ensemble de Kôm-el-Ahmar date en fait de 1897, c'était une expédition franco-anglaise. Ils se sont installés deux ans sur les lieux mais, faute de moyens, ils ont dû abandonner ; les richesses de l'endroit ne furent révélées que plus tard, en 1935, 36 et 37.

— L'endroit est-il fréquenté des touristes ?

Les dents de Fayid brillèrent sous la moustache.

— Les touristes sont paresseux. Ils ont beaucoup marché dans les temples de Louksor, ils se sont fait des ampoules dans la Vallée des morts et savent que les hautes colonnes d'Edfou les attendent... Kôm-el-Ahmar n'offre pas une vision assez spectaculaire pour avoir retenu l'intérêt des agences de voyages.

Ils commandèrent des desserts tandis que Dobert précisait :

— J'ai visité l'endroit, il y a quelques années. Il est extérieurement assez rebutant, quelques tombes, des vestiges, rien à voir avec Karnak. L'intérêt est souterrain, les nécropoles y sont nombreuses.

Laura commanda un café, refusant les desserts. Dobert qui salivait sur l'idée d'une charlotte au chocolat n'osa pas passer à la réalisation et fit mine de dédaigner le chariot surchargé de crémeuses pâtisseries.

La jeune femme tournait sa cuiller dans la tasse de porcelaine.

— Avez-vous entendu parler d'un bas-relief ou d'une paroi peinte appelée le « mur du malheur » ?

Fayid réfléchit et hocha lentement la tête.

— Pas à ma connaissance, dit-il, qui vous a donné cette indication ?

— Nous l'avons trouvée dans la correspondance de l'un des hommes qui, en 1937, travailla à l'un des puits, intervint Blazier.

L'Égyptien réfléchissait, le parallélépipède d'argent de son briquet tournait entre ses doigts.

— Je vois, dit-il, certains archéologues ont travaillé des mois pour dégager une statue, un objet ou un mur, ils ont vécu avec ces reliques dans un grand état de complicité, ils ont souvent, par plaisanterie ou simplement par facilité, donné des sobriquets à ce qui faisait partie de leur univers familier, ces appellations ont disparu une fois la fouille terminée... Il se peut que ce soit le cas pour votre « mur du malheur ».

— Si notre ami Fayid est d'accord, dit Dobert, nous vous remettrons un laissez-passer officiel, cela ne vous empêchera pas d'être poursuivis par les vendeurs de fausses antiquités, mais vous évitera les contrôles parfois tatillons...

Amar Fayid alluma d'un même mouvement la cigarette de Laura et la sienne propre.

— Je vous le ferai apporter demain à votre hôtel.

Laura tenta de maintenir la conversation sur Kôm-el-Ahmar, mais elle put rapidement s'apercevoir que ni Dobert ni Fayid ne pouvaient lui apprendre autre chose que les guides qu'elle avait déjà compulsés ces trois derniers jours. L'endroit avait été pillé, les expéditions s'étaient servies par la suite.

Michel prit le relais de la conversation. Dobert se lança à son incitation dans le récit des mondanités d'Héliopolis, Fayid sembla agacé un moment... Ils burent de rapides cognacs, des alcools trop jeunes qui brûlaient le palais.

Les deux hommes partirent à minuit. Laura les vit s'engouffrer dans une Mercedes métallisée. Le vent faisait glisser les palmes desséchées sur l'asphalte en d'incertains et crissants zigzags. L'avenue était vide, tout au bout les minarets demeuraient invisibles.

Michel entraîna Laura au bar. Ils étaient seuls, le barman émergea d'un rêve pesant et huileux : ses paupières coupaient l'iris en deux, elles semblaient couvertes d'une pommade bleutée. Au-dessus de la pomme d'Adam la peau granuleuse se hérissait d'une barbe dure et râpeuse.

Ils burent un cocktail-champagne et pour Laura le temps se ralentit. Michel parlait et sous le bruit des mots, le cimetière de Bergelen apparut. Télé dans son costume sombre se dressait près de la tombe d'Hildegarde. Il lui sembla dans la lumière précise de cette après-midi d'aigue-marine qu'il était l'axe central de la cérémonie. Une beauté blessée dans ce monde limpide et transparent de mort paisible... Les jours avaient chacun leur couleur et lorsque l'on avait enterré Mme Brams, l'air possédait cette fraîcheur cassante qui était celle de cette pierre austère. L'eau du diamant, lorsqu'elle se prenait au piège du gel, devenait ce bleu impitoyable. Blazier avait entraîné Laura vers le long boulevard qui ouvrait sur la mer... Deux jours encore avec Aaron dans la maison aux Anciennes Colonnes, l'air froid coupait le souffle des promeneurs... Ils avaient marché tous trois dans les dunes, reprenant haleine dans les vallées de sable abritées des rafales, et puis l'univers s'était emballé. Paris, l'avion, Le Caire... Ils partaient demain pour la dernière étape.

— J'ai trop bu, gémit-elle soudain.

Il se mit à rire.

— C'est rare de te l'entendre avouer.

Ils montèrent dans leur chambre et pour briser l'étau de

la migraine qu'elle sentait se resserrer, elle ouvrit la fenêtre. Le froid la mordit avec une telle violence qu'elle n'insista pas.

— Il y a un autre moyen pour se défaire de l'emprise de l'alcool.

Il vint vers elle, la chemise claire de l'homme lui sembla soudain phosphorescente. La main rampait et il lui sembla que ses reins s'élançaient pour une danse qui ne finirait pas.

Elle chercha une fraction de seconde une réplique à lui lancer, quelque chose de drôle et de tendre qui aurait été en harmonie avec la profondeur jamais avouée du rapport qui les unissait, mais elle happa la lèvre de son amant et la mordit. Ils basculèrent ensemble par-dessus le bras d'un fauteuil et se retrouvèrent couchés sur la moquette.

— On a loupé le lit, haleta Blazier.

Il se souleva sur les avant-bras mais les mains de Laura pesaient sur sa nuque.

— On s'en fout, dit-elle.

Ils roulèrent l'un sur l'autre et heurtèrent une cloison. Ce choc fit vibrer les pendeloques des appliques lumineuses et les lithographies dans les sous-verres.

— C'est le rouleau compresseur, dit-il, on peut sortir et tondre la pelouse.

Elle cherchait désespérément à le débarrasser de sa chemise, quelque chose bloquait.

— Cravate, souffla-t-il.

Elle cessa de l'étrangler, donna un coup de talon et ils roulèrent en sens inverse jusqu'à l'autre bout de la pièce.

— Ils auraient pu prévenir qu'ils emportaient le lit, remarqua-t-elle.

Ils jurèrent ensemble, elle en néerlandais. Ils parvinrent à s'agenouiller.

— Je me demande ce que ce type a foutu dans son cocktail, articula-t-il.

Elle commença à rire. Il fit un effort pour se redresser.

— Ne bouge pas d'ici, chérie, je te prends au passage.

— Ne reste pas trop longtemps absent, dit-elle, les filles oublient vite.

Il l'embrassa et elle agita la main dans le noir en signe d'adieu.

Il repéra le lit, s'arc-bouta et parvint à le déplacer avec facilité, elle le vit venir, s'éleva en l'air avec grâce et retomba dessus au terme d'un vol plané. Ils perçurent des mouvements divers et sans doute récriminatoires dans la chambre voisine, mais ne s'en soucièrent pas, ayant commencé à faire furieusement l'amour.

Elle le regarda stupéfaite.

— Mais où est-ce que tu as appris tout ça ?

Il prit un air modeste et secret à la fois. À la longue palissade de chantiers abandonnés succédaient des postes à essence. Contre les pompes rouillées, les hommes battaient la semelle, serrés dans des gandouras de laine brute.

Ils doublèrent un car surchargé. Les gaz brûlés se dissolvaient en traînées noires dans l'air froid.

— J'ai bouquiné un peu...

Depuis leur départ du Caire il lui racontait des anecdotes qu'il avait relevées dans des ouvrages d'ésotérisme... Il en avait lu quelques-uns ces dernières semaines... Les publications traitant de la reviviscence ne manquaient pas, il l'avait régalée d'invraisemblables histoires, d'expériences incongrues, tout se mêlait, les médiums prestidigitateurs, les messages de l'au-delà, les apparitions... Un étrange fatras de cabinets tendus de noir, de lampes tamisées, de tables tournantes, tout cela sentait le début du siècle, il y avait eu une mode, à une époque... On venait dans les salons converser avec les disparus. Même la mort avait sa futilité. Un univers de chapeaux hauts de forme et de corsets serrés… Le paranormal se tenait là, sur le boulevard, entre Houdini et le cinématographe. Une attraction, pas davantage, certains y croyaient, tout un aréopage d'illuminés, de savants naïfs et enthousiastes bernés par des truquages d'une étonnante simplicité, ficelles tendues dans le noir, compères dissimulés dans des placards, déguisements sommaires… Cagliostro se diversifiait en une multiplicité d'escrocs, de naïfs, de farceurs, de croyants…

Michel évita un effondrement de la chaussée et le vent fouetta la carrosserie de l'Oldsmobile d'une gifle sableuse.

Sur les collines qui descendaient sur le fleuve, le ciel était d'un jaune chargé, cette nuance que l'on trouve au fond des verres où stagne un restant de vieille moutarde. Peut-être pleuvrait-il avant qu'ils ne soient arrivés à Edfou.

— L'idée la plus marrante, dit Michel, c'est celle du type qui pesait les agonisants… Une balance sensible, très précise… Il a quand même découvert qu'en cas de fièvres très fortes, un malade pouvait perdre cinquante, soixante grammes en une heure, mais il a surtout repéré un truc… juste au moment de mourir, il y a une sensible déperdition de poids.

— Combien ?

— Vingt-deux grammes cinquante.

Elle eut un éclat de rire cassé net.

— Tu te fous de moi ?

— Pas du tout, il a expérimenté tout ça et il en a conclu que l'âme pesait vingt-deux grammes cinquante. Elle quitte le corps qui pèse moins et voilà le travail !

— Je me demande quel est le poids de la mienne.

Michel sourit.

— Tu dois avoir l'âme légère, la mienne est lourde de péchés.

Elle lui alluma une cigarette. Le chauffage marchait mal. Pendant les vingt premiers kilomètres, ils avaient manipulé les boutons dans tous les sens sans résultat. Ils s'étaient arrêtés sur la route vide et avaient extrait des valises tout ce qui pouvait apporter un tant soit peu de chaleur. Il conduisait emmitouflé dans un pull-over de Laura sur lequel il avait passé sa veste de tweed et un imperméable. Laura, elle, avait superposé deux robes de laine par-dessus ses jeans et s'était mise en tailleur, les pieds sous les fesses pour les réchauffer.

La voiture était immense, un ancien modèle à l'habitacle d'un blanc anciennement crémeux. Le changement de vitesse grinçait comme une grille rouillée, mais si l'on ne tenait pas trop compte de la consommation massive d'essence, c'était ce qui pouvait se trouver de mieux dans la saison creuse.

Ils arrivaient en fin d'après-midi. Si l'on exceptait quelques camions ployant sur les essieux, quelques chameaux étiques surchargés de palmes en vrac ou de bois mort, la route était à eux. Le danger existait cependant de voir à l'improviste traverser un âne ou un bœuf, mais ils avaient jusqu'à présent roulé sans incident.

— Il y a même eu des photos... Des Américains avaient monté un studio dans les années 20, où ils te proposaient de tirer le portrait à ton cher défunt au moment où par l'intermédiaire d'un médium il venait faire une petite incursion terrestre... En fait, les types photographiaient de façon floue des visages dans de vieux journaux... Ça a marché très fort pour eux pendant toute une époque.

Ils roulaient vers Kôm-el-Ahmar... Elle ne pouvait s'empêcher d'écouter si aucune note tendue ne montait du fond de son être, si une vibration ne la gagnait pas, venue du fond des temps et de ce désert dans lequel ils s'enfonçaient...

Qu'aurait dit Van Starken, s'il l'avait vue rouler vers le site ? Il lui avait conseillé de ne pas chercher à en savoir plus, d'éviter de poursuivre la remontée, ne pas renverser le cours naturel de la vie, il avait aussi évoqué la possibilité d'un danger. Vivre sa vie actuelle était la loi, fuir vers l'ancienne ne menait nulle part sinon nourrir une curiosité qui peut-être n'avait pas lieu d'être. Elle cédait à l'appétit de savoir. C'était une faute sans doute mais elle n'était pas parvenue à surmonter son envie. Oui, il était temps encore, stopper la voiture sur cette voie abandonnée et dans le silence retrouvé de l'hiver, dans le balancement des collines qui bordaient le fleuve, elle demanderait à son compagnon de rebrousser chemin.

Sur sa gauche, le Nil s'incurvait, les mâts sombres des felouques émergeaient des criques cernées de roseaux. Les voiles roulées pendaient en longs torchons inutiles.

Elle l'avait entendu dans le matin qui se levait téléphoner pour retenir leur chambre à l'hôtel d'Edfou...

Mais comme tout était étrange, à présent tout ce qui lui était arrivé lui paraissait secondaire...

Peut-être revivait-on... Le hasard lui avait permis d'en prendre davantage conscience que le commun des hommes. Cela avait-il tant d'importance ? Ces vies qui se succédaient étaient toutes différentes, elle y entrait chaque fois nouvelle, sans mémoire. Le passé n'aidait pas... À chaque fois Laura Brams commençait et ne recommençait rien... Elle n'aurait pas dû se lancer dans une telle entreprise. Sans s'en être rendu parfaitement compte, elle avait dû céder à l'attrait de l'insolite, de l'exceptionnel... En poursuivant l'aventure elle devenait un cas unique : elle était celle qui avait retrouvé le chemin d'une ancienne vie.

— Tu me parais bien songeuse.

— Il y a tout de même de quoi...

Elle eut un instant l'envie de lui demander quel était son sentiment sur... Non, ce devait être plus profond... Avait-il réellement réfléchi ? L'amour qu'il éprouvait pour elle avait tout faussé. Blazier était trop intelligent pour nier en bloc tous les phénomènes d'outre-tombe, il restait sur une réserve polie à leur égard. La raison apprenait qu'il y avait parfois des réalités peu raisonnables, il était un libéral de l'entendement, rien de dogmatique en lui... Un sceptique au fond et les sceptiques ne niaient rien... Ils étaient prêts à admettre tout ce que l'on voulait, il y avait en eux une sorte de lâcheté intellectuelle... Au cours des discussions qu'ils avaient eues après l'épisode de la carte postale de Van Cornley, elle avait remarqué que ce qu'il admettait le plus facilement, le mot qu'il employait sans trop de sourires contenus, c'était celui d' « ondes »... Il y avait là un ancrage physique qui le rassurait. Les ondes étaient admises scientifiquement, électriques ou électromagnétiques ou hertziennes ou de quelque nature qu'elles soient, elles étaient la preuve que l'invisible existait, que d'autres formes pouvaient demeurer inexplorées. Et puis rien n'était plus scientifique et réaliste que d'affirmer que la science n'avait pas encore cerné tout le réel, que ce qui aujourd'hui apparaissait du domaine de la fiction serait demain... Il y avait sur ce sujet des chansons bien connues et Michel adhérait à ces facilités.

Ils traversaient des villages blafards... les murs se masquaient derrière les lances pâles des bambous... Les terres labourées commençaient au ras de l'asphalte, une terre noire et grasse. Ce devait être ça le fameux limon du fleuve, elle avait appris ça en classe autrefois... Les crues du Nil nourricier. La boue salvatrice déposée sur les berges, riche et généreuse... Elle imaginait une manne onctueuse, une confiture superbe et dorée tartinant l'Égypte et voici ce qu'il en était, un paysage de labours charbonneux, de glèbe morne.

La pluie se mit à tomber, noyant l'approche de Louksor. À travers les essuie-glaces ils virent les colonnes des temples d'Amon se délayer en méandres perlés.

Il leur sembla que le froid s'accentuait.

À la sortie de la ville, la route était bloquée par des travaux, un policier en casque de motard distillait les voitures une à une. Avec la pluie et les H.L.M. inachevées qui s'enfonçaient dans la boue, ils pouvaient être dans n'importe quelle banlieue... Amsterdam, Paris... Les roues des vélos soulevaient des gerbes... Le poids lourd devant eux colmatait le pare-brise de flaques de terre molle.

— Visitez l'Égypte, murmura Michel.

C'était terrible pour un pays d'avoir un grand passé, on venait des quatre coins du globe contempler quelques fragments et on délaissait la réalité présente. Que représentait un temple au cœur d'une ville ? Quelques centaines de mètres carrés et la vie grouillait autour, gênante, grossière, vulgaire... Les klaxons des taxis interrompaient les méditations touristico-pharaoniques des hordes venues d'ailleurs dans des cars aux vitres fumées. Elle n'était par moments rien d'autre que cette touriste gênée par le vacarme du présent, entêtée à rechercher au cœur du bruit le temple silencieux où elle avait vécu... oui, c'était cela, elle pratiquait aussi une forme de voyage et elle oubliait l'épaisseur charnelle de sa vie.

— Qu'est-ce que tu as ?

Elle glissa vers lui sur la banquette froide et posa la tête sur son épaule.

La pluie s'était arrêtée. Ils avaient dépassé les dernières maisons de torchis ; mouillées par l'averse, les tentures devant les portes pendaient, lamentables... Des enfants couraient dans les flaques après une vache étique dont la pluie avait laqué le poil.

— J'étais en train de penser que depuis que tu me connais, tu n'as pas beaucoup écrit.

Les amortisseurs gémirent, les nids-de-poule se multipliaient sur ce tronçon de route. Il rétrograda et les tôles mal jointes de la carrosserie vibrèrent.

— Exact, dit-il, je me suis souvent demandé si tu n'étais pas payée par un éditeur concurrent pour m'entraîner dans de folles aventures chaque fois que je m'approche d'un stylo.

Elle ferma les yeux.

— Je me demande comment tu as fait pour deviner.

Il cligna des paupières. Au bout de la ligne d'horizon il y avait comme une lumière plus dense, un ampérage supérieur. Dans les tulles successifs qui colmataient le ciel une lueur grandissait, c'était elle qui provoquait ces déchirements... Une force était là, invincible et sous-jacente, tout s'écarterait devant elle... Dans la courbe de la route, les montagnes se déployèrent, il vit dans une échancrure la brèche d'azur, l'éclatante blessure bleue étroite et tendue, ouverte par une lance haute et imparable.

— Laura...

Elle soupira, se serrant davantage contre lui. Il n'eut pas besoin de la regarder pour savoir qu'elle n'avait pas ouvert les yeux.

— Oui ?

Il bloqua le volant de l'avant-bras et alluma une cigarette.

— Le soleil, dit-il.

XIV

... ET CELA JUSQU'À LA FIN DES TEMPS

Les rires grésillaient. Les crosses métalliques des vieux fusils tintèrent sur les pavés du port.

Le mégot de Laura décrivit un arc de cercle rouge et éclata en étincelles réduites avant de disparaître dans le noir.

— J'ai senti que ce Fayid était un con, dit-elle, dès le premier instant. Pas une seconde je n'ai été dupe.

— Sévérité excessive, dit-il. Cela fait partie du charme de l'Orient et de ses mystères.

La terrasse surplombait la ville et le port. L'hôtel sentait l'eau de Javel. Ils avaient trouvé des insectes écrasés dans le lavabo. Des carcasses de rafiots à demi renversées brillaient sous la lune. Le ciel était clair... Il faisait froid encore.

Ils étaient arrivés en fin d'après-midi. La nuit tombait sur Kôm-el-Ahmar. Dans une guérite noircie par les flammes d'un brasero, deux hommes jouaient aux dominos, deux anciens soldats, les gardiens du site.

Lorsqu'elle était descendue de l'Oldsmobile, le cœur de Laura était calme. Elle sentait dans ses membres la lassitude de cette journée de voyage, mais son esprit était vif. Sur le ciel dégagé où rôdaient encore les haillons sales de nuages dispersés en troupeaux lamentables se dressait un monticule de pierre et de sable. Malgré la lumière déjà faible du couchant on devinait les anfractuosités et les fragments d'architecture, les pans éboulés et les fûts arasés des colonnes... Un tumulus sombre sur le ciel virant au rouge au fil des minutes.

Blazier avait fourré ses mains dans ses poches.

— Je comprends pourquoi les touristes ne s'y arrêtent pas.

Elle hocha la tête : la plaine filait, plate, à l'infini. Seule la butte arrêtait le regard.

— Kôm-el-Ahmar, murmura-t-elle.

Il s'assit sur le capot de la voiture.

— Tu as dû t'ennuyer pas mal dans ce coin, dit Blazier, à mon avis tu y es morte de tristesse.

Le doigt de Laura pointa vers la plaine.

— Qu'est-ce que c'est que ça ?

Blazier plissa les yeux vers la direction indiquée.

Un reflet du soleil soulignait en pourpre une ligne ondoyante qui courait à travers les terres, il distingua des sortes d'étincelles fixes à intervalles réguliers.

— Barbelés, dit-il. Je ne comprends pas.

Ils se dirigèrent ensemble vers les gardiens. Les deux vieux sourirent ensemble. Ils portaient le même pull-over kaki, vestige de leur équipement militaire. Les barbes généreuses d'un gris métallique tranchaient sur les visages sombres. Oui, on pouvait visiter. Les barbelés ? Parce qu'une partie du site est interdite. Pourquoi ? Des éboulements, c'était dangereux. Il fallait remblayer. Non, les travaux n'avaient pas commencé. Pas d'argent.

Le plus petit des deux hommes parut à Blazier être le plus futé.

— Je veux tout voir, dit-il.

Les billets de cent livres tremblèrent dans la chaleur du brasero. Les flammes étaient courtes et jaunes mais leur lumière était suffisante pour éclairer la cabane.

Le deuxième gardien ouvrit d'un ongle rouge sa boîte de tabac à priser.

— Pas possible, dit-il, les entrées sont bouchées.

— Comment bouchées ?

— Venez voir.

Laura se tordit une cheville dans les cailloux. Pour les derniers instants de la journée, au moment où il touchait l'horizon, le soleil prit une couleur de sanguine trop mûre, un cercle de sang caillé placardé sur une toile de cuivre et d'or... Tous quatre marchaient sur leurs ombres immenses. Blazier eut l'impression que sa tête dans la lumière rasante se perdait là-bas, dans les premiers remous du fleuve.

À travers les pierres et les gravats, ils arrivèrent à une excavation, des marches descendaient dans le sol...

La badine du gardien se leva et parut agripper la dernière lueur. Le trait rouge désigna l'entrée un peu plus bas.

Blazier se pencha.

Une plaque de ciment scellait l'entrée.

— Police, dit l'un des gardiens, ils sont venus et...

Le geste était éloquent. Les autorités ne devaient point avoir grande confiance en l'honnêteté des sentinelles... L'Égypte faisait partie du monde des passe-droits et des bakchichs... Rien ne résistait à la tentation de l'argent. Le ciment était plus dur que les consciences.

Blazier offrit des cigarettes et parla aux deux hommes, leur anglais approximatif s'harmonisait parfaitement au sien.

Laura regardait le paysage. Un terrain vague en bordure du désert, rien d'autre. Il n'y avait rien à rêver ici, aucun charme ne pouvait naître de ces amas de pierres, de ces trous dans la terre.

Elle sortit de sa songerie lorsqu'elle vit Michel serrer la main des deux hommes.

La portière de la voiture claqua et elle frissonna contre le froid du plastique.

— Direction Edfou, annonça-t-il, une nuit de sommeil me paraît nécessaire.

L'hôtel Ramana était le seul ouvert dans la ville, le hall carrelé blanc ressemblait à l'entrée d'un métro. Le patron fixait le vide, le ventre sur les genoux.

— Vous ne faites pas restaurant ?

— Non.

— Pas de sandwiches ?

Geste de dénégation. Le gland de la chéchia oscillait sans cesse.

— On peut boire ? Le bar est ouvert ?

— Pas en cette saison.

— Merveilleux. Merci pour tout.

Ils déposèrent les bagages sans les défaire. La chambre ressemblait à l'intérieur d'un Frigidaire. Les barres de néon étaient aveuglantes.

— Je n'ose pas soulever les draps, murmura Laura, ça doit pulluler de cafards.

— Ils ont dû mourir de froid. C'est la première fois que je dors dans un bac à légumes.

Elle ouvrit la porte-fenêtre et ils sortirent sur la terrasse.

— Parle-moi de ton moral.

Les dents de Laura brillèrent dans un sourire.

— C'est peut-être mieux ainsi, dit-elle, ça règle le problème.

Elle se pencha par-dessus la balustrade. Des barques oscillaient en contrebas, il y avait des rails le long du quai, l'affût d'un treuil, des camions posés sur leurs essieux rouillaient doucement au ras des eaux du port. Elle distingua les silhouettes des sentinelles, les culasses des armes miroitaient sous la lune.

C'est à ce moment-là qu'elle avait émis sans préparations oratoires particulières l'assertion que Fayid était un con. Il était vrai aussi que les nouvelles ne devaient pas circuler très vite et qu'un fonctionnaire du Caire ne pouvait pas être tenu au courant de tous les avatars survenus sur des lieux de visite ou de fouille, la fermeture momentanée de quelques souterrains n'étant pas quelque chose de particulièrement révolutionnaire entre Assouan et les rivages d'Alexandrie.

Elle chercha les cigarettes dans sa poche. Ses doigts froissèrent le paquet vide. Elle se tourna vers Michel. Quelque chose l'intrigua dans son attitude.

— Michel...

Il se tourna vers elle avec lenteur, presque à regret. Une image. Pourquoi venait-elle en cet instant ? C'était ce matin, il avait ouvert le coffre de l'Oldsmobile... Quelque chose gênait lorsqu'il avait déposé les valises... On ne voyait rien dans ce parking trop obscur, un des néons clignotait, un cœur de lumière malade pulsait sur le béton, il avait glissé la main à l'intérieur et le cylindre avait roulé. Le clignotement régulier révélait le tube nickelé de la torche électrique. Il l'avait actionnée et le cercle lumineux s'était plaqué sur le sol marqué de traces d'huiles lourdes.

— Michel, qu'est-ce que tu as ?

— Une idée, dit-il.

Elle siffla dans une tonalité admirative.

— Je te propose l'aventure...

Elle se déplaça pour mieux apercevoir son visage dans le rayon de lune.

— Je t'écoute.

Une odeur d'eau montait vers eux, une odeur verte et croupie.

— On y va, dit-il. On retourne à Kôm-el-Ahmar.

Ce qui la surprit le plus c'est que la proposition ne lui procura aucune excitation, aucun enthousiasme, juste le vague ennui qu'éprouve l'enfant qui, installé devant son poste de télévision, s'entend demander de descendre chercher à l'épicerie le sel oublié.

— Mais tu as vu que…

Les doigts de Blazier se refermèrent sur ses épaules.

— Pas d'histoires, dit-il, la nuit personne ne surveille cet endroit : cela fait deux mille ans qu'il n'y a plus rien à y voler. La fermeture des tombes est symbolique, un coup de pied et on entre. J'ai une torche. On regarde et on s'en va.

Elle chercha une échappatoire, une raison qui ferait s'effondrer l'échafaudage qui introduisait un danger ; il fallait gagner du temps.

— Et… tu envisages cette équipée dans l'immédiat ?

La pression des mains se relâcha.

— L'expédition n'est possible que la nuit, je suppose que tu es d'accord là-dessus… Si tu envisages d'en passer une deuxième dans ce trou à rats, on peut remettre à demain.

Elle sentit qu'il tenait à son idée, cela l'amusait de partir dans la nuit, de briser les plaques de ciment, de jouer au bandit.

— Au fond tu es ravi de te déguiser en pilleur de tombes ?

Elle l'entendit rire.

— Ça va être marrant, dit-il, avec un peu de chance on va être obligés de ramper.

— On peut se mettre des plumes sur la tête si ça contribue à ton bonheur.

Elle eut conscience de l'immensité soudaine du silence qui les entourait… Les soldats en contrebas s'étaient tus… Les eaux moirées du gasoil stagnaient, trop lourdes pour clapoter le long des coques sombres… Le vent était tombé et le froid était mort avec le vent. Là-bas, dans la nuit de Kôm-el-Ahmar, tout serait immobile.

— Avec quoi comptes-tu casser la…

— Il y a une manivelle dans la voiture, mais nous n'en aurons même pas besoin.

Laura comprit qu'elle n'arriverait jamais à endiguer la

bonne humeur de son compagnon, il avait décidé de jouer et rien ne l'arrêterait.

— Je me demande vraiment si tu entreras un jour à l'Académie française.

— Par les toits, dit-il, ou avec de fausses clés.

Il l'embrassa et ils rentrèrent dans la chambre.

— Jeans, tennis et pull-over, dit-il. L'équipement ad hoc, les cagoules sont momentanément inutiles.

Il fouilla dans sa valise. Il se sentait merveilleusement bien, des années accrochées comme un cloporte à sa rame de papier comme un forçat d'écriture : les mots ne se trompaient pas — rame de galère, rame de papier, c'était un même bagne... Et ce soir il frétillait d'aise : le clerc accouchait du bandit. Il se campa devant Laura.

— Blazier, aventurier sans scrupule, dit-il. Homme de plume, de sac et de corde : le nouveau François Villon.

Il eut l'impression que le sourire qu'elle lui adressa était forcé. Un bref instant, il eut conscience qu'il était seul à s'amuser et que tout cela était terriblement puéril.

— Je suis idiot, Laura. On arrête.

La jeune femme croisa les bras.

— Je savais que tu ne tiendrais pas le coup. Je m'en sortirai seule.

Ils descendirent enlacés les marches étroites de l'escalier de l'hôtel. Derrière le comptoir, l'homme à la chéchia regardait dans le vide.

— Promenade, dit Blazier. Il y a des night-clubs ?

Le cou pivota latéralement entraînant le gland rouge dans une danse rotative.

— Pas de night-club à Edfou.

Il les regarda partir sans surprise en direction du parking.

Michel enclencha la première... La voiture décolla souplement dans un chuintement de caoutchouc.

— « Pas de night-club à Edfou », grommela-t-il, on dirait un titre de polar.

Au bout du quai les lampadaires dévoilaient les pans de la façade d'un entrepôt désaffecté. Ils passèrent devant les hauts murs de brique.

— À gauche après la place, dit Laura. C'est la sortie de la ville.

Il reconnut le terre-plein, le rebord de pierre peint en blanc... Sur la droite, quelques villas éparses de style européen. On aurait pu aussi bien les trouver à Gennevilliers ou à Harlem. La ville indigène était derrière eux, sur la gauche, perdue dans les ténèbres.

Il mit les phares de route, les poteaux se déplacèrent dans les cônes étroits des pinceaux lumineux.

— Le terrain de football, reconnut Blazier, je l'avais remarqué en arrivant. C'est la bonne route.

Cinq kilomètres restaient à parcourir dans ces zones intermédiaires hésitant entre le désert et le terrain vague, lieu imprécis où sous le sable millénaire affleurait le goulot d'une bouteille de Coca-Cola.

— Tu es sûr qu'il n'y a pas de gardien ?

L'asphalte défilait sous les pneus, happé par l'avant de la voiture. La main large de la nuit poussait la route vers eux de plus en plus vite.

— On ne peut pas interdire de passer à Milou l'Anguille, dit-il.

— Qui est Milou l'Anguille ?

— C'est moi.

Elle se sentit merveilleusement bien soudain. Ils allaient faire les cambrioleurs du désert et quel que soit le résultat de cette escapade nocturne, qu'elle ait été princesse d'autrefois ou imbécile d'aujourd'hui, cela ne l'empêcherait pas de toute façon d'être Laura Brams et de partager la vie redoutable mais passionnante du sifflotant Arsène Lupin qui se trouvait en cet instant à ses côtés.

La flèche se découpa dans les phares, les lettres arabes plus larges que la traduction occidentale. Elle parut flotter vers eux et disparut... Une danse éclair, suffisante cependant pour qu'ils puissent en lire les mots.

Kôm-el-Ahmar.

Les fragments du panneau de plâtre éclatèrent au premier coup de talon.

La poussière sembla jaillir vers l'ampoule de la torche.

Elle remonta une marche de l'escalier qui descendait vers la tombe, recherchant l'air libre pour respirer.

Il avait vu juste, ils étaient seuls à Kôm-el-Ahmar et les obstacles s'effondraient un à un.

Ils en étaient au quatrième tombeau.

On respirait dans ces pièces un air sec et terreux... La lumière révélait le sol nu et dallé, sur les parois de rares traces de peinture, délavées, presque invisibles. Trop d'années s'étaient écoulées, l'ocre résistait le mieux mais les fresques paraissaient épaisses, sans grâce, des traits larges comme des plombs de vitrail entouraient des torses rectilignes, tout cela paraissait archaïque... Ils n'étaient pas dans le bon endroit...

— Michel...

— Oui...

Ils chuchotaient bien qu'il n'y eût aucun risque. Un chien du désert avait aboyé longuement, il devait être à plusieurs kilomètres en direction de l'est, la nuit les sons portaient davantage.

— Nous perdons notre temps, tout ça n'a rien à voir avec la 18e dynastie.

Il éteignit la torche pour économiser la pile. Le noir surgit, une étoffe brutale, étouffante. Elle pensa à Télé, elle avait suffisamment vécu avec lui pour savoir que les aveugles ne vivent pas dans le noir, c'était autre chose, le néant n'avait pas de couleur, pas de relief non plus mais il n'était pourtant pas uniforme. Un soir dans la chambre d'Aaron, elle avait sauté sur lui et mis ses deux mains autour de son cou.

— Qu'est-ce que tu vois, bon Dieu, à la fin ! Dis-moi ce que tu vois !

Le gosse se tortillait sous elle dans des râles de rire.

— C'est plein d'hippopotames, je vois des hippopotames partout...

Il l'avait désarçonnée d'un coup de reins, ils s'étaient battus et elle se sentait mourir sous les chatouilles de son frère... Elle l'avait trop négligé ces derniers temps, Michel avait pris toute la place.

Elle éternua violemment. L'air de ces caveaux, l'humidité, avec toutes ces péripéties, elle finirait par attraper une grippe ou pire.

À quelques pas d'elle, Michel respirait. Elle sentit les ondes de déception qui émanaient de lui.

— Qu'est-ce qu'on fait alors ?

Elle eut un deuxième éternuement. Il tâtonna dans la nuit, toucha une cheville, remonta le long de la jambe et la serra contre lui.

— Tu as froid ? On va rentrer.

Les contours se redessinaient, la forme du tumulus d'abord, écrasée contre le ciel.

D'accord, dit-elle, rentrons.

Elle le sentit vaguement penaud à présent que l'excitation était retombée, il ne restait plus qu'une escapade un peu stupide. Elle fut prise d'un remords : elle l'entraînait au bout du monde et en fin de compte elle lui gâchait son plaisir. Il fallait relancer la partie.

— Le dernier casse. Après celui-là, on se retire aux Bahamas.

Elle l'embrassa. La barbe commençait à pousser.

— Vas-y seul, je t'attendrai au foyer. Sois très prudent.

Il ralluma la lampe et shoota dans les plâtras.

— O.K. baby, dit-il, je plonge au cœur des dangers.

— Dis-moi un petit mot gentil, une phrase d'amour, tu es un gangster ou un soldat, tu pars à la guerre ou au hold-up et on ne se reverra peut-être jamais. Vas-y, qu'est-ce que tu me dis ?

Blazier chercha désespérément.

— J'ai un trou.

Elle se mit à rire.

— Bravo l'écrivain, toujours la réplique qui fait mouche.

— Ça n'a rien à voir, protesta-t-il, donne-moi une heure et un stylo et je te ponds une formule totalement irrésistible.

Le faisceau de la lampe cisailla les ténèbres.

— J'y vais.

Elle le regarda descendre les premières marches. Son dos d'un noir profond s'auréolait d'une poudre de lumière jaune.

Elle se rappela qu'elle n'avait pas de cigarettes mais résista à l'envie de lui en demander une, c'était inutile, dans trente secondes il serait revenu.

— Laura...

— Oui...

Ses yeux clignèrent sous l'explosion lumineuse.

— J'ai trouvé la phrase, je l'ai entendue un jour dans un film américain, un policier, je ne sais plus lequel... Pas un chef-d'œuvre en tout cas, mais ça m'a paru être ce qui s'était dit de plus fort dans le genre déclaration.

Cela lui ressemblait bien, il avait dû lire tout des grands écrits amoureux de Dante à Stendhal en passant par Goethe et Tourgueniev, et ce qui lui était resté, c'était quelques mots prononcés dans un fin fond de salle obscure une après-midi de déprime où il s'était fait une série B par lassitude... La salle sentait le chien mouillé.

— Je t'écoute, dit Laura.

— Je n'arrive pas à comprendre pourquoi cette réplique

m'a ému jusqu'aux tripes, dit-il, le dialoguiste doit croupir dans un hôtel semblable au nôtre près d'une décharge de Beverly Hills. En gros c'était : Tu portais des chaussures rouges, moi un costume bleu, tu m'as plaqué à Las Vegas mais je ne t'ai jamais oubliée.

Elle renversa la tête. Enfant, elle avait cru que le bleu de la nuit d'été était une grande toile tendue entre la terre et la lumière, par les trous minuscules, par la trame usée de ce tissu qui avait tant servi, des lueurs passaient que l'on appelait des étoiles... La nuit était le manteau du soleil, il l'enlevait chaque matin et le retrouvait chaque soir... C'était un soleil clochard aux vêtements reprisés.

Michel Blazier se courba et pénétra dans le dernier tombeau.

Elle se souvint qu'elle n'avait toujours pas de cigarettes mais elle n'en conçut pas d'agacement, simplement une constatation neutre, sans intérêt, elle pourrait cesser de fumer bientôt, c'était le signe précurseur d'une désaffection du tabac. Tant mieux.

L'ombre du tumulus dessinait une bosse de chameau qui couvrait un bon tiers de Kôm-el-Ahmar.

L'Égypte était plus belle autrefois, en Hollande, lorsque j'avais douze ans... On lui avait arraché ses statues et ses mystères et on les étalait aux yeux des enfants... Tout était proche du conte de fées auquel je ne croyais déjà plus, les masques des pharaons et les statues de marbre étaient le dernier et scolaire avatar du merveilleux... Ramsès et Sésostris, les moines et les dieux oiseaux tiraient plus du côté de la fantasmagorie que de la salle de classe... J'ai trop rêvé devant ce sarcophage, ce jour-là j'ai bâti un édifice invraisemblable que j'ai toute ma vie entretenu... Fais-en un roman, Michel, une belle histoire de folie, comme si je ne pouvais pas supporter l'idée de ma mort...

Van Starken avait raison : rien ne se perdait dans

l'univers, rien ne mourait, mais mon âme si impalpable qu'elle fût se dissoudrait en milliards de milliards de composantes, elles seraient semblables aux planètes illuminées de cette nuit lancées dans la course vertigineuse, d'autres combinaisons auraient lieu et jamais ce qui naissait ne serait semblable à ce qui venait de mourir. Un jour mon cœur s'arrêtera de battre comme s'est arrêté celui de maman... On mettra un nom sur ma tombe et on aura raison de le faire car jamais plus il n'y aura sur terre une autre Laura Brams.

Un vent léger se leva et le sol se troubla un instant, le sable soulevé à ras du sol rendit flou le contour des rochers dans la lumière bleue.

Elle s'adossa avec un soupir de bien-être contre un bloc de pierre.

Elle en était sûre maintenant : une vie n'était qu'une vie, une étincelle entre deux moments, un passage fugace et réel qui jamais ne se retrouverait, telle était la loi et telle sa grandeur. Laura Brams une fois et une seule.

Les hommes fuyaient lançant à la désespérée des ponts d'hypothèses pour aborder les rivages d'éternité... Jamais ils n'admettraient de ne pas être éternellement présents... Le vieux rêve lâche et imbécile : malheureux, humiliés, souffrants et torturés mais éternels surtout, surtout ne pas mourir, ne jamais n'être rien...

Je vivrai cette vie parce qu'elle finira et tout son suc, toute sa joie contenue, je l'extrairai de toutes mes forces, car je sais qu'elle n'a de sens que parce qu'un jour elle ne sera plus.

Bizarre que la vérité se soit tout de même trouvée à Kôm-el-Ahmar. Il me fallait peut-être cette nuit et cet endroit pour qu'elle me soit révélée : la mort existe et elle n'est pas une ennemie. Je ne fus jamais princesse d'autrefois.

Laura sentit la paix grandir en elle, ni Van Starken ni

Loudart n'avaient obtenu ce résultat. On s'en sortait toujours seul.

Elle n'aurait su dire combien de temps avait duré sa réflexion. Quelques minutes, une seule peut-être, c'était difficile à établir... Michel allait remonter... Je suis Laura Brams, infiniment mortelle, heureuse et combien périssable...

Le chien aboya de nouveau, peut-être plus proche... Sans l'avoir décidé, elle descendit les marches et se glissa par l'étroite ouverture, surprise par la volonté avec laquelle ses muscles l'entraînaient. Michel avait peut-être trouvé quelque chose...

Elle pénétra dans une première salle voûtée couleur de glaise. Les murs étaient entièrement nus.

Blazier se trouvait dans la pièce voisine communiquant avec la première par une porte basse. À la lueur indirecte provenant de la torche, elle put voir que les parois étaient couvertes de graffitis tracés au canif dans la pierre tendre... Un tombeau dans le désert devenu le rendez-vous des amoureux du monde. Hans et Helga, Brême 1977 ; Andrée d'Argenteuil, une solitaire celle-là ; John et Martha, 79, deux amants appliqués creusant profondément leurs noms avec un soin maniaque. M. et S., New York. D'autres initiales, des noms, quelques cœurs fléchés mais rares, la coutume devait se perdre.

Elle les imaginait tous, gravant à la dérobée. Ils étaient jeunes, sympathiques et idiots... Les vacances, l'amour et l'Égypte en prime, shorts, Kodak et sandales... Un petit monde au cœur d'un peuple mort.

— Tu as trouvé quelque chose ?

Sans attendre la réponse, elle courba la tête et entra dans la chambre mortuaire.

La lumière éclatait de plein fouet sur les six hommes en marche le long du fleuve. Leurs pieds nus reposaient sur un sol recouvert de fleurs de lotus... Elle fut frappée par l'expression des visages. Quelque chose avait eu lieu... La fresque couvrait le mur bordé de cartouches et de hiéroglyphes... Devant les six hommes, un homme marchait seul. Ses mains étaient liées derrière son dos. Les vêtements paraissaient être ceux d'une classe noble ou tout au moins riche. Elle comprit alors que les six voyageurs n'étaient pas des pèlerins mais des gardiens, peut-être des juges. Sur l'extrême droite, en bas, près du sol, il y avait quelque chose qu'elle ne put apercevoir. Blazier était accroupi devant et ses épaules masquaient le coin inférieur du mur.

Elle se recula lentement et heurta la paroi opposée des épaules. Elle sut qu'elle se trouvait devant ce que Van Cornley avait appelé le « mur du malheur »...

Partout, formant deux longues frises supérieures et inférieures, les caractères fourmillaient, sans doute racontaient-ils une histoire.

Ses yeux revinrent sur le prisonnier, la poitrine était ornée d'un pectoral d'or. Tandis que son regard enregistrait les détails inconsciemment sa pensée cherchait d'où provenait le malaise qui l'avait saisie depuis son entrée dans la salle...

Des oiseaux passaient entre les personnages, des ibis stylisés, ils devaient abonder alors sur les bords du Nil.

Le malaise ne vient pas du mur.

Elle recula et ses jambes rencontrèrent la pierre sèche.

C'est Michel. Il n'a pas bougé. Ni parlé.

Elle ne pouvait discerner son visage. À la ligne des épaules, elle se rendait compte d'un affaissement inhabituel mais ne pouvait en deviner la cause. Des cailloux roulèrent sous ses semelles.

Elle sentit le choc de la première vague d'ondes lorsqu'il se leva.

Elle perçut le tintement métallique de la lampe contre le sol et les ombres se ruèrent. La torche ne s'était pas éteinte, elle roula entraînant les figures du mur dans une sarabande éclair... Avant que le torse n'occulte le mur elle vit les six hommes bondir dans la nuit et le prisonnier jaillir dans une évasion instantanée.

Elle hurla, le sol monta vers elle et ses genoux percutèrent le sol, ses mains crochèrent dans l'avant-bras de l'homme qui la tira à lui. Le balancement régulier de la torche fit pivoter les ombres et avant qu'elles ne surgissent à nouveau, Laura eut le temps de voir sa mort briller dans la lame dardée qu'il tenait dans sa main.

Il frappa en fléau, tout son poids dans le poignet. Laura boula, la chaleur du sang couvrit sa cuisse, son talon partit du fond du noir et éclata dans la lumière.

La porte. L'atteindre et fuir dans la nuit, lutter contre la brume, contre ce soir de folie. Elle lapa, rapide, un souffle d'air et plongea à gauche. Le rasoir siffla en arc de cercle ouvrant au passage la chair vive. Il s'abattit contre le sol, chargeant en taureau fou. La clavicule craqua contre les dalles. Elle s'arracha, sprintant vers la porte sombre et vrilla dans l'air, le cercle des phalanges broyant sa cheville. Les ongles de Laura griffèrent la roche, la salle tourbillonna dans une roue d'enfer. Dans un halètement il assura son coude contre le mur et détendit l'avant-bras en piston de machine, lui clouant le bras dans la pierre.

À cette seconde, elle comprit qu'elle ne s'en sortirait plus. Il lui sembla que sa propre chair hurlait autour de l'acier, avec une détente de tout son être, elle frappa de toute sa peur dans la masse qui l'écrasait. Elle vit sa peau s'ouvrir lorsqu'il retira le couteau, une fleur immédiate épanouie et vénéneuse soudain jaillie entre coude et poignet.

Elle se recroquevilla dans un sanglot... Il se tenait debout. La lampe fit jouer les muscles du cou. Les couleuvres exaspérées par la violence de la lumière se lovèrent sous la peau. Elle vit la bouche noircir et basculer dans l'ombre. D'instinct elle leva les jambes pour parer le coup qu'elle ne vit pas partir. La lame dérapa sur le talon, creva le cuir, sectionna les tendons et cassa net contre l'os dans une détonation sèche. La traînée de sang la gifla avec violence. Folle de peur, elle dérapa dans la poussière et ses ongles cassés se plantèrent dans le visage encore invisible. Où était Michel ? Cet homme l'avait tué, avait revêtu son blouson. Le poing la frappa pleine face et les cartilages claquèrent comme un mauvais carton, la douleur coula en bourrasque, sa nuque sonna contre la pierre. Elle vit alors le visage lacéré, tendu vers elle.

— Michel !

Le hurlement fit tressaillir une veine contre son front. Les yeux vides contemplèrent la forme tapie devant lui, la cassure de l'acier scintilla près de sa main droite. Ses lèvres se séparèrent et il prononça un nom qu'elle ne comprit pas. Un nom de terreur qui s'enfla jusqu'à faire éclater les pierres du tombeau tandis que les doigts poissés de sang de l'homme qu'elle aimait, plongés dans sa chevelure, lui tordaient la face vers le ciel. Il ouvrit de sa main droite la rectiligne et acide faille écarlate par laquelle allait sourdre, à travers la mousse rouge de la chair battante, la vie torturée de Laura Brams.

Elle tomba dans l'angle du mur. Elle sentit le cœur lointain battre une charge inutile, les lourdes cavales chargèrent au triple galop.

Elles venaient du fond de l'espace gris et leurs manteaux occultaient le soleil, contre les flancs des chevaux lancés flottaient de si vastes étendards qu'ils envahirent ses yeux éteints. Elle fit le plus grand effort de sa vie et fixa l'élément de la fresque qu'elle n'avait pas encore vu. Il était tout contre son œil, tout était si sombre soudain, si trouble, si...

Il chancela, écarta les jambes pour éviter la chute et

enjamba le corps de la femme. Ses mains se joignent sur le manche du poignard cassé, il jette tout son corps en arrière, courbant les reins à la limite de rupture.

Les larmes et le sang délayèrent le regard de Laura, mais en une fraction de seconde, avant que les noirs cavaliers ne la rattrapent, elle put voir que devant le prisonnier, comme suspendu au-dessus des eaux du fleuve usé, se tenait le sarcophage. Le sarcophage du musée d'Otterlo.

Le coup l'atteignit entre les omoplates, la force du choc souleva la poussière. Lorsqu'il la lâcha, le poignard resta planté jusqu'à la garde.

Michel Blazier renversa vers la nuit son visage halluciné et écouta battre le gong lointain des tambours de la mort.

Les goémons.

Depuis toujours ils étaient pour Aaron le repère des saisons, des heures du jour, de l'état de la mer... Il lui suffisait de respirer leur odeur pour savoir si les orages se préparaient ou si les houles seraient paisibles. Rien n'était plus simple que le décryptage de ces messages olfactifs que délivraient ces lianes larges et caoutchouteuses abandonnées sur la ligne haute des marées...

Ce matin le sable était tiède malgré le vent et il y avait au cœur des rafales légères un relent de sel et de lointaine pourriture, cela signifiait qu'il pleuvrait bientôt, sans doute en fin d'après-midi.

Sylvio regardait la maison aux Anciennes Colonnes. Son père avait donc connu ce paysage, il s'était accoudé aux vieilles balustres et avait contemplé cette mer d'améthyste, les mêmes nuages étaient passés sur l'infini des eaux.

Il était alors près de cette femme qu'il aimait et ils avaient dû marcher sur ces rives nues... Un couple étonnamment banal en promenade océane. Sous les couches amoncelées peut-être leur double empreinte demeurait-elle encore, peut-être existait-il une mémoire du sable… Il était si lié au temps, il était sa mesure, il marquait les heures dans les ampoules de verre, il était le résultat d'une usure infinie et patiente… Lorsque les hommes le laissaient filer entre leurs doigts, ils avaient l'impression que coulaient les années… il était l'image de la vie, croyaient-ils, dans ce qu'elle avait de passager et de totalement dérisoire, il devait y avoir au cœur de chaque grain toute une mémoire.

— Je me demande si le fait de ne pas savoir vraiment ce qui s'est passé va me poursuivre éternellement ou si je vais finir par m'en moquer.

Aaron se mit à rire.

— Cela fait partie des choses qui ne se décident pas.

Ils avaient parlé longuement la veille.

Sylvio avait peu connu son père, tout venait peut-être de là, l'amour de Sylvio pour Michel était celui que l'on pouvait éprouver pour un être imprécis, entrevu, dont on devinait que d'autres situations, d'autres éclairages feraient varier les contours.

Il avait à présent lu et relu tous les livres, les inachevés, les projets qui traînaient dans les tiroirs et il ne savait toujours pas… Il y avait eu une histoire d'amour… Yann l'avait dit, Aaron lui en avait parlé, lui-même l'avait compris… Il avait contemplé le visage de Laura dans les journaux le jour où le meurtre avait été révélé…

Une affaire trouble, les médias avaient foncé… Les gens raffolaient du pittoresque dans le drame, celui-là avait tout ce qu'il fallait pour garder la une longtemps… Un écrivain en renom, une tombe violée, l'Égypte, la sauvagerie de l'assassinat, le cadavre découvert à l'aube percé de douze coups de couteau… On avait parlé de meurtre rituel et même ressorti la vieille rengaine de la malédiction du pharaon, bien qu'il n'y eût aucun pharaon dans l'histoire.

La folie avait été retenue, bizarrement elle semblait

davantage du côté de la victime qui avait quelque temps auparavant fait un séjour dans une clinique psychiatrique. Quant à l'assassin, le fait qu'il fût romancier ne plaidait pas pour sa normalité… De longues années, il s'était enfermé dans une solitude d'autant plus inexplicable qu'il était un homme reconnu et apprécié, une femme avait surgi dans sa vie et avait fait éclater la coquille protectrice derrière laquelle il se préservait, une femme elle-même déséquilibrée… Que s'était-il passé ce soir-là ? Pourquoi ce voyage en Égypte en plein hiver ? Comment expliquer leur présence la nuit dans une tombe interdite ? Des hypothèses avaient été émises sur des perversions sexuelles, sur des sectes ressuscitées, des tenants du culte d'Osiris s'étaient manifestés.

Avec la mort de Blazier, tout s'était apaisé… Au fond les gens ne s'intéressaient aux mystères que s'ils concernaient des vivants.

Un magazine français, célèbre pour régler tous les problèmes de l'univers à coups de sondages et de statistiques avait ramené l'affaire à sa juste proportion de niveau passionnel, mathématiquement, le meurtre de Laura Brams entrait dans le pourcentage habituel des affaires de cœur à dénouement sanglant. Le suicide de l'amant-meurtrier banalisait encore davantage les choses ; celle-ci n'avait paru exceptionnelle que par les lieux où elle s'était produite et par la personnalité du coupable, mais qui pouvait savoir s'il ne s'agissait pas simplement d'un drame sordide de jalousie ? Et si toute cette mise en scène macabre n'avait eu d'autre raison d'être que d'aiguiller l'enquête sur de fausses pistes ? On connaissait l'imagination de l'écrivain, est-ce qu'après tout il n'avait pas simplement voulu se débarrasser d'une femme infidèle, s'était-il aperçu qu'elle n'en voulait qu'à son argent ? À la vague de réponses ésotériques succédait une mer de platitudes…

Aujourd'hui le dossier était clos et les bouches s'étaient tues. Rien ne demeurait que les vols pâles des goélands, les ailes blanches sur le ciel gris, les croix planantes, fixes et frémissantes, clouées vivantes sur les plafonds cotonneux du ciel...

— Pourquoi l'avez-vous appelée la maison aux Anciennes Colonnes ?

Aaron leva son visage et sembla suivre le passage des oiseaux au-dessus de sa tête.

— Laura la nommait ainsi. On ne sait jamais très bien pourquoi les enfants donnent des noms aux choses... Peut-être aimait-elle la sonorité des mots. Nous n'avons jamais appelé la maison autrement.

Sylvio hocha la tête. Une amitié se formait entre lui et l'aveugle, mais quelque chose l'avertissait qu'il n'avait pas tout dit.

Aaron se leva brusquement et secoua le sable de son pantalon de toile blanche.

— Promenons-nous, dit-il, ensuite ce sera le genièvre, inévitable comme la migraine qui le suit.

Yann s'était effondré à l'annonce du crime, un avocat était venu le trouver, un stagiaire au cheveu rare, mais Yann n'avait rien dit.

Oui, il acceptait de venir à la barre, oui, Blazier était son ami, mais il ne dirait rien avant d'avoir vu le prisonnier ou d'avoir une lettre, quelque chose qui l'autorisât à parler. L'autre avait avalé sa salive. Yann s'était muré dans le silence... Cette histoire de réincarnation aiderait-elle ou défavoriserait-elle la cause de l'accusé ? Accepterait-il que l'on s'en servît pour plaider la folie ? Il voulait être sûr de ne commettre aucune maladresse, aucun impair... C'est le lendemain de la visite de l'avocat que Michel s'était ouvert les veines dans sa cellule.

Yann avait su alors qu'il ne parlerait jamais.

À quoi cela aurait-il servi ? À accréditer la thèse de la

folie subite ? La mémoire de Blazier ne s'en trouverait pas mieux. À présent il restait les livres... Eux seuls comptaient.

Ils montèrent en diagonale une haute dune. Le chemin était large et ils pouvaient avancer tous deux de front.

— Je ne sais pas si cela peut vous aider, si vous vous en moquez et ce que vous en ferez, mais il y a dans tout cela une seule chose dont je sois totalement sûr : votre père et ma sœur se sont aimés.

Le rire de Laura continuait à courir sur les plages, il avait changé au fil du temps mais jamais Aaron ne l'avait connu aussi clair que depuis le jour où elle avait rencontré cet homme. C'était important la clarté d'un rire. À cela on reconnaissait le bonheur, les scories s'étaient enfuies et il ne restait plus qu'une immense et lumineuse évidence et Laura avait eu, un temps, ce son de haute plénitude, la note ultime auxquels parviennent parfois ceux qu'un accord parfait unit à un autre être... Les fêlures seraient venues peut-être, mais elles n'avaient pas eu le temps de ternir le cristal car Laura était morte.

Sylvio hocha la tête... Michel semblait si bien dans sa peau, ces temps derniers. Le téléphone avait sonné un soir.

— En Égypte ? !

— Oui, l'Égypte... En Afrique... Tu vois l'Algérie, eh bien c'est sur la gauche en descendant, près de...

Sylvio riait.

— Tu y vas pour ta documentation évidemment, pour le futur best-seller, il n'y a aucune gonzesse là-dessous.

— Je n'arrive même pas à comprendre ce que signifie ce dernier mot. Oui, c'est pour ma documentation.

Le rire de son père. Il avait senti une grande détente, comme une inaltérable bonne humeur.

— C'est une drôle d'histoire, je te raconterai tout en détail.

— Ne sois pas vulgaire.

Il avait oublié déjà les dernières paroles de son père, elles devaient être simples, quelconques, celles que l'on dit avant de raccrocher à quelqu'un que l'on va revoir... Non, même bafoué par la femme qu'il aimait, même au dernier degré de l'humiliation et de la colère, Michel Blazier ne pouvait pas avoir commis un acte semblable, il n'aurait pas laissé se déchaîner une telle sauvagerie.

— J'ai pensé quelquefois à un troisième homme.

Aaron sentit sous ses semelles craquer les coquilles microscopiques, elles étaient de plus en plus nombreuses, cela signifiait qu'il fallait obliquer.

— Je ne comprends pas.

— Un rôdeur, dit Sylvio, un tueur qui les aurait suivis.

Aaron avançait en ligne droite, un fil invisible semblait le relier à la vieille maison.

— Pourquoi Michel n'aurait-il rien dit ?

Sylvio haussa les épaules.

— Je ne sais pas, ce type est peut-être parvenu à le droguer... Enfin on peut imaginer que...

Le visage de l'aveugle se trouva devant lui. Sur les tempes, les cheveux frisaient, incroyablement fins, des cheveux d'enfant, flous et dorés.

— L'enquête a prouvé qu'ils étaient seuls, pas une empreinte, pas une trace autre que la leur.

— Vous avez confiance dans les résultats obtenus par des flics égyptiens totalement dépassés par les événements ?

— Le couteau appartenait à votre père...

— Il l'emmenait toujours en voyage, dit Sylvio, c'est sa mère qui le lui avait offert pour un anniversaire, il était môme... Je crois que c'est le seul cadeau qu'elle lui ait jamais fait. C'est pour cela qu'il le gardait.

Les mains de l'aveugle effleurèrent les épaules du jeune homme et s'y appuyèrent.

— Ils sont morts, dit-il, il faut leur laisser leur secret.

— Je n'y arrive pas...

Ils reprirent leur marche. Le flux amenait à présent les premières vagues jusqu'à la ligne basse des rochers, les roches rasoirs découpaient le ventre de l'eau, arrachant les entrailles de mousse blanche.

Aaron comprit la détresse de son compagnon, cette obstination rageuse à savoir, à admettre qu'il puisse être le fils d'un fou meurtrier, tout était neuf encore mais tout s'apaiserait. Sylvio allait repartir dans quelques jours, il y aurait Paris, il y aurait la vie, rien ne s'effacerait jamais mais tout deviendrait supportable.

— Faites encore quelques pas, je dois donner un coup de téléphone, je vous attends au salon.

Aaron à la densité du sable sut qu'il abordait le repli des genêts. À un fond d'imperceptible senteur aigrelette la montée de la sève s'exprimait... Le printemps bientôt.

Un matin, il y avait longtemps de cela, ils s'étaient poursuivis Laura et lui, elle était la princesse de la grève, elle avait trébuché dans le long rideau qui l'enveloppait et lui servait de traîne et avait dévalé dans les fleurs, écrasant les pétales jaunes, elle s'était relevée, couverte de taches d'or, il avait reniflé sur elle comme un chien l'odeur huilée de l'été naissant.

Il monta les marches de bois et resta un moment immobile face au ressac. Le souvenir lui vint de cette fillette heureuse couverte du parfum de sable et de plantes. Elle ne cesserait pas de courir sur cette grève déserte... elle avait vécu ici et vivrait ailleurs, le rire retentirait encore, une autre Laura, et Laura cependant, identique et renouvelée...

La main d'Aaron se posa sur la rampe... À la course plus vive du vent il se rendit compte que les beaux jours étaient là, ils attendaient pour paraître que passent les ultimes rafales.

Alors l'aveugle sourit et rentra dans la maison.

ÉPILOGUE

22 janvier 1938

— Alors ?

La lampe à gaz répandait une odeur fade, elle trônait sur les tréteaux parmi les papiers calques, les instruments de relevé et tout un attirail d'aquarelliste... Lehman leva la tête. Van Cornley se trouvait en haut des escaliers.

— Entrez. Si vous avez de quoi boire vous serez encore mieux accueilli.

Le visiteur fit bouger les doigts qui cerclaient les goulots de deux bouteilles de bière, elles s'entrechoquèrent. Lehman sourit et son regard revint sur un carnet de notes à spirale.

Van Cornley se dirigea en habitué vers le coin gauche de la salle et prit les deux verres dans le seau étamé plein d'une eau tiède.

La fresque était derrière eux, à demi occultée par les ombres mouvantes de leurs torses, dégagée entièrement depuis trente-sept jours.

Tout ce temps, Lehman l'avait passé dans le tombeau, décryptant les caractères qui entouraient les personnages.

— Alors, reprit Van Cornley... Allez-vous vous décider à me raconter l'histoire ?

Lehman toussa. Le verre trembla dans sa main et la mousse se répandit sur sa main.

— Un casse-tête, dit-il. Le problème avec cette période de la 18e dynastie, c'est que des types d'écritures différentes cohabitent.

Il eut un regard vindicatif sur ses notes et fit pivoter le tabouret pour faire face au mur.

— Les textes hiéroglyphiques sont toujours écrits dans la forme caduque du moyen égyptien et tout cela est farci d'emprunts à la forme hiératique.

— Foutez-moi la paix, Lehman, et essayez d'imaginer qu'il existe des gens qui ne sont pas des spécialistes.

Le rire de Lehman résonna sous la voûte.

— Je vous soupçonne de ne pas avoir été un élève très attentif lorsqu'il s'agissait de traduire les textes anciens.

C'était vrai, très vite Van Cornley avait délaissé les transcriptions et s'était tourné vers la recherche proprement archéologique.

— Curieuse civilisation, soupira Lehman, lorsqu'il s'agit de textes administratifs on emploie une forme d'écriture, lorsqu'il s'agit de poésie et de récits de légendes, on a recours à une autre... Imaginez un romancier qui écrirait en bleu les faits réels et en rouge tout ce qui sortirait de son imagination.

Cornley repoussa une règle en bois graduée et se pencha sur les dessins des cartouches que Lehman avait reproduits sur du papier millimétré. Le signe du faucon revenait souvent, le scarabée était aussi usité.

— J'ai passé un an de ma vie à dégager ce panneau grain de sable par grain de sable, est-ce qu'il me serait possible de savoir...

Lehman se mit à rire. Les deux hommes avaient sympathisé ces derniers mois. Ils avaient eu quelques soirées chargées de bière dans la moiteur des tentes rousses situées en amont du fleuve. Le lieu était ombragé, baigné par l'odeur sèche des eucalyptus mais infesté de moustiques. Ce que chacun appréciait chez l'autre était le fait qu'il ne ressemblait pas à l'image de l'égyptologue en mission avec ce compromis de touriste guindé et d'uniforme paramilitaire qui était traditionnel. Par-dessus tout, ce qui les réunissait était l'amour fou qu'ils portaient au monde disparu...

Passion malsaine, avait dit Lehman, mais il fallait bien se réfugier quelque part... Ils avaient l'un et l'autre réussi leur coup, ils s'étaient enfouis et enfuis dans un système dont ils s'acharnaient à traquer les différences d'avec celui dans lequel ils vivaient. Van Cornley avait proclamé au cours de l'une de leurs beuveries qu'ils n'étaient rien d'autre que deux Martiens à l'envers. Ils étaient partis d'une planète qui n'était pas la leur pour réintégrer leur véritable domaine : la galaxie Égypte.

Lehman se leva et tendit brusquement l'index vers la fresque.

— Que nous apprend la peinture occidentale depuis Giotto et les primitifs flamands ? Une chose simple : le personnage principal est celui qui est isolé. L'attention du spectateur se porte donc immanquablement sur cet individu.

Le doigt de Lehman désignait le prisonnier.

Van Cornley s'assit sur le tabouret que son ami venait de quitter. Au ton de la voix, la démonstration venait de commencer.

— Mais nous n'avons pas ici à faire à une fresque italienne et les indications que nous donne l'artiste indiquent nettement que cette tombe est celle d'un dignitaire dont le rôle dans la société cumule à la fois les fonctions de policier et de magistrat, cet homme, le voici...

L'index de Lehman se déplaça latéralement et s'arrêta sur le premier des six pèlerins.

Lehman se tourna vers Van Cornley.

— Je vous présente Ranofé, inspecteur de justice et ancien propriétaire de ces lieux. Cette tombe est la sienne.

Van Cornley hocha la tête et étouffa un renvoi de bière.

— Comme il est de tradition dans toutes les tombes de grand dignitaire, les murs retracent les faits importants de sa vie. Là, il s'agit d'une arrestation opérée par Ranofé... Celle d'un dangereux assassin.

Il s'interrompit. La cloche lointaine annonçait au-dessus d'eux la fin des travaux du jour... Lorsqu'il serait de retour en Hollande, Van Cornley songea que ce bruit lui manquerait, ainsi que la vision des hommes quittant le chantier et regagnant dans la pourpre du soir des villages invisibles cachés dans les oseraies. Lehman se gratta la tête.

— L'histoire est compliquée et je n'ai pas encore éclairci tous les détails, il n'est même pas sûr que Ranofé lui-même y soit parvenu...

Les pieds nus des ouvriers martelèrent la salle près de la porte du tombeau, il y eut un rire qui s'éloigna.

— Un riche marchand faisait du commerce, remontant en bateau le long des côtes de Palestine jusqu'au royaume de Chypre auquel il achetait du cuivre, il se rendait également dans les ports de l'Empire hittite où il écoulait des marchandises, des amphores et des statues. En revenant d'une expédition à l'intérieur des terres, il retrouva un jour le bateau coulé, le chargement disparu avec son fils resté à bord. Les navigateurs durent revenir par le long chemin de la terre ; ils furent recueillis par une caravane assyrienne.

Lehman s'arrêta. Van Cornley eut l'impression qu'il vérifiait encore, qu'il lisait à même la muraille.

— L'un des marins annonça alors à l'épouse du marchand que son fils était mort mais que c'était son propre père qui l'avait tué et mis le feu au navire pour camoufler son crime. Celle-ci voulut alors dénoncer son mari mais n'en eut pas le temps.

Van Cornley fixa le profil du prisonnier. Il avait toujours été frappé par la douceur de la bouche, le modelé des lèvres que le sable avait polies et une longue sagesse contenue sous les paupières étirées... Toujours il l'avait considéré comme une victime, un général malheureux marchant dignement vers son sort.

— Prévenu du dessein de sa femme, il put l'empêcher de donner l'alarme. Il la tua de plusieurs coups de poignard, douze exactement. Seul le sarcophage de l'épouse est représenté ici.

Van Cornley siffla.

— Un fait divers, dit-il, on est tombé sur la une du journal.

Les ongles de Lehman crissèrent sur sa barbe paille de fer.

— Ranofé part avec ses hommes à la poursuite de l'assassin, l'arrête et le ramène. Le texte précise que le meurtrier, devant être exécuté dans les heures qui suivirent, mit lui-même fin à ses jours.

— C'est étrange, dit Van Cornley, j'avais baptisé ce mur le « mur du malheur ». Mon intuition ne m'avait pas trompé. C'est une sombre histoire : pourquoi ce type a-t-il tué son fils ?

Lehman hocha la tête.

— Lisez les comptes rendus de nos journaux actuels relatant un meurtre quelconque et dites-moi s'ils répondent à toutes nos questions.

Van Cornley se souleva avec effort. Il eut brusquement envie de se retrouver à l'air libre. Respirer pour les dernières fois le vent du soir sur les sables de Kôm-el-Ahmar.

Dans quelques jours il retrouverait l'Europe et d'autres fouilles viendraient. La terre était pleine d'histoires et de drames, il fallait fouiller, le passé s'enfonçait peu à peu, la planète n'était formée que de couches successives de mémoires durcies, il avait le pouvoir merveilleux de ramener au jour un à un, les bonheurs, les batailles, les labeurs et les triomphes, les prêtres et les voleurs, les dieux et les meurtriers… Il était bon sans doute que tout revive, il ne se condamnait pas à tout expliquer… Simplement, il révélait, il était le montreur des vraies ombres et son théâtre était le temps.

Ils émergèrent ensemble à l'air libre. Perchée sur le haut du tumulus, une chèvre détala poursuivie par les pierres sifflantes du berger.

— Démoniaque histoire, dit Van Cornley, ces gens n'avaient donc pas tous atteint la sagesse…

Lehman cligna des yeux dans la lumière rasante.

Sous la tente qui servait de cantine, c'était le brouhaha habituel, le son des gamelles heurtées et les appels.

Sans qu'il ait su pourquoi, l'un des personnages trottait dans la pensée de Van Cornley, ce n'était ni Ranofé, le policier triomphant, ni le tueur traqué, mais cette femme invisible que le destin avait frappée avec toute la force contenue dans les bras de Seth, dieu des tempêtes et de la folie, le démon qui surgissait à la nuit en ces temps sans pitié.

— Comment s'appelait-elle ?

Lehman s'agenouilla avec effort. La lanière de cuir de sa sandale usée par le frottement venait de céder.

— Qui cela ?

— La deuxième victime. La femme du sarcophage.

Lehman se redressa et contempla sa chaussure cassée d'un œil morne. Le soleil touchait exactement le bord frangé de l'horizon. Dans l'aspérité la plus haute on reconnaissait le minaret d'Edfou. Lehman sortit le carnet à spirale qui ne le quittait jamais.

— Elle venait de Thèbes, dit-il, et son sang était royal.

POSTFACE

Voici donc ce que fut le cas « Laura B. et Michel Bl. ».

Moins exceptionnel que ce que l'on pourrait croire à première vue, une remarque s'impose : trois êtres dessinent de par leur position dans l'espace des figures géométriques toujours différentes si on les relie les unes aux autres par des droites imaginaires.

Or on ne parle de hasard que s'ils se rencontrent, mais le fait, pour trois éléments, de se trouver en contact n'est pas plus extraordinaire que de former un triangle rectangle, équilatéral ou isocèle. Il en est de même dans la quatrième dimension... De toutes les créatures existantes, le simple fait que certaines existent dans le même laps de temps peut être considéré comme un fait normal ou un fait de hasard suivant le degré d'intérêt que lui apporte l'observateur.

On sait que les amoureux bénissent l'étrange bonheur de la contemporanéité... L'être qu'ils aiment partage avec eux le même siècle... Il y a là en effet peut-être de quoi s'étonner et admirer la nature des choses.

Rien de surprenant donc à ce que Laura, Michel et Kadar se soient retrouvés trois mille cinq cents ans après s'être connus pour la première fois... Le hasard, même redoublé, ne fait pas une loi.

Le drame est né du « choc fondamental » que subit Michel Blazier devant l'image de son destin… L'image de l'assassin d'hier a créé le meurtrier d'aujourd'hui.

Quelle est l'alchimie qui a transformé l'écrivain en tueur ? On connaît la violence de ses ondes, Laura qui les a subies en savait quelque chose, j'espère qu'elle a su en mourant que celui qui la tuait venait du fond des âges, ressuscité par un phénomène que les imbéciles mettront du côté de la magie et de l'impossible, voire de l'escroquerie.

Dans certaines circonstances, ce qui a eu lieu reviendra… C'est ce qui s'est passé cette nuit-là à Kôm-el-Ahmar.

Plus de faits que l'on croit s'expliquent de cette façon : libre et maître de lui, un homme sent soudain ses actions et ses pensées lui échapper, un autre commande : celui qu'il fut. On peut, si on le veut, appeler cela un mystère ou le nommer folie.

Je reste persuadé que, même si les policiers belges chargés de l'enquête n'y prêtèrent aucune attention, même si Michel B. n'en eut pas une seconde la moindre conscience, c'est lui qui, d'une façon quelconque, par un coup de volant ou par une accélération infime, a tué Kadar sur le trottoir de Bruges pour une raison simple : il l'avait tué déjà dans les criques d'Ineboul et ne pouvait faire autrement.

Si j'avais pu savoir ce que disaient les inscriptions peintes sur « le mur du malheur », j'aurais empêché Michel et Laura de partir. La grande stupidité de notre civilisation est de considérer le passé comme mort ou sans force… Rien n'est plus dangereux.

Loin d'être vidé de toute substance, le temps qui s'accumule est la plus grande source d'énergie qui puisse exister. Dans les bras de Michel Blazier une puissance meurtrière invincible a surgi. D'une certaine façon, Laura a su ce qui l'attendait, le couteau découvert en Finlande et le trouble qu'il a occasionné prouvent ses données télépathiques... On se souvient que Freud a envisagé à un moment d'approfondir cette voie : c'est ici, en effet, que présent, passé et avenir se mêlent.

Tout reste à comprendre : je lis la préface que j'ai consacrée à ce volume. Je ne suis pas loin de penser qu'il y manque l'essentiel. C'est une impression si vague que par scrupule de pseudo-rationaliste, j'ai de la peine à l'avancer... En deux mots voici : si je me suis intéressé à ces phénomènes jusqu'à créer cette section expérimentale de parapsychologie à Arnhem, c'est peut-être parce que j'ai depuis toujours le souvenir flou de celui que j'ai sans doute été dans une vie antérieure.

Non pas un souvenir, juste une image, elle m'a poursuivi depuis l'enfance et je sais qu'elle ne disparaîtra qu'avec ma mort.

Je suis dans une maison de pierre, dehors la campagne ruisselle de soleil. Je me regarde dans un miroir, une femme se tient près de moi, elle porte un fichu noir comme les veuves sardes ou siciliennes... Elle est sans doute ma mère. Le visage que je fixe est le mien. C'est un jeune homme pâle aux cheveux ras. Il ne me ressemble pas mais je sais que c'est moi. Moi, il y a presque deux siècles.

C'est sur cette vision que j'ai bâti ma vie. Il y a en elle malgré toutes ses imperfections une certitude qui me bouleverse... C'est cette certitude qui m'a fait ouvrir ma porte à Laura un jour d'été...

Le soir tombe sur Arnhem, la pluie qui commence à ruisseler est tiède. Cet univers semble s'enfouir à l'intérieur d'une bulle translucide... La pluie, élément d'un cycle indestructible et renouvelé... Dans les tribus Bangas du Haut-Niger, les sorciers prétendent que chaque goutte est une âme. Lorsqu'elle s'écrase contre le sol desséché, elle libère de sa prison liquide un esprit vivant qui s'incarnera dans le ventre d'une femme, ainsi se continue la race humaine.

Je regarde le ciel et les gouttes mourir dans les lumières de la nuit.

Laquelle d'entre elles contient l'âme de Laura Brams ?

J. Van Starken

Pour les lectrices et lecteurs du Club

pour ceux qui ont rêvé au moins une fois à l'Egypte, à un grand amour, à une autre vie - - -

Avec Amitié

P. Cauvin

FICHE D'IDENTITÉ

NAISSANCE :
Claude Klotz, alias Patrick Cauvin, est né le 6 octobre 1932, à Marseille.
SITUATION DE FAMILLE :
Marié, deux enfants.
ÉTUDES :
Licence de philosophie.
PROFESSION :
A été professeur de C.E.T. en banlieue. Écrivain.

LOISIRS :
Pratique le football... devant la télévision.
LITTÉRATURE :
Après des romans comme *les Classes, Sbang-sbang,* Claude Klotz a confirmé une inspiration marquée par l'humour et la fantaisie avec des œuvres comme : *Achète-moi les Amériques, Les mers adragantes, Les aventures fabuleuses d'Anselme Levasseur, Paris-Vampire,* adapté au cinéma sous le titre *Dracula, père et fils.*
Sous le nom de Patrick Cauvin, il est l'auteur à succès de romans comme *l'Amour aveugle, Monsieur Papa* (porté à l'écran), *$E = mc^2$ mon amour* (porté à l'écran sous le titre *I love you, je t'aime*), *Pourquoi pas nous ?* (porté à l'écran sous le titre *Mieux vaut tard que jamais*), *Huit jours en été,* etc.

UNE HISTOIRE D'AMOUR... FANTASTIQUE

On ne sait pas très bien comment vous viennent les histoires et pourquoi un beau jour vous décidez de les raconter...

Bien sûr, j'avais fait ce voyage en Égypte, j'ai été ce touriste dans la foule, cerné de Japonais bardés de caméras et piétinant dans le sable, dans les odeurs de crème solaire ; malgré tout, j'ai ressenti là-bas quelque chose d'étrange devant les temples, les palais, les tombeaux, quelque chose qui avait trait peut-être, déjà, à la réincarnation.

J'avais aussi envie d'écrire une histoire d'amour, envie de parler d'un type qui me ressemble, un écrivain comme moi, avec ses problèmes, ses envies, ses ridicules... Mais surtout, je voulais une histoire dans laquelle un élément fantastique puisse se glisser.

Le malheur, c'est que de nos jours on ne croit plus beaucoup au fantastique ; Frankenstein n'amuse plus que les enfants, les canines des vampires se sont usées et les fantômes ne sont plus de saison...

Et puis la chance m'a servi.

Un soir, une dame m'a assuré m'avoir rencontré quatre mille ans auparavant, en Égypte.

Ça m'a fait un choc. Elle croyait dur comme fer à la réincarnation, moi pas du tout, mais il était certain qu'il y avait là matière à un roman.

Et si deux êtres vivant en 1985 avaient déjà eu ensemble une aventure à l'époque pharaonique ?

Cette aventure est devenue *Laura Brams*.

Pour l'écrire, je me suis documenté. Je ne voulais pas être ridicule devant les tenants de la reviviscence ni devant ses pourfendeurs. Bien évidemment, je n'ai pas découvert que ce soit aussi beau, il faut bien que le romancier l'ait fait exprès. Incontestablement, à ma connaissance, le pari d'écrivain le plus ambitieux de Patrick Cauvin. Pari tenu, et admirablement gagné. »

Jean David, *V.S.D.*

MYSTÈRE ET HUMOUR

« Au lieu d'un happy end selon la loi du genre nous assistons héberlués à un feu d'artifice d'une rare violence. Au terme du livre, ses héros, le romancier Michel Blazier et sa maîtresse Laura Brams, une pharmacienne hollandaise rencontrée sur un plateau de télévision, sont dans une telle situation que cela s'achève en histoire d'épouvante. C'est dans la meilleure tradition du thriller alors qu'au départ Patrick Cauvin aborde une histoire d'amour avec ce qu'il faut de rebondissements car Laura Brams a la sensation d'avoir vécu 45 siècles plus tôt en Haute-Égypte, à l'époque du règne d'Aménophis IV, époux de Néfertiti. (...) À chaque étape le mystère grandit mais l'humour est aussi de la partie... »

Jean-Claude Lamy, *France-Soir.*

« LAURA BRAMS » ET LA CRITIQUE

À ACHETER D'URGENCE !

« Quel superbe farceur, ce Cauvin, alias le père Jérémie Van Starken, animateur du laboratoire de parapsychologie de La Haye, alias Michel Blazier, écrivain à succès et à mourir de rire, le tout pour les besoins de la cause de *Laura Brams*. (...) Sur 300 pages, Cauvin nous brosse tout cela vivement. Emballé, c'est pesé, il fourre en même temps des morceaux de bravoure sur le football, le vin, l'écriture, le supranormal, les hôtels : le vrai panier de la ménagère. À acheter d'urgence, c'est une affaire ! »

Claire Gallois, *Le Figaro*.

VOUS N'Y RÉSISTEREZ PAS !

« Si vous ne croyez pas à la réincarnation, vous croyez sûrement dur comme fer au roman populaire. Et comme Patrick Cauvin n'a pas son pareil pour confectionner une histoire d'amour abracadabrante, vous marcherez comme un enfant ébloui. D'autant qu'il a emprunté à son double Claude Klotz son sens de l'absurde et du fantastique formant avec la tendresse et l'amour le plus savoureux des cocktails. Vous n'y résisterez pas ! »

Gilles Pudlowski, *Paris-Match*.

DE LA BELLE OUVRAGE

« Patrick Cauvin a monté, avec amour, une mécanique romanesque de haute précision. De la belle ouvrage. L'art de plaire, de divertir, enveloppe une intention plus profonde : que d'images rares, chatoyantes, et comme les clichés, les banalités d'usage ont été chassés, pourchassés !... Pour la Vérité, mais certainement je suis entré avec ce livre dans l'une des énigmes les plus étonnantes qui soient...

On voyage beaucoup dans *Laura Brams,* on y rit, j'espère, quelquefois ; je souhaite que, le livre refermé, il reste dans l'esprit d'un lecteur au moins une question... À chacun d'y répondre.

Patrick CAUVIN

TABLE

Achevé d'imprimer
le 25.4.85
par Printer Industria
Gráfica S.A.
Provenza, 388 08025 Barcelona
Sant Vicenç dels Horts 1985
Depósito Legal B. 15633-1985
Pour le compte de
France Loisirs
123, Boulevard de Grenelle
Paris

Numéro d'éditeur : 10270
Dépôt légal : mai 1985
Imprimé en Espagne